Margriet de Moor

Erst grau dann weiß dann blau

Roman

Deutsch von Heike Baryga

Deutscher Taschenbuch Verlag

Von Margriet de Moor
sind im Deutschen Taschenbuch Verlag erschienen:
Rückenansicht (11743)
Doppelporträt (11922)

Ungekürzte Ausgabe
Dezember 1996
Deutscher Taschenbuch Verlag GmbH & Co. KG, München

Titel der niederländischen Originalausgabe:
›Eerst grijs dan wit dan blauw‹ (Uitgeverij Contact, Amsterdam)

ISBN 3-446-17372-2
Umschlaggestaltung: Balk & Brumshagen
Umschlagbild: William Merrit Chase
Gesetzt aus der Stempel Garamond 10,5/12˙ (Winword 6.0)
Gedruckt auf säurefreiem, chlorfrei gebleichtem Papier
Gesamtherstellung: C. H. Beck'sche Buchdruckerei,
Nördlingen
Printed in Germany · ISBN 3-423-12250-1

Ich fühle Luft von anderem Planeten

Arnold Schönberg,
Streichquartett in fis-moll op. 10
Sehr langsam

Erster Teil

I

Er steht jeden Tag um halb sieben auf. Einige Minuten vorher öffnet er ohne Zutun einer mechanischen Gewalt seine Augen und kommt zur Besinnung. Während er noch ruhig liegenbleibt, erkennt er den Geruch und die wohlige Wärme wieder, und vor allem kann er die Position des Bettes, in dem er liegt, den Fenstern, der Tür und den Wänden des Schlafzimmers zuordnen. Dann erinnert er sich an ein Detail, er erinnert sich an die zwei schönen erotischen Drucke von Irokeizu: links über ihm.

Wenn er wieder weiß, wo er sich befindet, überfällt ihn eine vertraute, unbestimmte Unruhe, die ihn dazu zwingt, seinen Verstand zu gebrauchen. Er verwirft den Gedanken, daß er sich vielleicht fragen könnte, was er mit seinem Leben eigentlich tut. Früher hatte ich dann meine Kinderträume. Ich möchte wissen, wo sie geblieben sind. Unsinn. Er war wirklich kein Träumer. Er war ein Knirps, der ausgezeichnet lernte und jeden Winter wegen einer starken Angina drei Wochen zu Hause bleiben mußte. Ihn bedrückt eine andere Frage.

Über den Gardinen hängt ein Lichtstreifen. Draußen ist es noch ruhig. Wie wird dieser Tag werden? Langsam dringt es zu ihm durch: nicht unangenehm, für heute früh stehen zwei Routineoperationen im Terminkalender, ich fange um acht Uhr an. Es sind unkomplizierte Fälle von Star bei Patienten über die Achtzig, kerngesunde Leute, die beschlossen haben, ihre Augen reparieren zu lassen. Wenn ich gleich den Operationssaal betrete, liegt einer von ihnen schon zugedeckt auf dem Tisch.

Während der Assistent die Infusionsnadel in den Arm schiebt, wird mir in den Kittel und in die Handschuhe geholfen. Dann setze ich mich ans Kopfende des Tisches, bohre zwei stabile Nadeln in das obere und untere Augenlid, befestige daran eine Klammer, die das Auge weit öffnet, und ziehe einen Draht durch die Oberseite der Bindehaut, um das Auge, das mich mittlerweile anstarrt wie das eines großen toten Fisches, noch ein bißchen manipulieren zu können, indem ich den dünnen Draht sanft bewege. Ich ziehe das Gestell mit den beiden Mikroskopen – eins für mich, eins für die OP-Schwester zu meiner Rechten – über den Kopf des Patienten, mir wird eine kleine Schere gereicht, ich fange an. Durch die technische Apparatur bin ich von meinen Händen wie abgetrennt und beobachte meine Arbeit. Ich sehe zu, daß ich einen fehlerfreien Einschnitt mache. Die schwachen Blutungen, die auftreten, verschorfe ich sofort mit einem feinen Brenner …

Von klein auf hat er eine Abneigung gegen Blut. Am Karsamstagmorgen klemmt seine Mutter die größte und dickste Legehenne zwischen die Knie. Die Mutter ist entschlossen und schnell, das Messer hat sie zuvor auf dem backsteinernen Rand des Küchenfensters gewetzt. Eine seiner kleinen Schwestern hebt neugierig den Hühnerkopf vom Fliesenboden auf, und er, der mit stolzem Gesicht wegläuft, sieht auf krasseste Weise, wie der Blutstrahl, der den Eimer füllt, erst nachläßt, als der Tierkörper unvermittelt stillhält. »Möchtest du noch?« fragt sein Vater am nächsten Tag. Er nickt und taucht seine Knabenfinger in lauwarmes Wasser, auf dem kleine Blütenblätter schwimmen. So weit er zurückdenken kann, hat er Arzt werden wollen.

Die Nacht verblaßt. Neben ihm liegt Nellie, sie schläft und hat eine Faust an ihr Gesicht gepreßt. Nicht nur jetzt, in der Dämmerung des Sommermorgens, sondern auch im Stockdunkel des Dezembers weiß er, daß ein zufriedenes Lächeln um ihre Lippen spielt. Noch träumt sie tief. Sie behauptet, von nichts anderem zu träumen als von den Geschäftigkeiten des vorigen Tages.

»Ich kniete im Geschäft auf dem Boden und packte eine Bestellung aus«, sagt sie.

»Vorsichtig wickelte ich das Seidenpapier auf und hielt einen kostbaren Teller aus farbigem Delfter Porzellan in den Händen. Er war gesprungen.«

Sie glaubt, eines der am wenigsten rätselhaften Wesen der Erde zu sein.

Gähnend kehrt er zurück an die Oberfläche. Für heute nacht war es schön, du hast das Spiel zu Ende gespielt, der Traum ist vorbei, werd wieder zu dem, der du bist. Dieses Haus: sie hatten die verspielte kleine Villa damals ganz preiswert erstehen können, mit hochgeschlagenem Kragen stiefelten sie um das Gebäude herum, der Wind kam vom Meer, mit Besitzeraugen betrachteten sie die Schlafzimmerfenster, die versunken im graubraunen Reet des Dachstuhls lagen. Ein Haus, für die Familie, die man gründen wird. Alte Schränke. Ein Keller. Ein Herd, der fabelhaft zieht. Du wirst nicht einsam sein.

Jetzt, da ihr Sohn bald zwanzig wird, hat Nellie angefangen, außer Haus zu arbeiten. An vier Tagen in der Woche handelt sie mit Schmucksachen und Porzellan, und vor allem in der Sommersaison fließt das Geld von allein in ihre achtlosen Hände. Er kommt von seiner Sprechstunde zurück, fährt langsam den Duinweg hinunter. Die beleuchtete Auslage befindet sich unten am Hang, und genau in dem Moment, wo er an der Kreuzung anhalten muß, öffnet sie die Rückwand des Schaufensters. Sie sieht ihn nicht, natürlich nicht. Sie beugt sich vor und nimmt eine Kristallschale in ihre Hände.

»Macht es wirklich nicht zuviel Arbeit?« hat der Kunde gefragt.

»Nein, keineswegs.«

»Ist es tatsächlich das einzige Exemplar?«

»Ganz bestimmt. Die Firma liefert nur sehr sporadisch. Ich war überrascht, als ich die Schale in der letzten Sendung fand.«

Noch während sie spricht, kommt sie hinter dem Ladentisch hervor. Als sie die dunkelrote Schaufensterverkleidung öffnet, fällt Straßenlicht ins Geschäft. Sie beugt sich vor.

Im Schlaf rollt sie sich an seine Seite. Sie gibt putzige Schnarchgeräusche von sich und faltet ihren Arm um seine Schultern, er weiß, daß sie die Zeit trotz ihres Traumes nicht aus den Augen verliert, sie mag es sehr, daß er sich morgens aus ihren Armen lösen muß. Welche eingebaute Mechanik beherrscht mich? Vom ersten Augenblick an habe ich die Neigung verspürt, ihrem unermüdlichen Schritt zu folgen. Jetzt hat sie das Sagen, richtet das Haus ein, streicht die Wände und tapeziert selbst. »Was hältst du von Ferien an der Dordogne?« fragt sie bei Kerzenschein. Er drückt seine unrasierten Wangen an ihr Gesicht und beantwortet ihre Selbstsicherheit mit Bequemlichkeit. Seit Jahren schon haben sie sich aufeinander eingestellt. Die Größe seiner Socken kennt er nicht. Wenn er weggeht, gefällt es ihm offenbar, ihr, seiner ersten Liebe, ohne daß sie danach fragt, zu sagen, wann er wahrscheinlich wieder zu Hause ist.

Dieses Haus. Dieser Sohn. Seine Frau versucht schon seit zwanzig Jahren, auf dieser kargen Düne einen Garten anzulegen. Sie ebnet den Boden, bedeckt ihn mit dunklem Mist und gräbt mit verbissenem Gesicht Hekken und Rosen mit dichten Blüten in den Boden ein, aber nichts lebt hier länger als eine Saison. Wie kommt es eigentlich, daß gerade sie es ist, die ihn davon überzeugt, daß mit ihrem Sohn alles in Ordnung ist. Wenn du auf dieser vom Wind zerzausten Höhe Blumen sehen willst,

Nellie, dann mußt du dich tief bücken, glaub mir, ich habe schon immer in diesem Dorf gewohnt: wenn deine Nase den Boden berührt, dann siehst du sie, die armseligen Sternchen der Feigwurz.

Halb sieben. Er muß sofort aufstehen.

2

Er duscht. Kocht Kaffee. Ein paar Butterbrote. Als er die Terrassentür öffnet, fallen Tropfen auf seine Hände, und er erinnert sich an das kurze, aber heftige Gewitter Ende der vergangenen Nacht. Diese Erlösung war dringend nötig. Das Dorf konnte die Hitze der letzten Wochen kaum noch ertragen. Er lehnt sich gegen die feuchte Mauer der Balustrade und überblickt einen Teil des Wohngebietes: die Kirche, das Gemeindehaus, die Hotels, den blauen Wegweiser *Zum Strand.* Alles hat sich verändert. Alles liegt kühl und neutral unter einem bedeckten Himmel da. Spielzeug von einem Kind, das endlich beruhigt schlafen gegangen ist. Obwohl er fröstelt, ist er bester Stimmung. Die Hitze ist verschwunden, zusammen mit etwas anderem, etwas außerordentlich Reizbarem, das jetzt, wo er darüber nachdenkt, schon viel länger als diesen Sommer im Dorf herumschlich.

Gestern war es am schlimmsten.

Nachdem er den ganzen Tag bei geschlossenen Türen und Fenstern zugebracht hatte, war Nellie in der Dämmerung hinausgegangen. Es war etwa halb zehn gewesen.

Erschrocken über ihr welkes, alt gewordenes Gesicht, hatte er die Zeitschrift, in der er las, aus den Fingern gleiten lassen.

Sie hatte ihn angesehen: »Gehen wir in Gottes Namen doch noch kurz raus, Erik.« Bereitwillig war er aufgestanden und gemeinsam mit ihr den Pfad zwischen der stacheligen Begrünung hinuntergelaufen. Oben an der Treppe, mit der sie ihre Düne begehbar gemacht hatten, drehte sie sich um und schaute zurück. Die Speicherfenster standen weit offen.

»Wir machen noch einen kleinen Spaziergang!« rief sie mütterlich.

Keine Reaktion. Er wußte, daß es Nellie darum auch nicht ging. Ihr Sohn gab selten eine Antwort. Sie wollte nur, daß sie beide kurz Notiz von seiner Anwesenheit nahmen, von dem Zuschauer, der in der Fensteröffnung stand, und vielleicht sogar von dem gelassenen jungen Mann, der das Teleobjektiv ausrichtete. Oder sonst: seinem aufleuchtenden weißen Hemd. Gabriel ist schwachsinnig. Er ist besessen von Mond und Sternen. Von seinen inneren Monologen haben andere nur vage Vorstellungen. Erik und Nellie haben sich an sein Gesicht gewöhnt, an die Augen, die wie Steine in seinen Kopf gedrückt sind. Morgen hast du Geburtstag. Du wirst schon achtzehn, neunzehn. Was soll ich kochen, sagt Nellie immer wieder zu ihm. Du siehst heute blaß aus. Wenn du die ganze Nacht aufgewesen bist, dann schlaf doch wenigstens bis mittags. Warum lachst du so? Sei nicht so albern, erzähl es mir. Wenn du so lachst, dann fange ich automatisch auch an.

Sie sind die Treppen aus Fichtenstämmen hinuntergeschlendert. Erik weiß wirklich nicht mehr, wie es möglich sein konnte, daß sie plötzlich vor dem Haus von Robert Noort standen. Sie müssen wie benommen gewesen und den Astridboulevard hinuntergegangen sein, und dann den Duinweg hinauf und durch die Oude Zeestraat, jetzt erst wundert er sich darüber, daß sie den Strand gemieden haben: vielleicht wegen der Quallen, die dort schon seit Tagen ihren blauen und grünen Schleim in der Bullenhitze verdampfen lassen?

An der Hecke zögerte er und sah Nellie verzweifelt an; er hatte absolut keine Lust, den Freund, mit dem er zusammen aufgewachsen war, an diesem Abend zu besuchen. Seine Abneigung gegen Robert war nur vorübergehend, das vermutete er wenigstens, also, warum sollte er dann nachgeben? Robert war – seit einiger Zeit – ein Mann, der mit düsteren blauen Augen rauchend dasaß und schwieg. Erik kannte ihn seit Jahrzehnten. Er kannte seine Familie, den fabelhaften, mittlerweile verstorbenen Vater, die Mutter und die kleine bleiche Schwester, die petzte und vorgezogen wurde. Gemeinsam hatten sie vor Freude getanzt, als das Kind einmal den silbernen Zierfisch fallen ließ. Der Engel. Auf einmal war der Wohnzimmerboden übersät mit Hunderten von Schuppen. Sie funkelten in der Mittagssonne. Dafür würde sie endlich büßen!

Sie waren Klassenkameraden. Jedes Jahr gelang es Robert, die Schulbank direkt neben der Tür in Beschlag zu nehmen; der Junge, der seine Jacke nicht auszog, sondern nur aufknöpfte, war nach dem Klingeln stets als erster wieder auf dem Hof, breitbeinig stand er im Nieselregen, dem Wind, der Sonne und wartete auf ihn, Erik. Etwa 1952 wurde das Gesicht seines Freundes plötzlich schärfer, sie waren damals ungefähr sechzehn. Die Stirn- und Backenknochen traten hervor, die Augen versanken; er begann krankhaft Vincent van Gogh zu ähneln, und tatsächlich brach er Jahre später sein Jurastudium von einem auf den anderen Tag ab, um Künstler zu werden. Als Erik an einem Wochenende mit der Straßenbahn nach Hause fährt, sieht er in der Ferne einen Idioten, der gefrorene Tulpenfelder malt! Hut auf, eine riesige Jacke an, Möwen um den Kopf. Später, im Winter 64, sah er ihn – damals etwas unbegreiflich – mit einer Frau. Mit Magda. Ein Mädchen, das genausogut jede andere hätte sein können, hatte Robert dazu gebracht, sich stolz und allen Ernstes über die Liebe zu äußern. Es ist mir etwas Seltsames passiert. In diesem Jahr, in diesem Sommer grübelt er wie jeder andere im Dorf über ihr Verschwinden nach. Das Verschwinden und die dreiste Rückkehr Magdas beschäftigte hier alle sehr und hinter vorgehaltener Hand.

Gerade wollte er zu Nellie sagen: Sollen wir nicht umkehren?, als Magda mit ihrem Bouvier daherkam; das alte, schwarze Biest hechelte stockend. »Kommt etwas trinken«, sagte sie. »Das ist ein trostloser Abend. Die Hölle.«

Aber sie lachte leise, und als sie ihnen das Gartentor öffnete, fiel ihm auf, wie frisch und lebendig sie aussah. Als er hinter ihr herging, glaubte er, ihren Geruch wahrnehmen zu können. Er sah auf den vollen, leicht gebräunten Frauenrücken, der sich unter einem Muster gekreuzter Bänder bewegte.

Robert saß auf seinem gewohnten Platz. Das Haus hatte auf der Vorderseite eine schöne Terrasse – Steinplatten, Töpfe mit Rosen, Aussicht auf eine Weide mit Kühen –, aber er, Magda und die Hunde zogen den Platz neben der Küche vor. Als Erik ihn im Licht einer Neonröhre in einem schiefen Lehnstuhl sitzen sah, mager, verschwitzt, mit den beiden nach Luft schnappenden Kläffern von Magda zwischen den Füßen, war er erneut versucht, rechtsum kehrtzumachen.

Robert sah auf, begrüßte seine Freunde jedoch fast nicht. Als Magda mit einem Tablett mit Getränken und Flaschen herauskam, streckte er sofort einen Arm aus. Sie reichte ihm ein Glas Whisky mit Eis.

»Wie läuft's mit der Fabrik?« fragte Erik nach einer Weile. Er wußte, daß er auch hätte fragen können: wie sieht es mit dem Absatz der Giebelvertäfelungen, der Aluminiumgerüste, der Gußformen aus. Robert ist Direktor einer Stahlfabrik. Oft genug hat er ohne Erfolg versucht, ihm seine Geschäfte zu erklären, seine Kämpfe mit dem Selbstkostenpreis, seine Auseinandersetzungen mit den Behörden, seine waghalsigen Experimente mit den Transporten, den sich ewig wiederholenden Kampf, der die Voraussetzung für den Reichtum ist.

Ein pflichtbewußtes Lächeln. Er schien nur zu antworten, weil Erik ihn weiterhin anschaute.

»Wir beginnen mit dem Bau eines neuen Walzwerkes. Wenn ich Glück habe, kann ich mir ein schönes Gemeindegrundstück unter den Nagel reißen.«

Seine Stimme klang gelangweilt. Mit den Augen eines schläfrigen Tieres starrte er ins Halbdunkel. Deprimiert schlug Erik nach den Mücken vor seinem Gesicht und verfiel ebenfalls in Schweigen. Undeutlich hörte er das Gespräch der beiden Frauen neben der Küchentür. Er versuchte sich vorzustellen, daß dieser nichtssagende Mensch neben ihm derjenige gewesen war, der, solange er sich erinnern konnte, immer etwas zu erzählen gehabt hatte, sei es über Gott, den Tod oder die Liebe.

Sie hatten bei den Franziskanerpatres in Leiden ihre Aufnahmeprüfung für die weiterführende Schule abgelegt und waren mit der Straßenbahn nach Hause gefahren. Als sie die Haltestelle erreichten, bremste die Bahn stark ab. Sie konnten mühelos in die Häuser und bis in die Hinterhöfe schauen, in denen die Wäsche hing. Robert hob den Kopf, schnupperte und sagte: »Feuergeruch.« Kurz darauf sahen sie die schwefelgelbe Rauchsäule. Die Luft wurde neblig. Die Bahn hielt zwischen zwei Häusern vor einem Innenhof.

Hier wohnte Gerardus. Ein Gewirr von Verschlägen und Eingängen am Platz der Straßenbahnhaltestelle, die Hintertüren zur Gasse der Fischräucherei hinaus. Gerardus wohnte dort mit seinen beiden Töchtern, Paula und Agnes, Mädchen mit schwarzen Augen und Eichhörnchenhaar – sehr unnatürlich, sagten die Leute, das Haar und wie sie wohnen –, und einem Schäferhundmischling, der, wie man hörte, mißhandelt wurde. Gerardus war blind, selbst schuld, er trank Spiritus.

Es hatte sich eine beachtliche Menschenmenge gebildet. Viele schauten ruhig zu, andere rannten in den rauchenden Hauseingang hinein und wieder hinaus. Erstaunt sahen Robert und Erik, wie sie sich plagten und abmühten, um Tische und Stühle von jemandem zu retten, den sie sonst nur als Zigeuner, armen Schlucker oder Trottel beschimpften.

Dann entdeckten sie Gerardus und seine Töchter. Sie saßen etwas abseits auf Sesseln, aus denen die Federn hervorschauten, und starrten vor sich hin, als ob sie mit der ganzen Sache nichts zu tun hätten. Zu ihren Füßen lag der Hund und hatte alle viere von sich gestreckt. »Tot«, sagte Robert. Die Gruppe hatte etwas Erschreckendes an sich. Sie sah kühl und gleichgültig aus. Ein blinder König, zwei Prinzessinnen, ein toter Hund. Eines der Mädchen, die Jüngste, Agnes, wippte mit dem Fuß. Letzte Woche noch hatte Robert behauptet, er habe gesehen, wie sie ohne Badeanzug aus dem Meer gekommen sei. Erik hatte ihm nicht geglaubt, Robert immer mit seinen Geschichten!, aber jetzt spürte er, daß er es nicht erfunden hatte. Sie ist wie ein tropfender weißer Fisch aus dem Wasser aufgetaucht und dann schnurstracks mit schweren Schritten an ihm vorbei die Düne hinaufgelaufen. Unter ihrem Bauch hat sie einen großen kupferfarbenen Fleck. Die Straßenbahn setzte sich wieder in Bewegung.

An diesem Abend aß er bei Robert. Es gab Erdbeeren, ungarischen Fleischsalat und eine große Kanne kalten Kakao. »Ich esse keine Erdbeeren mehr«, sagte Robert zu seiner Mutter. Nach dem Essen hielt Erik ihm verärgert vor, daß er krank werde, wenn er nicht esse. In drei Tagen mußten sie gegen die Protestanten Fußball spielen. Robert sah ihn fest entschlossen an. »Ich spiele nicht mit.«

Und mit der gleichen Entschlossenheit verkündete er eine Woche später, daß er sich vom Glauben abgewandt habe. »Ich mach da nicht mehr mit.« Sie waren dabei, sich in der Sakristei umzuziehen. Es sollte eine Engelsmesse für die kleine Tochter des Friseurs gelesen werden, das Mädchen war nicht älter als vier Jahre geworden. Alles war weiß, die Gewänder, die Tücher, die Blumen. Der Kaplan schaute auf seine Uhr und gab ein Zeichen. Sie stellten sich auf. Robert läutete die Messeglocken und verschwand danach sofort.

»Welchen Sinn hat das Leben?« fragt er eines Abends.

Er ist absolut unausstehlich. Er sitzt in einer Ecke im halb abgedunkelten Zimmer, auf dem Tisch liegen Buchstaben in einem Kreis, das Kreuz muß mit den Fingerspitzen hochgehoben werden, er will nicht mitmachen. Er lacht Erik, Nellie und Magda aus. Um zu zeigen, daß er an solche Mätzchen nicht glaubt, stellt er eine alberne Frage, die auch noch unverschämt ist. Der Spuk gibt jedoch sofort Antwort. Bissig und genau abgepaßt, werden die Buchstaben einer nach dem anderen angetickt.

»Leere ist Fülle für den, der sie fühlt.«

Alle brechen in schallendes Gelächter aus.

Hitze, keine Spur von Abkühlung, er fragt sich, wo das Gewitter bleibt. Es ist gar nicht so schlecht, daß Robert keine Lust hat, sich zu unterhalten!

Mit seinem Glas in der Hand schaute er verstohlen nach Magda. Mattblondes Haar, das im künstlichen Licht fast grün aussieht, runde Fesseln und Handgelenke, noch vor kurzem hat er sie nicht weiter wahrgenommen. Jetzt interessiert ihn jede ihrer Bewegungen. Sie sitzt da und spricht mit Nellie und wippt dabei mit einem Bein. Sie trägt Jesuslatschen, die Zehennägel ihrer stabilen Füße sind sorgfältig rot lackiert. Magda ist die einzige Frau, mit der ich Nellie betrogen habe.

Es sind nur Augenblicke, in denen mir ihre Zärtlichkeit Abscheu einflößt, kaum wahrnehmbar glimmen sie für einen Moment auf. Was hat mich in Gottes Namen dazu gebracht, ihr dieses Alleinrecht einzuräumen? Ich bediene mich ihrer Liebe, sooft ich kann, und sie macht es mir mit ihrer großmütigen Art nicht gerade schwer. Aber wie kann ich mich vor ihrem Kimono am Haken im Badezimmer schützen! Vor dem Geruch von Sonnenblumen in unserem Schrank! Vor ihren Nylonstrümpfen, ihrem Pullover über der Stuhllehne, der Teetasse mit dem dunkelrosa Lippenabdruck, mitten auf dem Tisch, und dann mein kurzer wütender Gedanke: Sie ist nicht zu Hause! Warum kommt es ihr nie in den Sinn, meinen Terminkalender durchzublättern, meine Innentaschen zu durchsuchen? Nach einer Feier überredet sie mich, eine einsame Freundin mit dem Wagen nach Hause zu bringen. Wie kann ich ihr so etwas heimzahlen: während ich der Freundin die Tür aufhalte, sehe ich aus dem Augenwinkel, wie sie in gebückter Haltung den Kühlschrank einräumt, ihr knapper kurzer Rock rutscht schon fast wie erwartet hoch, sie weiß nur zu gut, daß ich bald wieder zurückkomme …

Weit entfernt schlug eine Kirchturmuhr. Dann war alles wieder so ruhig wie zuvor. Er sah zu Magda hinüber, die mit unschuldigem Gesicht auf die Baumkronen entlang der Oude Zeestraat schaute. Seit dem Tag, an dem sie die bleischwere Stummheit zwischen ihnen auf originelle Art aufgelöst hatte, lebte er mit einem anderen Bild von sich.

Sie bückte sich und nahm die Flasche aus dem Kühler zu ihren Füßen.

»Gestern haben wir die Sternwarte von Pittsburgh angeschrieben«, sagte sie zu Nellie.

»Oh. Er wird noch viel zu tun bekommen. Gestern ist schon wieder ein dicker Brief gekommen, ich glaube, aus Texas.«

Er wußte, daß die beiden Frauen von Gabriel sprachen. Magda ist die Frau, die seinem Sohn die Welt und in gewisser Weise auch das Firmament zugänglich gemacht hat. Sie ist sprachbegabt und hat den Jungen auf die Idee gebracht, die großen Sternwarten anzuschreiben. Sie hilft ihm dabei. Regelmäßig treffen bei ihnen Büchersendungen, Broschüren und sogar Einladungen zu Kongressen ein. Gabriel sitzt am Tisch und öffnet mit ernstem Gesicht die Post, er betrachtet die Fotos und Tabellen – oft läßt er sich den Text, den Magda übersetzt, von ihr vorlesen – und geht danach in sein Zimmer, um die Informationen in einem schweren eisernen Schrank mit numerierten Schubladen zu archivieren. »Nebel aus Gas und Staub in Monocerosa«, sagt er dann manchmal unvermittelt beim Essen. Oder: »Das 48-Inch-Spiegelteleskop auf dem Mount Palomar.« Er schlägt seine dunklen scheuen Augen auf und läßt sie kurz über das Gesicht seines Gegenübers gleiten, das Gesicht seiner Mutter.

Erik erschrak. Plötzlich sah er, daß Nellie aus ihrer zusammengekauerten Haltung heraus ihrer Freundin einen Blick voller Argwohn zuwarf. Nein, es war nicht der Blick einer Frau, die plötzlich unversehens die erotischen Kräfte einer Rivalin witterte. Er erkannte den Ausdruck in ihren Augen wieder. So hatten die Gesichter in der Schlange beim Postamt ausgesehen, als Magda mit ihren Hunden vorbeilief. Die Wartenden hatten sich – und auch ihn – vielsagend angesehen. Dort geht sie. Heftiges Geflüster. Zwei Jahre wie vom Erdboden verschwunden. Ohne auch nur ein Zeichen von sich zu geben. Und dann, bei der Rückkehr, es einfach dabei belassen und uns nicht die geringste Erklärung geben … Es regnet stark. Auf dem Bürgersteig bilden sich dunkle Pfützen. Kann ihr denn niemand schnell ein Bein stellen?

Der Abend war drückend. Nachdem die Sonne untergegangen war, schien die Luft aus Öl, aus Tran, aus ranzigem Salz zu sein und mit großer Gewalt dem Boden zu entsteigen. Neben ihm saß Robert, düster, abwesend, eine Zigarette zwischen den Fingern. Warum steht Nellie nicht auf? Ich bin ihren gesunden Menschenverstand gewohnt. Sie ist der Typ, der schon lange im voraus weiß, daß die Bar bald schließen, der Hausherr bald betrunken sein und der Wind am Ende des Tages diese Melange aus Feuchtigkeit, fahler Dämmerung und Verzweiflung ankündigen wird.

»Nellie, wir gehen.«

Erschöpft stand sie auf.

3

Das Straßenpflaster ist noch naß. Der Sand am Wegesrand ist etwas dunkler. Er genießt den grauen Morgen, der ihm das Gefühl gibt, daß es September ist und die Schulen wieder angefangen haben. Am ersten Tag guter Dinge sein. Die gebügelten Sachen und eine neue Ledertasche, die, wie er jetzt weiß, nach Formaldehyd riecht. Ohne Mühe erreicht er in zwanzig Minuten das Diakonissenhaus.

Als er in die Oude Zeestraat fährt, sieht er zu seiner Überraschung Magdas Hund am Gartenzaun stehen. Das Tier, das bei Einbruch der Nacht von seinem Frauchen auf eine Kindermatratze in der Küche gebettet wird – bei rauhem Wetter wird es mit der Pelzjacke zugedeckt, die sie sich nicht mehr zu tragen traut –, ist naß bis auf die Haut. Er reißt das Lenkrad herum und bremst.

Er müßte mich eigentlich wiedererkennen. Ich bin ein Freund des Hauses, der es verdient, schwanzwedelnd begrüßt zu werden. Komm, alter Junge, jetzt erzähl mal, was los ist. Warum bist du die ganze Nacht lang draußen gewesen? Warum ist das Feuer in deinen Augen erloschen? Aber das Tier reagiert erst, als er seinen Kopf nicht mehr streichelt und sich suchend umschaut. Dann stößt es einen ganz kurzen Jammerlaut aus, der sich fast wie der Schrei eines Kranken anhört. Das Blut gefriert ihm in den Adern. Gott bewahre mich. Er geht auf die Küchentür zu, die anscheinend nicht abgeschlossen ist.

Der Geruch von selbstgeernteten, getrockneten Pflaumen, von Torte, von gebügelter Wäsche, von herausgeputzten und shampoonierten Schoßhündchen. Magda ist

Übersetzerin. Wenn sie das mit ihrer Arbeit verbundene Sitzen nicht mehr ertragen kann, springt sie plötzlich auf und bewegt in Windeseile ihre Muskeln. Er geht in den Flur. Als er durch die offene Wohnzimmertür schaut, sieht er im Vorbeigehen die Regale mit den Kunstbüchern, die schief und krumm eingestellt sind, manche liegen aufgeschlagen auf dem Boden, es wird intensiv mit ihnen gearbeitet. Robert ist Fabrikant. Er kennt die französische Malerei sehr genau, das heißt, bis Cézanne, nach Cézanne ist die Sache seiner Meinung nach schiefgegangen. Es hat Nächte gegeben, in denen Erik ihn aus Diskretion nicht ansah, wenn seine Stimme zu pathetisch wurde. Diese Treppe ist er noch nicht oft hinaufgegangen.

Die Schlafzimmertür steht offen. Er geht langsam auf sie zu, instinktiv läuft er auf Zehenspitzen. Allerdings weiß er schon lange, daß dieses Einschleichen unvermeidlich ist, ihm ohne seinen Willen auferlegt wurde. Er hört ein hechelndes Geräusch, das er kennt: auch die Pekinesen sind schon alt. Es ist seltsam, daß er, als er das Zimmer betritt, seine Augen auf die beiden Tiere gerichtet hält, sie liegen zitternd und hechelnd unter einem Stuhl, über den ein seidener Unterrock geworfen ist, ein dünnes Etwas mit gekreuzten Trägern. Er schaut so lange auf die Tiere, wie es nur irgend geht, sehr lange, ungewöhnlich lange, die Zeit zieht sich geduckt zurück. Schließlich muß er seine Augen doch bewegen.

Magda liegt auf dem Boden. Ein rot durchtränktes Spitzenhemd, oder vielleicht ein Unterrock, hat sich in großen Falten um ihre Taille und Hüfte gewickelt. Während ihr die messerscharfen Wunden zugefügt wurden, muß sie vom Bett geglitten sein, das Bettuch deutet auf diese Bewegung hin. Er vermutet, daß sie noch versucht hat, sich auf den Bauch zu drehen. Dabei ist ihr Haar über das Gesicht geglitten. Als er neben ihr niederkniet, sieht er, daß sie noch im letzten Augenblick daran gedacht haben muß, die Augen zu schließen. Er ist Arzt. Trotz der Verwüstung ihrer Brust fühlt er den Puls. Der Körper ist bereits ausgekühlt.

Du bist auf dem Weg zur Arbeit. Du hast dir vorgestellt, mit einer Geschwindigkeit von hundertvierzig Kilometern in der Stunde durch die Felderlandschaft von Rijnsburg zu rasen, an der stillgelegten Straßenbahnlinie entlang, am ehemaligen Gasthaus vorbei, du bist es gewohnt, gegen halb acht in die Stadt zu fahren.

Eine junge Sekretärin reicht ihm die Liste. Operationszimmer acht. Dir imponieren der mollige Arm, die spitzen Finger, der Geruch, der zu erkennen gibt, daß man sich fein säuberlich geduscht und gewaschen hat. Die Wimpern werfen einen Schatten auf die sanftgetönten Wangen, neben dem Mund verläuft eine feine Linie, ein kaum wahrnehmbares Zeichen sehr tiefer und verworrener Emotionen. Du hast nicht den geringsten Grund, diese Frau zu begehren.

Es ist ein ziemlich einfaches Handwerk. Mit einer Reparatur, die man gegen angemessene Bezahlung ausführt, ist man meistens zufrieden. Ab und zu kommt auch mal ein Drama vor. An Silvester hat man immer Dienst. Ein siebzehnjähriger Rückfälliger wird hereingebracht, ihm fehlen bereits ein Auge und ein Teil seiner rechten Hand, aber im nächsten Jahr ist er wieder mit von der Partie. Die Nase und das Jochbein gehen dich nichts an, aber das andere Auge wird gerettet, fachkundig entfernst du die Splitter und Staubpartikel, desinfizierst den glasartigen Körper, die Fäden, die du vernähst, werden in drei Wochen zerfallen.

Aus dem momentanen Durcheinander heraus schaut er auf. Robert. Er hat die ganze Zeit über gewußt, daß Robert da ist, auf dem Boden sitzt, versteckt hinter der geöffneten Tür.

Robert hat nur eine Unterhose an; ein Bein hat er angezogen, ein Bein ausgestreckt, er sitzt gegen die Wand gelehnt. Erik hat den Eindruck, daß er verletzt ist. Er geht auf ihn zu, hockt sich vor ihn hin und untersucht den Arm. Die Haut am linken Puls zeigt ein paar Schnitte, die nicht tief sind, Robert hat Blut verloren, auch wenn es nicht viel ist, so reicht es doch aus, um den Mann vorerst vom Chaos des wahren Geschehens fernzuhalten.

Er schaut benebelt auf und nennt Erik beim Namen.

»Erik.«

Neben seinem Fuß liegt ein schmales Messer. Erik sieht es sich näher an, andächtig, ohne zu begreifen.

»Was ist passiert?« fragt er dann.

Eine müde Geste.

»Nichts … Gar nichts.«

Es ist ein silberner Dolch. Ein unergründlicher Gegenstand, den Erik in diesem Haus vorher noch nie gesehen hat. Die Klinge ist verschmiert.

»Seltsam«, sagt Robert

»Was ist seltsam?«

»Der Brieföffner.«

»Was ist damit?«

Aber anstatt eine Antwort zu geben, grinst er nur verwundert, streckt das andere Bein auch noch aus und versinkt wieder in den Alkoven seiner geistigen Umnachtung. Erik kann ihn sehr gut verstehen. Er versucht Zeit zu gewinnen. Die Zeit totzuschlagen. Es gibt in der Tat keinen Grund zur Eile. Warum soll ich mich dem nicht anpassen? Unten auf der Straße hört er, wie ein Auto startet und brummend wegfährt. Nur mit der Ruhe. Sicher werde ich gleich die Anrufe erledigen. Hausarzt und Polizei. Es ist etwas Schreckliches passiert, kommen Sie sofort. Die Adresse, Oude Zeestraat, Oude Zeestraat, die Nummer habe ich vergessen, acht oder zehn, es steht ein vollkommen erstarrter Hund an der Hecke …

Das Zimmer ist kalt und hell. Ein Fenster ist offen. Dieses feuchte, kalte Wetter wird einige Tage hängenbleiben. Obwohl er schon vor längerer Zeit mit dem Rauchen aufgehört hat, greift er jetzt zu einer Zigarette, die ihm helfen soll, dem Freund aus Jugendtagen Gesellschaft zu leisten, dem mordlustigen Idioten auf dem Boden neben ihm. Gleich wird er zum Telefon gehen und Alarm schlagen. Damit wird Robert nichts zu tun haben. Robert wird mit Sicherheit vorhaben, in den nächsten Stunden auf seinem Standpunkt zu beharren, daß ihn der Tod von Magda Rezková, geboren am 20. November 1938 in der Nähe von Brünn, Tschechoslowakei, 1947 mit ihrer Mutter nach Quebec, Kanada, emigriert, dort im Dezember 1963 Heirat mit einem ernsthaften Holländer, der Landschaften malt, sibirisch kalt läßt.

Erik ist aufgestanden. Er lehnt seinen Kopf an die Wand.

4

Wenn er die Augen schließt, sieht er Magda hinter der verschneiten Gestalt ihres Mannes auftauchen.

Am Abend des 22. Januar 1964 kam Robert vorbei, um sie Nellie und ihm vorzustellen, er kann sich noch so gut an das Datum erinnern, weil in derselben Nacht ihr Sohn Gabriel geboren wurde. Er steht in der Türöffnung. Es ist ein rauher Abend. Schneeschleier tanzen über die Düne. Die beiden sind über die Treppe heraufgekommen, Robert voran. Im Licht der Außenlampe ist sein Gesicht kreidebleich, aus seinem Mund kommt Atemdampf. Er stampft mit den Absätzen, sein Lachen klingt albern fröhlich. Dann macht er einen Schritt zur Seite und schiebt seine gesetzmäßige Ehefrau in den Flur.

Erik muß sofort an ein Dienstmädchen denken. Die Frau ist klein. Trägt eine grüne Wollmütze. Ihr Lächeln ist offen und nachgiebig. Mit einem Gefühl der Enttäuschung drückt er ihre Hand.

Er war Robert mittags zufällig im Dorf begegnet. Weil er ihn über ein Jahr nicht gesehen hatte, zögerte er. Soweit er wußte, war er mit Hilfe des väterlichen Erbes damit beschäftigt, in New York eine phänomenale Künstlerkarriere zu machen.

»Erik!«

Die Gestalt in der lila Jacke überquerte die Straße, lotste ihn in eine Kneipe und bestellte gebratenen Fisch und dazu Wein.

»Was ist das hier für ein beknacktes Nest«, sagte er, weihte Erik ein und erzählte von der Frau, mit der er seit einem Monat verheiratet war.

Magda war damals nicht gestorben, obwohl es der kälteste Winter ihrer Jugend war. Sie mochte vielleicht eine ängstliche Vogelscheuche von sechs oder sieben Jahren gewesen und der Flugplatz, in dessen Nähe sie wohnte, halb zerbombt worden sein, aber sie blieb am Leben. Im August 1947 schifften sich ihre Mutter und sie auf dem schwedischen Schiff Goya ein und erreichten nach einer Reise von etwa drei Wochen über einen ruhigen, dunkelgrünen Ozean die östliche Mole des Hafens von Halifax und eine Gegend, die nach Meinung ihrer Mutter weit genug von Europa entfernt war. Sie wuchs in der kleinen französischsprachigen Stadt Gaspé auf. Ein Mädchen mit schmalen grünen Augen. Es gab von ihr und ihrer Mutter ein paar Fotos, nicht viele. Magda ließ sich in den Schulbänken und auf Schlittschuhen und mit einem Esel am Strand des Sankt-Lorenz-Golfs ablichten. Manchmal trägt sie Kniestrümpfe, manchmal Socken, und schließlich, es ist Sommer, ist sie eine Achtzehnjährige mit glänzenden Beinen und einer mattblonden Mähne.

Aber sie war zerstreut. Zweimal wurde sie in einen Verkehrsunfall verwickelt. Man hob sie von der Straße auf, und sie erwachte in einem Gitterbett. Einmal wachte sie nicht ganz auf. Sie starrte zur Wand, an der ein Poster mit einer Herde badender Elefanten befestigt war, und war tagelang drauf und dran, es bei diesem Starren zu belassen. Die Rüsseltiere mit ihren riesigen Zähnen, den kleinen Augen und dem freundlichen Lächeln vergegenwärtigten ihrer Meinung nach genug von der greifbaren Welt, und eines Abends sah es so aus, als ob der Sonnenaufgang sie nicht mehr antreffen würde.

Sie hatten immer noch ihre Jacken an und standen in der Ecke einer Bar. Erik wußte, daß er eigentlich nicht die Zeit hatte, sich andächtig die Lebensgeschichte einer Unbekannten anzuhören. Aber die angenehme Atmosphäre der Kneipe – der Rohrofen, der Zigarettenqualm, die Flaschen vor dem gelb beleuchteten Spiegel – hatte ihn sofort betäubt. Wer kirchlich erzogen ist, wird sich sein Leben lang vom Glanz des Heiligtums angezogen fühlen. Es sah übrigens so aus, als ob sowohl er als auch Robert ausgehungert waren, ausgetrocknet. Sie bestellten noch einmal. Nach ein paar Gläsern konnte Erik seinem Freund wieder unbeschwert in die Augen schauen, seine Grimassen amüsierten ihn noch genauso wie früher. Sein Gerede, seine vertraulichen Mitteilungen. Die Vergangenheit und der Typus der Frau sprachen ihn an.

»Es ist seltsam, was mir passiert ist«, sagte Robert. »Ich wollte nie heiraten, ich wollte nie eine Familie haben, und den Gedanken, meinen Orgasmus mit aller Gewalt immer mit ein und derselben Frau haben zu müssen, fand ich schon immer lächerlich. Fast alle meine Freundinnen waren dunkelhaarig; ein Zufall, ich suchte sie nicht danach aus. Ich liebte sie meistens wegen der Dinge, die sie nicht taten. Sie machten mir keine Vorwürfe wegen meines Kommens und Gehens, sie nahmen meine passionierten Lügen nicht ernst – das habe ich noch nie bei einer erlebt –, nachts, nach einem Streit, rannten sie nicht barfuß und mit offenem Haar über die Straße; sie jammerten nicht während unserer Nummern und krallten sich auch nicht mit den Nägeln in meinem Rücken fest. Es gibt genügend Kerle, die sich danach eine Zigarette anzünden und zusehen, so schnell wie möglich abzuhauen. Das erweckt Haßgefühle. Ich blieb die Nacht da, hatte ihren Kopf auf meiner Schulter und ihr glühend warmes Bein über dem meinen, ich ertrug ihr Geschnarche, ihren Geschmack, die Ängste ihrer Alpträume. Nur zum Frühstück blieb ich nie. Sobald das Tageslicht hinter den Gardinen hervorschimmerte, mußte und wollte ich aufbrechen. Der verlockende Kaffeegeruch konnte mich nicht mehr aufhalten. Wenn ich dann über die Straße ging und mir die aufgehende Sonne ins Gesicht schien, fühlte ich mich mit jedem Schritt leichter und besser. Die unumgängliche Schwerarbeit war geschafft, und da war ich wieder: allein. Warum Menschen die ständige Anwesenheit eines anderen brauchen, war mir immer ein Rätsel.«

Sein heiteres Gesicht verdüsterte sich etwas.

»Im Juni fuhr ich in den Norden. Ich wollte die Großen Seen sehen, die Appalachen, die Küste Kanadas. Wie läufst du deiner wahren Liebe über den Weg? Auf die banalste Art. Ein Glas Bier, das man auf einem Landesteg am Meer trinkt. Zum ersten Mal hatte ich eine Geliebte mit einer sonnengebleichten Haarpracht. Und zum ersten Mal war ich eifersüchtig. Ihre Schweigsamkeit machte mich verrückt. Ich schlief nicht mehr. Wie sollten wir unsere Leben aneinander binden können, wenn sie alles für sich behielt? Was bedeutet die Liebe eines Romeo Montague, eines Alexej Wronskij ohne den Hintergrund ihrer Freundinnen? Ich ließ sie nicht in Ruhe. Mitten in der Nacht rief ich sie an und zwang sie, mir ihre geheimsten Gedanken zu erzählen. Eines Tages sagte sie: Ich wußte sofort, daß es für immer sein würde. Ihre Worte schockierten mich nicht einmal. Ich hatte schon bemerkt, daß ich es nur noch mit mir aushalten konnte, wenn sie da war.«

Nellie und er nehmen ihnen die Jacken ab und müssen kurz schlucken, als sie das französische Gelispel von Magda hören. Unter der grünen Mütze ist die flachsblonde Haarpracht zum Vorschein gekommen. Nellie macht eine Gebärde zum Wohnzimmer hin. Rund wie ein Koloß watschelt sie, in einem Kleid mit dunkelroten und gelben Streifen, hinter ihren Gästen her.

Es ist ein ruhiger Abend. Sie trinken und lauschen dem Wind nach. Erik spricht kaum Französisch und Nellie gar nicht. Aus Solidarität mit ihrer zukünftigen Freundin lächelt und schweigt sie. Häufig steht sie auch auf, um etwas aus der Küche zu holen. Robert legt ihnen seine Pläne dar. Er sagt: »Malen kann man eigentlich nur in Westeuropa.« Sie haben einen alten Bauernhof in den Cevennen gekauft. Dort gibt es einen Brunnen, einen Hang, an dem ein Gemüsegarten angelegt werden kann. Wenn es dunkel ist, fangen die Eulen über dem Tal an zu rufen.

»Ein wildes, stilles Gebiet«, sagt Robert. »Genau so, wie wir es gesucht haben.«

Erik nickt. Den ganzen Abend über wird er die bevorstehende Geburt vergessen. Erst als sie gegen zwölf wieder allein sind, zeigt Nellie ihm ihr verzogenes Gesicht. Ihr ist der kalte Schweiß ausgebrochen.

5

Als er die nötigen Telefonate erledigen geht, folgen ihm die Hündchen auf dem Fuß. Er sieht, daß sie sich trotz ihrer kurzen Beine geschickt die Treppe hinunterarbeiten, indem sie sich von einer auf die andere Treppenstufe fallen lassen. Was spricht dagegen, den Viechern zuerst ihr Frühstück zu geben, das sie erwarten?

Er durchsucht den Küchenschrank, findet die Dosen und öffnet eine. In dem Moment, in dem er den ekelerregenden Inhalt auf drei Näpfe verteilt, dringt ihm der Geruch eines Soldatencamps im Winter in die Nase und erinnert ihn mühelos an das Feldlazarett, das Wartehäuschen und den Exerzierplatz. Er war in der Sanitätskompanie ein ernsthafter, pflichtbewußter, verheirateter Unteroffizier, der seine Rekruten von Hämorrhoiden und Rotznasen erlöste. Zugleich hatten ihn sechs Wochen Grundausbildung gelehrt, an welcher Stelle das Bajonett in den Körper gestoßen werden muß, du benutzt deine ganze Muskelkraft, drehst die Waffe dabei ein paarmal um und brüllst aus voller Kraft.

Er ruft, er macht lockende Geräusche: der große Hund reagiert nicht, als er ihm Futter hinstellt. Das Tier bleibt genauso an der Hecke stehen, wie Erik es am frühen Morgen angetroffen hat. Vor einer Stunde? Vor fünf Minuten? Er ruft noch einmal. Der Name des Hundes will ihm nicht einfallen. Er weiß sehr gut, daß er die Anrufe nicht länger aufschieben kann.

»Wir kommen sofort!«

Die routinierte Stimme hat sich seine Geschichte angehört und ernst genommen. Anschließend werden ihm einige Fragen gestellt, auf die er in Roberts bequemem Lesestuhl Antwort gibt. Er nennt seinen Namen. Er nennt den Namen der Bewohner des Hauses, in dem er sich befindet. Zu seinen Füßen, auf dem weichen Fußboden, liegen aufgeschlagene Bücher mit Reproduktionen von Kunstwerken. Teiche mit Wasserlilien. Obstbäume. Taumelnde Sonnen über dem Meer.

Er schaut sich die Frau im Bad von Bonnard an.

»Die Adresse bitte!«

Sie liegt sittsam und flach im Wasser, die Fußgelenke überkreuz. Mit einer Hand bedeckt sie ihre Augen, durch die Wasserlinie wirkt die andere Hand gebrochen. Dieses weibliche Weichtier wird durch Licht und Farbe beschützt. Licht und Farbe, denkt er, das einzige, was das menschliche Auge aufnehmen kann, alles andere ist Einbildung. Der weiße Rand der Badewanne. Der Sonnenschein. Die blauen Fliesen. Abgestimmte Arbeit. Zeichen einer immer schwerer werdenden Vergangenheit.

»Ich frage Sie noch einmal: die Adresse!«

»Oude Zeestraat ... Oude Zeestraat ...«, murmelt er.

»Nummer?«

Es verstreicht ein Moment der Stille.

Er weiß nicht, was er schließlich antwortet, es ist auch nicht wichtig. Als die Verbindung unterbrochen wird, beugt er sich vor, schließt die Augen und preßt seine Faust gegen den Mund, um den Schrei zu ersticken, obwohl auch der die Vision nicht abstellen könnte, die wie ein Kanonenschuß durch sein Gehirn gejagt wird.

Die Morgenluft einatmen. Die Nachtluft einatmen. Ein Blinder erlebt die totale Wirklichkeit: das weiß er dank seines Berufes. In gewisser Hinsicht ist die dunkle Welt manchmal sogar reicher als die sichtbare. Träge und schleppend, aber frei von der Illusion eines Horizonts, steuert der Blinde durch einen unbegrenzten Raum. Die

Baken – Form und Umfang – versteht er besser als der Sehende. Niemand ist in der Lage, eine Form zu sehen. Nur wer mit seinen Fingern die Rundungen und Hohlräume erkundet hat, kann diese später auch mit den Augen für Tatsachen halten. Die griechische Skulptur, sagte Robert, wurde erst dann plastisch, als sie mit den Händen und nicht mehr mit den Augen gemacht wurde. Die Hände der Blinden werden immer neugierig bleiben, sinnliche Hände eines Kindes.

Eines Tages schlug eine seiner Augenoperationen in die vollkommen falsche Richtung um.

Ich sehe ihn mit aufgesperrten Augen und Mund vor dem Waschbeckenspiegel stehen. Ich sehe die Gebärde, in der sein Abscheu erstarrt ist: die spitzen Finger, ausgestreckt, kaum gespreizt, an seinem Gesicht. Der Patient, Maurits, vierunddreißig Jahre, von klein auf blind. Ich sehe das Krankenzimmer um ihn herum – drei Patienten mit verbundenen Augen in den Betten, ein verlassenes Bett, ein Tisch mit leuchtend bunten Blumen – und erinnere mich an den Tumult, den ich eben auf meiner Runde durch die Abteilungen gehört habe. Ich erinnere mich, daß zwei Schwestern aus der Küche in Zimmer 407 gerannt sind. Die uniformierten Mädchen geben sich sonst nicht unbedingt große Mühe, die Patienten zu beruhigen. Sie stehen mitten im großen hellen Zimmer und lassen sich von ihm begaffen. Genau wie ich. Der Patient hat sich umgedreht und stiert unsere Gesichter an. Wir sind wie erstarrt.

Die Angst, unsere Gesichtszüge durch eine Bewegung noch abstoßender erscheinen zu lassen, lähmt uns. Er richtet seinen Blick wieder auf den Spiegel. Ich sehe, daß seine Augen das Zerrbild nicht annehmen können: er wirft einen Blick über die Schulter, um zu sehen, wer hinter ihm steht. Niemand. Dann streicht er mit seinen

Fingern über seine Augen, über Mund und Nase. Als das Gejammer wieder anfängt, verstehe ich: »Löcher ... gräßliche Löcher ... !«

Erik hatte hohe Erwartungen in diese Operation gesetzt. Es war ein Fall, bei dem eine normale Transplantation nicht möglich war, weil die Hornhaut nicht nur durch Narben zerstört worden war, sondern vor allem durch Blut. Blut sorgt dafür, daß fremdes Gewebe sofort abgestoßen wird.

Welche Lösung haben wir Augenärzte dafür gefunden? Wir fertigen ein Fenster aus Knochen an, zum Beispiel aus der Hüfte des Patienten, und verpflanzen dieses Minigerüst in die verhärtete und getrübte Hornhaut, exakt über der Linse. Danach können wir, weil das Hilfsmittel aus dem Körper des Patienten stammt, machen, was wir wollen: Wir installieren eine Kunststofflinse. Trotzdem gibt es in der niederländischen Augenheilkunde noch Einwände gegen dieses spektakuläre Paradebeispiel. Man hat Bedenken hinsichtlich der Erfolgsquote. Die Verletzungen der Hornhaut passieren im allgemeinen so früh, daß die Augenmuskeln sich nicht entwickeln können. Kurz gesagt: Rein technisch ist das Auge in der Lage zu sehen, das Gehirn macht jedoch noch nicht mit.

Erik hatte sich deswegen die Vorgeschichte des Patienten genau angesehen. Das Kind war während der japanischen Besetzung von Indonesien in einem Lager erkrankt. Unterernährung, Masern, und es war passiert. Blind im Alter von sechs Jahren. Er hatte ein paar Nächte darüber geschlafen. Sechs Jahre, ein Grenzfall. Seine Vermutung, daß die Augenmuskulatur intakt geblieben sein könnte, bestätigte sich, als man den Verband von den Augen nahm. Der Patient konnte tatsächlich sehen.

Die beiden Krankenschwestern steckten ihn ins Bett und legten ihm wieder einen Verband an. Der Patient beruhigte sich. Daraufhin war er eine Woche lang damit beschäftigt, sich die Erinnerung an die abstoßende Erscheinung einzuprägen, bevor er sich traute, ihr wieder unter die Augen zu treten. Danach dauerte es noch lange, bis er akzeptieren konnte, daß die wüsten Löcher etwas mit der Information – tief, sanft und schleimig warm – gemein hatten, an die sich seine Hände gewöhnt hatten.

»Seine Hände haben gegen seine Augen verloren«, sagte Robert, als Erik ihm von dem Vorfall erzählte.

Das Unglaubliche ist doch passiert: er hat die Frau seines Freundes verführt. An einem sonnigen Nachmittag im Februar begegnete er ihr zufällig, das Wetter war naßkalt, sie trug eine kurze braune Kunstpelzjacke und braune Stiefel, ihr Rock hatte an der Seite drei Knöpfe, die sie bald öffnen würde, damit das Kleidungsstück vor seinen Augen auf den Boden gleiten konnte. Wie kam es nur, daß er sich plötzlich so gut in diesem erotischen Abenteuer zurechtfand?

»Wo hast du in diesen zwei Jahren nur gesteckt?« hatte er sie gefragt.

Als er die Frage stellte, wußte er schon, daß sie ihm keine konkrete Antwort geben würde. Keine Fakten, keine Daten, keine zusammenhängend erzählten Geschehnisse. Armselige Kategorien, bei denen wir normalerweise um eine Erklärung bitten. Er lehnte sich gegen Magdas Sekretär.

Magda. Unfaßbar blaß und sanft in ihrem seidenen Unterrock. Unfaßbar warm im Schein des unruhigen Feuers im Ofen hinter ihr. Die gußeisernen Türen waren geöffnet. Beim Eintreten war ihm sofort der Geruch im Zimmer aufgefallen. Es riecht hier nach Schrebergarten im Herbst. Was machst du? Alte Unterlagen verbrannten. Alte Kassenbücher, alte Policen, alte Terminkalender. Und Ahornblätter gegen den Gestank, den dieser staubige alte Kram nun einmal abgibt. Einen Augenblick! Sie hatte ihre Jacke noch an und schüttete den Inhalt eines Papierkorbes auf die ausgeglühten Steinkohlen, die stark zu qualmen anfingen, bis plötzlich die Flammen aufloderten.

Er hatte die Frage nur deswegen gestellt, weil er sich das auf dem Weg zu ihrem Haus fest vorgenommen hatte. Sie würde ihm ihr Geheimnis preisgeben. Seine Freundschaft zu ihrem Mann hatte ihm die Veranlassung dazu gegeben. Sie würde jetzt endlich alles erzählen, und wenn sie einmal damit angefangen hätte, würde sie das auch weiterhin tun. Robert, der auf Geschäftsreise in Algier war, würde bei seiner Rückkehr die Tatsachen ganz selbstverständlich aus ihrem Mund zu hören bekommen.

Sie gingen durch den Flur. Die Tür ihres Arbeitszimmers stand offen. Der Geruch, das Licht, der kranke Hund, der sich unter den Sekretär legte: der Mittelpunkt des Tages verschob sich. Wie kann man wissen, welche Tricks man anwenden muß, um sein Ziel zu erreichen? Von einer Sache würde er immer überzeugt bleiben: er verführte Magda in dem Moment, als sein pflichtbewußtes Hirn ihn die einstudierte Frage stellen ließ.

Es entstand eine Stille.

»Sieh mich an«, sagte sie dann und fing an, ihre Jacke auszuziehen.

Er lehnte sich gegen den Sekretär und gehorchte. Er sah, wie sie den Reißverschluß ihrer Stiefel öffnete, den Rock von den Hüften gleiten ließ, den Pullover über den Kopf zog, ihr blondes Haar schüttelte und ihre Kniestrümpfe auszog, indem sie ganz klassisch das eine Bein über das andere kreuzte. Ein Narr kann mehr fragen, als ein Weiser beantworten könnte. Was bedeutet das? Auch wenn du neugierig bist, übe Geduld, du kannst erst im nachhinein die Geschichte verfälschen. Wo bleibt dein Verstand? Nirgends. Magda begann auf seine schamlose

Frage mit einer diskreten Antwort. Sie ging einen Schritt nach vorne, streckte ihren Arm aus und zog ihn mit dem Selbstbewußtsein einer Geliebten zu sich hin. Er roch den bitteren Geruch ihrer Achseln.

Er hatte sie bemerkt, als er mit dem Wagen vor einer roten Ampel anhalten mußte. Es war etwa vier Uhr. Die Wintersonne warf ein trügerisches Licht auf die Kreuzung: in einer Stunde würde es dunkel sein. Er befand sich auf dem Weg zu einer Versammlung im Diakonissenhaus. Seiner Meinung nach kam sie mit ihrem Hund gerade aus Hillegoms Gasthaus. Das Gebäude stand seit dem Ausbau der Ausfallstraße etwas im Abseits. Die Bäume auf der Straßenmitte mußten gefällt werden. Die Ligusterhecken am Fahrradweg verschwanden. Der kerzengerade Weg gab dem Seewind genügend Gelegenheit, den Knöterich an der Hinterfront des Hauses eingehen zu lassen.

Was macht Magda hier? Das ist eine Wirtschaft für alte Männer. Er fand, daß sie rührend bleich aussah. Mit zusammengekniffenen Augen kam sie um die Ecke, der tiefstehenden Sonne entgegen. Sie schien nichts und niemanden wahrzunehmen, und weil sie, vielleicht wegen des Hundes, ihren Körper ein wenig zu aufrecht hielt, erinnerte ihr Gang ihn an den eines Blinden.

Plötzlich, als die Ampel auf Grün sprang, überfiel ihn das seltsame Gefühl, auf irgendeine Art mit ihr verbunden zu sein, er war ihr Vater oder ihr älterer Bruder, ihr Musiklehrer, ihr Friseur. Überwältigt von der Gewißheit, mit ihrer unverwüstlichen Einsamkeit verwandt zu sein, fuhr er weiter. Ohne zu wissen warum, hielt er an der gegenüberliegenden Straßenseite an und stieg aus.

Magda war in Gedanken versunken. Sie bemerkte ihn erst, als sie sich ihm bis auf einen Meter genähert hatte. Ihr Gesicht fing an zu strahlen.

»Ach, Erik!«

Aus irgendeinem Grund konnte er ihr Lächeln kaum erwidern.

»Du bist ziemlich weit vom Kurs ab«, sagte er.

Sie sah ihn an und wartete ab.

»Wie war's bei den alten Männern?«

Seine Worte schienen für sie ohne Inhalt zu sein. Sie hob die Augenbrauen. Um seine Verlegenheit zu verbergen, bückte er sich und streichelte die Schnauze des Hundes. Das Tier starrte dumpf vor sich hin.

»Ich bin mit ihm beim Tierarzt gewesen«, sagte sie.

Aus seiner gebückten Haltung heraus schaute er auf, um ihre rückwärtsgewandte Kopfbewegung zu sehen: der Tierarzt wohnt hier ganz in der Nähe.

»Was hat er?«

»Nichts. Er ist alt.«

Während sie ihre Finger über das fettige Fell fahren ließ, dachte er plötzlich: Eines Tages wird sie ihre geheime Geschichte dem Erstbesten preisgeben. Eines Tages wird ihr diese kerkerartige Stille zuviel.

»Er ist alt«, wiederholte sie mit einem zerstreuten Ton in der Stimme.

Er erhob sich. Die Schlüssel in seiner Jackentasche klirrten. Für Sekunden standen sie einander schweigend gegenüber. Sie schaute nachdenklich auf die untere Hälfte seines Gesichts.

Dann sagte er: »Komm, ich fahre dich und den Hund schnell nach Hause.«

Ihre Augen hellten sich auf.

»Nein. Er hat eine Spritze bekommen und muß sich noch ein bißchen bewegen.« Sie runzelte die Stirn. Ihr Gesicht sah plötzlich unfreundlich aus, als sie sagte: »Aber wenn du mit nach Hause kommen willst, dann geh mit.«

Sie kehrten der Kreuzung den Rücken zu, bogen links ab und gingen Richtung Zentrum.

Ein Touristendorf im Winter. Keine Flaggen mehr, keine Aushängeschilder mit zweisprachigen Reklamesprüchen, und in den Vorgärten fehlen die strahlendweißen Stühle. Die Kunden müssen sich erst wieder an die Standardwaren gewöhnen, ein Stück Rippe, Gehacktes, Rollbraten am Samstag. Man ist wieder unter sich. Laßt uns deswegen über den Ladentisch hinweg die letzten Neuigkeiten austauschen.

»Erik, ich muß noch eben Brot kaufen.«

Sie gab dem Hund zu verstehen, daß er sich setzen sollte, und stieß die Ladentür auf.

Er hätte blind oder taub sein müssen, um nicht zu bemerken, daß Magdas Gruß von den Angestellten ohne Sympathie erwidert wurde. Und daß zwei mit Brot beladene Leute das Geschäft erst verließen, nachdem sie einen lächerlich kalten Blick auf Magda geworfen hatten.

»Ein halbes geschnittenes Weißbrot«, sagte sie. Und kurz darauf: »Eine Rolle Zwieback. Ein dunkles Roggenbrot.«

Es war, als ob ihre Bestellung den Laden mit einer Anzahl Flüche beladen hätte. Die Schneidemaschine durchbrach die gespannte Stille. Er trat einen Schritt zurück und stellte sich zwischen die Kunden, die nach ihnen gekommen waren, es kostete ihn nicht viel Mühe, die Frequenzen ihres empörten Schweigens aufzufangen. Magda müßte etwas höflicher und verbindlicher sein.

Du bist bestimmt nicht anders als wir, auch wir erleben unsere Dramen der Liebe und des Unverständnisses. Aber, mein Gott, wenn du mit den anderen ein bißchen in Tuchfühlung bleiben willst, dann wirst du sprechen müssen. Wir sind es gewohnt, uns alles zu erzählen. Dies ist eine offenherzige Zeit. Dies ist die Zeit der Autobiographie. Nach dem Tag, an dem wir uns mindestens einer Vertrauensperson, mindestens einem Vertrauten offenbart haben, schalten wir abends den Fernseher ein, trinken eine Tasse Kaffee und lassen eine wildfremde Person zu Wort kommen, die uns erzählt, daß sie vergewaltigt worden ist, daß sie gemordet hat, daß sie in einem brennenden Kaufhaus die Hand eines Kindes, das sie hatte retten wollen, loslassen mußte ... Magda vernachlässigt ihre Freunde, indem sie sich ein Sprechverbot auferlegt.

»Sie ist wieder da«, sagte Robert, als er eines Nachmittags vorbeikam, um es Erik und Nellie zu erzählen.

Natürlich wußten sie es beide schon. Seit einer Woche summte es im Dorf vor Rührung, und vor allem die Frauen zeigten Respekt. Laßt uns ehrlich sein, das haben wir doch alle schon mal tun wollen. Magda, sie war noch bis vor kurzem etwas zu naiv und schwer von Begriff, hat sich auf und davon gemacht, ein paar Jahre Vergnügen, und dann kehrt sie wie ein Mädchen zurück, als sei nichts geschehen. Wir interessieren uns für die Details ihrer Geschichte.

Robert saß an ihrem Küchentisch und schaute aus dem Fenster. Erik und Nellie gaben sich feierlich. Ihre Gesichter leuchteten. Sie hatten Champagner aufgemacht und schöne Sektflöten hervorgeholt, sie waren zu fröhlich, um sich zu setzen, und räumten voller Energie die Blumen, den Aschenbecher und das Salzgebäck von hier nach dort. Schließlich ließ ihre Hektik nach, und sie erhoben die Gläser. Ihre Augen suchten die von Robert. Nun, woher weht der Wind?

Er trank schnell, zusammengekauert, die Ellenbogen auf den Tisch gestützt. Als sein Glas leer war, schob er es von sich weg, als ob er Angst davor hätte, sich daran zu verletzen.

»Wo ist sie gewesen?« rief Nellie.

Stille. Seine Fingerspitzen gegeneinander. Ein wohlüberlegtes Lächeln.

»Tja«, sagte er. »Da fragt ihr mich zuviel. Ich habe keine Ahnung.«

Erik fing ein Gespräch über Fußball an, danach über Politik.

... Ich weiß, daß ich als Mann keine sensationelle Erscheinung bin. Ich lebe mit denjenigen, die das Schicksal mit mir verbunden hat. Vielleicht liebe ich sie aus Bequemlichkeit; schon als Kind war ich folgsam. Dünenwanderungen mit meinem schweigsamen Vater. Betttücher für meine Mutter reinholen. Ich mochte es, daß meine Schwestern kicherten und ihre Kleider nach Sonnenblumen rochen. Gut möglich, daß ich etwas mehr in der Welt hätte herumstreunen können. Wer ist schon so verrückt, es bei einer Frau zu belassen? Sie merkt in Gesellschaft, daß ich ihre Beine betrachte, und stellt ihre Knie etwas auseinander. Manchmal erzählt sie mir ihre unbedeutenden Träume. Noch nicht einmal, wenn sie alt ist und fast tot, wird es ein Endergebnis geben von dem, was sie ist. An einem regnerischen Tag denke ich an meinen Sohn: besorgniserregender Sproß von Nellie und mir. Mein Herz verkrampft sich. Ich weiß nur sehr wenig von den Menschen, mit denen ich zusammenlebe ...

Sie verließen die Bäckerei. Der grellgelbe Sonnenschein war in Nebel übergegangen, in Wind; er mußte an das abweisende Gesicht von Robert denken, das er seit dem Mittag, als er von der Rückkehr von Magda berichtete, immer öfter aufsetzte. Es war schade, daß sie wegen des kranken Hundes so langsam gehen mußten. Er hatte es eilig damit, die Fragen, die ihm im Kopf herumspukten, auf Magda abzufeuern.

Laß uns über deine Jugend sprechen. Erinnerst du dich noch an die Sprache? Das Haus, in dem du gewohnt hast? Den Garten? Du warst erst sechs ... Weckt Robert dich immer noch mitten in der Nacht? Er ist eifersüchtig auf deine Gedanken. Komm, erzähl mir, was du denkst. Was hast du auf deiner Reise gesehen? Wem bist du begegnet? Du weißt doch: bald sind wir alle tot, verschwunden, vergessen. Warum bist du so kompliziert? ... Wenn du nach dem Aufwachen nicht gleich deinen Traum erzählst, hast du ihn innerhalb weniger Sekunden vergessen. Was nicht erzählt wird, gibt es nicht ...

Sie beugte sich vor, um das Gartentor zu öffnen.

»Warte mal. Das Schloß ist verrostet.«

Erst nachdem sie ein paarmal gerüttelt hatte, sprang die eiserne Verriegelung auf. Sie schaute zu ihm auf und lachte. Aus ihren Augen und ihrem Mund sprach uneingeschränkte Mitteilsamkeit.

»Gut, gut. Lauf du nur schon voraus.«

Der Hund drängte sich an ihr vorbei.

Ein Diwan in einer Rumpelkammer. Feuer, das stark nachglüht, aber nicht mehr brennt. Hinter den Fenstern ist das Seemöwengeschrei verstummt, jetzt, wo der Mond aufgeht, suchen die Tiere weiß Gott wo ihren Schlafplatz auf. Er betrachtete die winzigen Schweißperlen auf ihrer Brust, das Gesicht, das sie in diesem Moment maskenartig starr hält. Er stützt sich auf seinen Ellenbogen. Seine Hand zeichnet den Bogen der Augenbrauen, einzelne Haarsträhnen, den hübschen Rand des Ohres nach. Durch das Fenster fällt noch genug Licht, um die Schattenstellen dieses Frauenkörpers zu markieren. Ihr Gesichtsausdruck erinnert ihn an einen steinernen Götzen. So macht sie ihn wieder neugierig. Sie sind schließlich noch nicht fertig. Solange seine Hüften noch auf die ihren gestützt sind, solange sein Geschlecht noch von ihrer lebensvollen Wärme umschlossen ist. Sie haben noch nicht ausgeredet.

Er macht eine kaum wahrnehmbare Bewegung. Sie erwidert sie sofort. Um ihren Mund erscheint ein amüsiertes, spöttisches Lächeln. Konversation mit uralten Zeichen.

»Weißt du«, hat er danach mit ganzer Aufrichtigkeit gesagt, »ohne das kann ich nicht.«

»Ohne was?« murmelte sie von ganz weit her.

»Ohne diesen neuen Geruch, dieses neue Haar, diese neuen Hände.«

Einen Augenblick lang blieb sie ganz ruhig.

»Ich auch nicht«, sagte sie dann.

Dieses Spiegelungssystem von Aufsteigen und Herabsinken, dieses An-sich-Drücken, dieses Streichen einer bis auf die äußerste Erwartung gespannten Saite ist ihm natürlich nicht unbekannt. Aber diesmal ist es keine sexuelle Umarmung mehr und auch keine bloße Geilheit, es ist das brennende Verlangen nach einem Abenteuer, einer Grenzenlosigkeit, einem Wahn, einem Spuk, einer Tiefsee-Expedition. Er hat das eigenartige Gefühl, dieser Frau bis ans andere Ende der Welt gefolgt zu sein.

Ein Glas Bordeaux? Einen Cognac? Sie steht auf, sie hat ihm etwas zu trinken angeboten. Ja, stimmt er leise zu, ich hätte gerne ein Glas Cognac. Kurz nachdem sie weg ist, beginnt er sich halb tastend zu bewegen. Es muß sich eine Wolke vor den Mond geschoben haben, das dunkle Zimmer ist ihm allerdings so vertraut wie sein früheres Jungenzimmer: versengte Luft, Stille, Traumbilder. Seine Hände werden sich immer an das Faszinosum dieses Frauenkörpers mit seinen leichten Bewegungen erinnern.

»Wo bist du?«

Er nimmt das Glas aus ihrer Hand. Der Geschmack ihres Mundes ist plötzlich heiß und scharf.

6

In der Tür stehen drei Erscheinungen. Er schreckt auf. Zwei jungenhafte, uniformierte Polizisten und ein etwa fünfzigjähriger Zivilbeamter schauen ihn an. Sie kommen nicht auf ihn zu, sondern geben ihm nickend einen Wink. Er schiebt die Kunstbücher beiseite und erhebt sich aus dem Sessel.

Sie stehen einander prüfend gegenüber.

»Es ist oben«, sagt er dann.

Wie ein Gastgeber geht er vor ihnen die Treppe hinauf. Die drei Männer folgen ihm so gespenstisch lautlos, daß er sich auf halbem Wege umdreht. Sie richten ihre ruhigen Augen auf ihn, sagen aber immer noch nichts. Das ist wohl auch nicht nötig. Unsere Rollen sind vollkommen klar. Ich muß die Stelle zeigen, wo sich die Geschehnisse, die das Leben auferlegt hat, ineinander verstrickt haben; sie werden dann anhand von Gesetzen und Verordnungen versuchen, die ganze Sache aufzudröseln. Er riecht den Dampf des Blutes. Im vollen Bewußtsein dessen, was sich seinen Augen darbieten wird, stößt er die Schlafzimmertür auf.

Er bewegt sich nicht. Atmet nicht. Seine Nägel drükken sich rhythmisch in seine Handballen.

»Gehen Sie doch bitte aus dem Weg.«

Jemand schiebt ihn beiseite, jemand erlöst ihn, es ist der Zivilbeamte, der sich jetzt an die zwei Polizisten richtet, Schrecken und Unglaube brennen ihnen in den Augen, sie sind noch Jungen. »Ermittlungshilfsgruppe«, sagt jemand. Einer der Jungen entfernt sich. Der Beamte geht zu Robert, der sich mit einem höflichen Ausdruck im Gesicht aufrappelt .

»Er ist etwas durcheinander«, murmelt Erik und kommt näher. Der Zivilbeamte lächelt matt: »Seien Sie ihm doch beim Ankleiden behilflich.«

Kurz darauf wird das Zimmer von den Sachverständigen in Beschlag genommen. Es werden Fotos und Vermerke gemacht. Erik schaut angeekelt zu. Diese nüchterne Vorgehensweise untergräbt die Frage, an die sich sein Bewußtsein mit eisernen Tentakeln festhält. Warum mußte sie sterben? Sie war seine Geliebte. Wer soll sich jetzt an den heimlichen Nachmittag erinnern? An die Wärme? Die Dunkelheit? Den Geruch der Glut? Das Mondlicht muß auch auf mein Gesicht gefallen sein. Hat es einen Ausdruck der Neugierde, der Freude oder der dummen tiefen Liebe beleuchtet, über die eine Frau im Grunde ihres Herzens lacht? Mein Gedächtnis kann allerhand behaupten.

Sie ist tot. Es werden Nummernschilder an verschiedenen Gegenständen angebracht, unter anderem auch an dem Brieföffner, den er eben noch mit verwunderten Augen betrachtet hat. Inzwischen hat Robert eine graue Hose und ein weißes Hemd an. Erik kniet sich auf den Boden und stülpt Robert ein Paar Segeltuchschuhe über die Füße. Gib mir auch eine Zigarette, sagt er, als er wieder steht. Robert und er bekommen eine Bastos und Feuer, sie grinsen einander an, und für einen Augenblick glaubt Erik im Blick des anderen so etwas wie einen unpersönlichen Ärger zu erkennen. Meine Güte, was für ein Gehabe. Jetzt läßt der Arzt die Leiche für einen Augenblick im Stich, um am Puls des Verdächtigten einen Notverband anzulegen. Er schüttelt den Kopf in Richtung eines Polizisten, die Handschellen können nicht angelegt werden; die Wunde ist zwar nicht tief, aber Handschellen: nein. Anschließend wird Robert von dem Zivilbeamten am Arm festgehalten. Erik sperrt die Augen weit auf: sein alter Freund läßt sich willig, ohne sich auch nur einen Augenblick umzusehen, aus der Türe lotsen. Blitzlicht schießt durch den Raum. Geblendet geht er zum Fenster.

Eine Ambulanz. Polizeiwagen. Schwere, graue Luft. Ein spätsommerlicher Wind spielt in den Pappeln. Erik wartet, bis er Robert herauskommen sieht.

Ich weiß nicht, was heute nacht passiert ist. Magda ist ermordet worden. Wahrscheinlich weiß Robert es genausowenig. Wahrscheinlich hat er sie ermordet. Man ist, was man tut. Man ist nicht, was man tut. Robert geht seinen Geschäften nach, schaut sich Gemälde an, wiegt das Geburtstagsgeschenk für seine Frau in der Hand: eine doppelte Halskette aus Granat. Gleich wird ein Fragment seines Lebenslaufes unter die Lupe genommen. Zeitpunkt, Waffe, Motiv: Geständnis. Je länger man nachforscht, desto ungenauer wird der Fall.

Heute nacht. Ein unglaublicher Moment, ein zusammengeballtes Jetzt, vollgesogen mit Hitze und Liebe, mit Anstrengung, mit Geschichten innerhalb der Geschichte, mit verstrichenen Augenblicken, darunter auch der, daß sich ein dürrer Junge einmal hoch und heilig versprochen hat, später eine Frau zu finden, die anders als seine Mutter oder Schwester sein würde. Da hast du ihn.

Sie gehen zu dritt den Weg hinunter. Robert scheint es eilig zu haben. Sein Haar und sein Hemd wehen im Wind. Als sich ein paar Männer mit einer Trage nähern, weichen die drei in ein Blumenbeet aus. Feuerrote Dahlien und hellrosa Phlox reichen ihnen bis über die Knie. Robert zieht die Schultern hoch und streckt den Rücken durch wie ein Soldat, der Ausdruck auf seinem Gesicht wird ohne Zweifel bereitwillig sein.

»Möchten Sie vielleicht mit auf die Wache kommen, um einige Fragen zu beantworten?«

Erik versteift sich. Jemand hat ihn am Arm berührt.

»Warum nicht«, sagt er, ohne seinen Blick abzuwenden. Er sieht sie einsteigen. Der weiße Mercedes holt zu einer scharfen Kehrtwendung aus.

Waren sie in Frankreich glücklich? Er war Maler. Was malte er? Landschaften? Ich frage mich, wovon sie gelebt haben. Und seine Frau, Magda, was machte sie den ganzen Tag über? Arbeitete sie? Natürlich hatten sie einen Gemüsegarten, vielleicht auch Tiere. Langweilte sie sich nicht?

Er blickt dem Polizeikommissar in die gutmütigen Augen. Ein Mann seines Alters, der ganz normal seine Arbeit erledigt. Sie sitzen an einem niedrigen Tisch in einem Büro, zwei gepolsterte Stühle, ein Aschenbecher. Hinter ihm ein Angestellter, der bestimmt einen Stenoblock bereithält, sie verfügen hier über Menschenkenntnis und arbeiten ohne Recorder. Der Kommissar wartet geduldig. Er hat dumme Fragen gestellt, was nichts ausmacht, er weiß bestimmt, daß auf dumme Fragen oft brauchbare Hinweise folgen.

»Zu der Zeit hatte ich nicht viel Kontakt mit ihm.«

»Haben Sie sie denn nie besucht?«

»Doch. Ein- oder zweimal.«

Als ob ich nichts anderes zu tun gehabt hätte, als mich mit den Idealen eines Jugendfreundes zu beschäftigen, eines Romantikers, der sich auf einem Berg in Frankreich niedergelassen hatte. Als ich ihn im Sommer 67 zum ersten Mal besuchte, wohnte er dort schon seit dreieinhalb Jahren. Damals war er für mich ein Mann, der alleine lebte, es war mir nicht möglich, ihn mir mit seiner Frau vorzustellen.

Es war im August. Ein glühendheißer Bergpfad und Nellie, die die Karte liest. »Saint-Paul-le-Jeune. Les Rosiers. Links ab, Richtung Alès«, sagt sie immer genau zum richtigen Zeitpunkt. Sie sitzt schräg auf ihrem Sitz, um ab und zu Gabriel zulächeln zu können, der in einem

Stoffsitz an der Rückbank festgehakt ist und natürlich nicht zurücklacht. Als der Weg ansteigt, fängt er an zu zischen, das hält er manchmal eine viertel, manchmal sogar eine halbe Stunde lang durch. Wenn der Weg geradeaus geht, schaut er aus dem Fenster. Siehst du wirklich die riesigen Granitkämme, die gelb versengten Felder, die Schafherden unter den Kastanienbäumen? Er wedelt andauernd mit einer Hand vor seinen Augen. In diesem Sommer fahren sie zum ersten Mal als Familie in Urlaub, Nellie hatte den Entschluß gefaßt. Es klappt, hatte sie gesagt, du wirst sehen, daß alles gutgehen wird. Alles: sie spielte damit auf ihr erschütterndes Kind an.

»Dort ist es.«

Sie schiebt ihre Sonnenbrille hoch, blickt an ihm vorbei und zeigt die Richtung an. Gerade noch rechtzeitig sieht er die schmale Öffnung in der Felswand. Er fährt um die Kurve und gibt Gas, der Weg ist steil und sehr buckelig, hinter ihnen fängt es stark an zu zischen, ja, Junge, wir klettern wie die Gemsen, wir schieben uns wie eine Schlange hoch, dicht vor den Rädern schießt ein grünes Tier vorbei. Er macht sich Sorgen wegen der Bremsschläuche, dort ist eine Parkmöglichkeit, er hält neben einem uralten Renault. Die Hitze treibt sie aus dem Wagen. Er stellt Gabriel auf den Boden und zwingt dessen Hand in die seine. Durch die stillstehende Luft gehen sie bergauf. Grillen, Sommerblumen, Felswände, die über den Weg hängen, und ein lauter werdendes eigenartiges Geräusch, das vielleicht Metall auf Metall sein könnte: Klack! Klack!

Da ist das Bauernhaus. Magda sitzt im Schatten eines Baumes auf einer rostigen Schaukel und schaukelt. Gedankenverloren schaut sie auf.

»Sie wurden nicht gastfreundlich empfangen?«

Wir wurden sehr gastfreundlich empfangen. Magda schien etwas Niederländisch zu sprechen. Robert war ein hagerer, gebräunter, stolzer Mann geworden. Es dauerte nicht lange, und wir saßen in der Küche, bei einem Essen mit weißem Ziegenkäse, mit Knoblauch angemachtem Salat, Pastete mit Waldpilzen, Schinken, schwarzen und grünen Oliven, Kastanienkuchen, Brot, Kleehonig und einem Krug gekühltem Rosé. Ich jedenfalls war sofort auf die angenehmste Art betrunken.

Mit Wohlwollen betrachte ich die Runde, gefürchtete, überzeugende Persönlichkeiten, Gabriel inbegriffen, der mit rhythmischen Kopfbewegungen vor sich hin starrt. Oh! ich kenne ihn: auf der Kommode steht tatsächlich eine kleine Uhr mit einem Pendel aus Kupfer. Robert schiebt seinen Stuhl zurück. Er nimmt zwei Gläser und eine Flasche mit einer hellen Flüssigkeit, die er mir kurz unter die Nase hält, auf dem Flaschenboden liegt eine tote Maus.

»Eau de vie de Saint-Joseph«, sagt er. »Komm mit. Ich will dir meine Arbeit zeigen.«

In Roberts Schlepptau stolperte er in einen unerwartet dunklen und kühlen Raum. Er roch Feuchtigkeit und Farbe, er sah Mauern, Umrisse, schwarze Balken, das Atelier war früher ein halb in die Felswand eingemauerter Schuppen. Dann brach das Licht herein, Robert hatte die Fensterläden aufgestoßen, sofort erhielten die Leinwände, die gegen die Mauer gelehnt waren und auf zwei Staffeleien standen, Wärme und Farbe. Verwirrt schaute er sich um. Landschaften, Stilleben, Akte, Portraits. Eine Zeitlang hatten seine Augen nichts anderes zu tun, als ihn auf die blauen grauen gelben und weißen Farbstriche aufmerksam zu machen. Er wußte, daß er einen Kommentar abgeben mußte – Robert reichte ihm mit gespanntem Gesicht ein Glas –, aber es fiel ihm beim besten Willen nichts ein.

Den Geschmack des Mäuselikörs werde ich so schnell

nicht vergessen, Getreide, Sonne und ein kleines wildes Biest. Er trank noch ein paar Schlucke und äußerte dann – wahrscheinlich schon sternhagelvoll – folgendes:

»Ist es nicht äußerst seltsam, daß die Farbflecke auf diesen Leinwänden in jedem Kopf sofort die Ahnung hervorrufen: Berg, Frau, Äpfel. Stell dir das mal vor! Haben die Kleckse auch nur irgendeine Ähnlichkeit mit der Materie, der Form und den Dimensionen des wirklichen Berges, einer wirklichen Frau?«

Seine Worte schienen Robert zu amüsieren. Er drehte sich um, lief mit der Flasche und dem Glas herum und schaute schließlich energisch auf. Erik wußte, daß eine pseudotiefsinnige Theorie folgen würde.

»Das einzige, was du tun kannst, ist, der unerreichbaren Echtheit der Dinge – diesem Apfel, diesem Berg, dieser Frau – eine andere Echtheit gegenüberzustellen. Zum Beispiel die eines logischen Farbsystems.«

Benebelt warf Erik einen Blick hinaus. Hinter den Fenstern hing der Dekor der Bergkämme, Wellen, die sich in ein immer fahleres Blau auflösten. Er vermutete, daß sich, für ihn unsichtbar, dahinter die Wildnis, das Gebiet der Eulen und Steinadler, Skorpione, Luchse und Schafhirten befinden mußte.

Er murmelte etwas wie: »Das Bewußtsein gegenüber der Wildheit«, worauf Robert nur antwortete, daß das Bewußtsein ebenfalls wild sei.

»Wilder als die Klauen eines Tieres.«

Jetzt erst erinnert er sich, daß die triumphierende Stimme in ihm eine unbestimmte Abneigung hervorrief. Sollte er neidisch auf Roberts hochtrabende Gedanken gewesen sein? Robert erzählte, daß er die Dinge zwang, mit ihm eine Beziehung einzugehen.

»Eine Liebesbeziehung, lach nicht. Wenn es sein muß, werde ich sogar gewalttätig, um sie zu Berichten und vertraulichen Mitteilungen zu zwingen. Was hältst du von diesem Zeug? Ganz schön stark, was? Die Maus ist hier in der Gegend das Symbol für den treuen Josef.«

Erik erwiderte nichts. Er schaute auf das Bild, das nicht weit von ihm auf einer Staffelei stand, ein Frauenportrait in voller Größe. Obwohl es Magda nicht bis in die Augen glich, hatte sie ohne Zweifel dafür Modell gestanden. Das Portrait hatte eine rauhe Oberfläche, es war nicht mit einem Pinsel gemalt, sondern mit einem Palettenmesser gespachtelt und schien ihm, viel mehr als die Landschaften und Stilleben, zuallererst das Ergebnis eines Arbeitsprozesses, eines Fiebers, eines Kampfes mit Licht und Farbe zu sein.

Er fragte: »Kannst du die Landschaft, die Gegenstände, die Frau nicht einfach so lieben, ohne sie gleich in etwas umsetzen zu wollen, das von dir ist?«

Robert machte mit dem Arm eine Bewegung in Richtung der Fenster. Seine Verteidigung klang leidenschaftlich. Das sei undenkbar. Das könne er nicht, und das wolle er auch nicht. Jeder wolle die Dinge, die er bewundere und liebe, auch besitzen. Ein Mensch ist ein eifersüchtiges Subjekt. Ich liebe diese Landschaft. Ich finde, daß sie mir gehört. Meine Augen fangen sie auf, mein Verstand ordnet sie, meine Hände unterwerfen sie einem ausgetüftelten System.

Fast ärgerlich sah er auf die Bilder.

»Kobalt, Kobalt-Smaragd, Grau, Grauweiß, Umbra, Venedigrot, meine ganz persönliche Übertragung von Rundheit, Sanftheit, Tiefe.«

Ruhig tranken sie eine Zeitlang weiter. Erik hatte sich auf einem Hocker an der Wand niedergelassen, er erinnerte sich an die angenehme Kühle in seinem Rücken. Robert lehnte in einer bequemen Haltung an der Fensterbank.

»Jetzt, wo Sie mich danach fragen. Ja, meiner Meinung nach war er in diesem Sommer sehr glücklich.«

Plötzlich fing er unbändig an zu lachen. Als er sich wieder beruhigt hatte, sah er Erik an: »Manchmal denke ich, daß das Leben aus nichts anderem besteht als aus dem Chaos, in dem man geboren wurde.«

Er schenkte den letzten Rest in die Gläser ein.

Erik sah, wie die Maus in der Flasche auf und ab glitt und dann wie ein Putzlumpen auf dem Boden der Flasche zurückblieb.

An diesem Abend sitzt Gabriel in der sommerlichen Abendluft unter dem Sternenhimmel auf Magdas Schoß und schaukelt mit ihr, seine kleinen Hände hat er um ihre Fingerknöchel geklammert. Er weiß nicht, daß sie eine Frau, daß sie ein Mensch ist, das interessiert ihn wenig. Ihn interessiert der Raum über seinem Kopf, der nicht greifbar ist, aber mit Hilfe der Augen aufgenommen werden kann und ungefähr so fühlbar ist wie das Essen und Trinken in seinem Mund. Aus dem Tal steigen die Gerüche des Tages auf, die Sonne auf dem blühenden Majoran. Es geht kein Wind. Kaum Geräusche. Vereinzelt bellt unten ein Hund, vereinzelt sind die Rufe von Leuten zu hören, die sich nach dem Essen vors Haus gesetzt haben, oder das Knarren der Schaukel. Magda stößt sich mit dem Fuß ab und betrachtet die Konstellationen. Sie hat Lust, die Gestirne aufzuzählen, deren Namen sie kennt. Großer Bär … Kleiner Bär … Kassiopeia … sagt ihr das psychotische Kind bald ohne Probleme nach. Dieser Typ Kind interessiert sich für Himmelskörper, Wolken, hohe Türme, es macht ihm Spaß, durch kleine Öffnungen, durch Glas, durch einen Tropfen Spucke zu schauen. Er nimmt einen Faden, spannt ihn, bewegt ihn langsam vor den Augen hin und her, wodurch er sowohl von oben als auch von unten hindurchschauen kann; er mag keine Spiegel, keine Fotos, wenn du ihn anschaust, wendet er den Blick sofort ab …

Das Chaos, in dem du geboren bist.

Beim zweiten Mal war alles anders. Ohne groß darüber nachzudenken, nahm er damals an, daß die abgekühlte Atmosphäre mit der Jahreszeit zu tun hatte, auch in den Niederlanden ließ der Frühling auf sich warten. Es hing ein Nebel in der Luft, der das Bauernhaus vom Tal abschnitt. Der Gemüsegarten war mit schwarzem Plastik abgedeckt. Hellblaue Kaninchenställe standen schief und offen im Gras.

»Der Winter hat diese Anhöhe viel zu lange geplagt«, erklärte Robert, als er in der Küche ein Backblech in den Ofen schob. Das Feuer aus rauchendem, funkenstiebendem Kiefernholz gab nur wenig Wärme.

Hinterher begriff er, daß Robert und Magda zu diesem Zeitpunkt schon damit beschäftigt waren, dem idealen Ort adieu zu sagen.

Nach dem Essen war es Gabriel gelungen, Magda nach draußen zu ziehen. Erik hatte nicht darauf geachtet, konnte sich aber vorstellen, wie das Kind ihre Faust genommen und wie ein Ding zur Tür geschleppt hatte. Sein Blick glitt zum Bogenfenster, und dort sah er ihn, grau, unförmig in der dämmrigen Luft, auf der Schaukel. Warum hat Magda noch immer kein Kind? Er sah auf ihre Beine, die in Gummistiefeln steckten.

Ihr Sohn war mittlerweile neun. Ein unbeugsamer Junge, der seine Geisteskrankheit bis in seine Fingerspitzen, seine Zehen, bis in sein seltsames, in alle Richtungen abstehendes Haar ausgeprägt hatte.

Er bemerkte, daß Nellie einen Blick auf die beiden warf und dann schnell wieder vor sich hin schaute. Sie nahm den Kaffee, den Robert ihr anbot, und setzte sich fröstelnd vor das Feuer. Es ging ihr schlecht. Die Therapie mit Gabriel, zu der man ihr in diesem Winter geraten hatte, hatte sie ausgelaugt. Der Augenkontakt mußte wieder aufgebaut werden. Die körperliche, mütterliche Fürsorge mußte dem Kind aufgezwungen werden. Die amerikanische Methode führte zu verblüffenden Ergebnissen. Aber Gabriel war dick und stark. Sie lagen auf Matratzen auf dem Boden. Nellie mußte ihre ganze Muskelkraft aufwenden, um seine beiden Handgelenke mit einer Hand auf seinem Rücken zu halten und ihn mit der anderen fest gegen ihre weiche Brust, ihren weichen Bauch zu drücken, sie produzierte Kosenamen und Babywörter und versuchte ihre Wange an die seine zu halten. Einmal merkte sie, daß sie am liebsten ihr Knie in seinen Rücken gedrückt hätte. Ich bin zu allem in der Lage, heulte sie nachts unter der Bettdecke. Ich bin in der Lage zu mißhandeln, zu vergewaltigen. Was meinst du, Erik, geht das nicht zu weit, Rettung durch ein Verbrechen? Eines Tages löste ihr Sohn das Dilemma: während der letzten Sitzung schlief er innerhalb einer Viertelstunde ein.

»Darf ich deine Arbeit sehen?« fragte er Robert am nächsten Tag.

Der Weg zum Schuppen war matschig. Ein Huhn, das eilig vor ihren Füßen davonlief, rutschte aus, aber keiner von ihnen lachte darüber. Der Türriegel klemmte. Robert schob die Zigarette in den Mundwinkel, versuchte es mit Kraft und fluchte leise, als er sich die Hände aufschürfte. Die Tür ging mit einem gewaltigen Quietschen auf.

In der Tat, hier hatte sich einiges verändert! Erstaunt schaute er von den Bildern zu Robert. Er hätte gerne einige Erläuterungen gehabt zu diesen einsamen, monochromen Flächen. Dieses Bild stellt die Farbe Rot dar. Dieses Blau. Das hier ist die Wiedergabe von Weiß. Wie lautet Ihr Kommentar zu Gelb? Aber Robert drehte seinem Besucher den Rücken zu und war damit beschäftigt, mit dem Fuß ein paar leere Dosen in die Ecke zu schieben.

Schließlich machte Erik eine Bemerkung.

»Ganz und gar nicht«, antwortete der andere verstimmt. Er drehte sich nicht um und nahm auch nicht die Hände aus den Ärmeln seines Pullovers. »Kühl. Schau sie dir mal ein bißchen genauer an. Diese außerordentlich gefühlvollen Bilder reagieren auf das Leben. Auf Licht, auf Schatten, auf dich.«

Erik tat das, wozu ihm geraten worden war, und starrte das Rot an. Rot. Das Rot war von einer feuchten Staubschicht überzogen.

Im Sommer 1974 kehrten sie zurück. Sie zogen in das Haus an der Oude Zeestraat ein, wo dem Bouvier zwei Schoßhündchen Gesellschaft leisteten, die Magda aus dem Tierheim geholt hatte. Die launenhaften Viecher nahmen die Gewohnheit an, abends Punkt elf Uhr Stufe für Stufe die Treppe zum Schlafzimmer hinaufzuspringen.

Magda belegte Sprachkurse. Niederländisch, Englisch; Französisch beherrschte sie perfekt. Schon bald erhielt sie den Auftrag für eine Übersetzung: die Gemeinde Noordwijk pflegte Kontakte mit Obervolta. In einem Nebenzimmer des Hauses, an ihrem Sekretär, der rechtwinklig zum Fenster aufgestellt war, zerbrach sie sich den Kopf über elegante, sorgfältige Formulierungen.

Robert fing mit Geschäften an. Bei seiner ersten Transaktion handelte es sich um einen riesigen Stapel Bilderrahmen, auf dem ein Holzhandel aus dem Ort sitzengeblieben war, er erzählte Erik von der Aktion – kinderleicht sei es gewesen, und darüber hinaus auch noch amüsant. Im Laufe des Jahres wurde er Leiter, genauer gesagt, Leiter einer Ziegelbrennerei, Filialleiter einer Teppichhandlung und Mitinhaber einer Firma für verzierte Vogelkäfige.

»Das ist das Schöne an dieser Arbeit«, sagte er zu Erik. »Die Objekte sind vollkommen beliebig, vollkommen abstrakt, sie erfüllen nur ihren Zweck als Material. Der richtige Einsatz bei diesem Spiel liegt ganz woanders. Nein, es ist nicht das Geld. Der Gewinn. Der Spieler mit der größten Leidenschaft erhält den Gewinn. Es geht nicht um Habsucht, sondern um Talent.«

Dann wurde er zu dem, zu dem er nie hatte werden wollen: zum Nachfolger seines Vaters. Die Stahlfabrik Noort, die auf dem besten Wege war, Pleite zu machen, wurde von Robert gerettet, neu strukturiert und mit gutem Geschmack umgebaut. An den Wänden des Büros hingen abstrakte Siebdrucke, die er über die Artothek bezog. Bevor sie ihm zum Hals heraushängen konnten, wurden sie ausgewechselt.

Ein einziges Mal lief Erik ihm an den Grachten in die Arme. Es war dann nichts selbstverständlicher, als eine ihrer alten Kneipen aufzusuchen. Manchmal jedoch ging er ihm auch aus dem Weg. Ab und zu war das wohl auch vernünftiger. Wie hätte er sich der Frau gegenüber verhalten müssen, mit der sein Freund Arm in Arm vor ihm herschlenderte? Am besten ließ man jeden das tun, wozu er Lust hatte. Sie trug eine glänzende schwarze Jacke, einen Gürtel, Stiefel mit Absätzen. Ihr Profil war ungepflegt und sehr verführerisch. Es war Frühling. Das Licht der Sonne fiel auf ihr Eichhörnchenhaar, das noch dicker und röter aussah als vor zwanzig Jahren.

Es ist ungefähr Mittagszeit. Er geht über die Oude Zeestraat nach Hause. Sie haben ihm angeboten, ihn in einem Dienstwagen zu fahren, es ist wirklich ziemlich weit, aber er hat abgelehnt. Nachdem er ihnen so wenig verraten hat, nachdem er sie in den entmutigenden Momenten der Stille, die auftraten, so sparsam mit Informationen versehen hat, über die sie größtenteils ohnehin schon verfügten, scheint es ihm angebrachter, sie keine Minute länger mit seiner Anwesenheit zu belästigen.

»War die Ehe so unglücklich?«

»Meiner Meinung nach nicht.«

»Aber eines Tages verschwand sie, ohne auch nur ein Wort zu sagen.«

»Hm, ja, das stimmt.«

Heute nachmittag wird Robert dem Staatsanwalt vorgeführt. Ich glaube kaum, daß er gesprächiger sein wird.

Zweiter Teil

1

Er hat tief geschlafen. Ausgestreckte Arme und Beine, offener Mund, grenzenlose Hingabe. Eine blaßrote Sonne steigt über den Tulpenfeldern auf, es ist noch früh, es ist ein früher Morgen im Mai 1980, am Abend zuvor hat er entdeckt, daß seine Frau verschwunden ist. Jetzt versucht er, halb wach und den Kopf in die Kissen gedrückt, sich mit aller Kraft an die angenehme Welt seiner Träume zu klammern. Kein Zweifel, keine Mißverständnisse, kein Verrat. Das Wissen hält Schritt mit der Wahrnehmung. Es gibt keinen Grund, sich zu sehr um die lebenden oder toten Dinge zu scheren: Du bist ein Teil von ihnen, das ist alles. Plötzlich verdüstert sich sein Gesicht. Seine Brustmuskeln verkrampfen sich. Mit voller Kraft hat ihn die Information aus seinem Gehirn getroffen: als er gestern gegen zehn Uhr nach Hause kam, mußte er über den Gartenweg zurücklaufen und die Haustür mit seinem Schlüssel öffnen; er stieg über Zeitungen und Post; in den dunklen Zimmern hing der Geruch von Abwesenheit; von den Hunden keine Spur.

Er stand unten an der Treppe und rief.

»Magda!«

Und noch einmal, in der Regenjacke, das Kinn nach oben gereckt:

»Magda!«

Alles blieb ruhig.

Dann stellte er den Koffer ab, schaltete das Licht ein und begann das Haus zu durchsuchen. Diese vielen Jakken an der Garderobe sind übertrieben. Sobald die Hunde nicht da sind, stinkt der Teppichboden. In den Bücherregalen stehen die französischen Impressionisten in Augenhöhe. Er schob seine Hand unter die Blätter eines Farns: Diese Pflanze hat schon seit Tagen kein Wasser mehr bekommen. Auf der Anrichte in der Küche entdeckte er ein halbes dunkles Brot, ein schmutziges Messer und eine Tasse. Nicht allzu beunruhigt steckte er sich eine Zigarette an und betrachtete aufmerksam die Damenschuhe auf der Fußmatte. Sie hat sich nicht die Mühe gemacht, die Bürste und die Schuhcremedose wegzuräumen. Die Tür ihres Arbeitszimmers stand offen. Im Licht der Deckenbeleuchtung berührte ihn das Zimmer merkwürdig. Er schaute kurz aus dem Fenster in den Garten – es regnete –, dann fiel sein Blick auf den Schreibtisch. Er erstarrte. Mißtrauisch sah er auf den leeren Platz der Schreibunterlage. Sie hat das kleine Portrait mit dem Liebespaar mitgenommen.

… Die Frau ist zart. Mit ihrem ovalen Gesicht und ihren halblangen Haaren sieht sie jünger aus, als sie ist. Auch ihr Kleid, eines dieser mädchenhaften Modelle, wie sie damals – 1936 – Mode waren, verstärkt den Eindruck, daß das wahre, das blühende Leben für sie erst noch kommen wird. Als ob es nicht schon da wäre! Als ob ihr Mann in Reithosen und Stiefeln nicht neben ihr stünde! Er ist groß, ernsthaft, in seine Stirn fällt eine schwarze Locke. Dieser Augenblick ist nicht eingebildet, er findet wirklich statt. Vor dem Hintergrund eines Sommergartens hat Magdas zukünftige Mutter ihren Arm in den ihres Mannes eingehakt, lächelt mutig und ungläubig in das Auge eines Gestells und scheint zu denken: Für den Rest des Lebens bleibe ich bei ihm. 1936. Die Tochter war noch nicht geboren.

Er fühlte, wie ein Luftzug an ihm vorbeistrich. Eine Regenböe streifte das Fenster. Ohne seine Augen von dem Schreibtisch zu lösen, griff er nach einem Aschenbecher. Die übertriebene Sorgfalt, mit der sie ihre Gebrauchsgegenstände ordnet. Jetzt, da das kleine, von einem Silberrahmen eingefaßte Foto verschwunden war, konnte er es genauer betrachten als in den Jahren, in denen es zwischen den Büroklammern und der Briefwaage gestanden hatte. Er rauchte mit hochgezogenen Schultern. Welche theatralische Anwandlung ist über sie gekommen?

Im Haus erklang ein kupferner Uhrenschlag. Fassungslos fing er an, durchs Zimmer zu stapfen, von der einen Ecke zur anderen, dies war früher das Arbeitszimmer seines Vaters. Ein Boden, der an den vertrauten Stellen knarrt, ein mattschwarzer Ofen, dessen Türen offenstehen, Geruch von Asche, Papier, der Vertäfelung, die an Sommernachmittagen eine tieforange Glut ausstrahlt. In ihrem leidenden Witwendasein ist meine Mutter auf die Idee gekommen, ein Sofa unter das Fenster zu stellen. Er blieb stehen. Während das Pendel noch nachhallte – Magda hatte das Ding in Ehren halten wollen –, fiel ihm auf, daß die verblichene Fotografie das einzige gewesen war, das in diesem Haushalt an den familiären Hintergrund seiner Frau erinnert hatte.

Im Sommer hatten sie Einzug in sein Geburtshaus gehalten. Das elterliche Mobiliar war noch brauchbar.

»Es ist nicht für lange«, sagte er zu Magda, nachdem sie die beiden Treppen zum Speicher hinaufgestiegen waren.

Für ihr Paradies in der französischen Berglandschaft hatte sich schnell ein Käufer gefunden, er war mit den Geschäftsplänen in der Hand herumgelaufen, seine Mutter hatte glücklicherweise beschlossen, sich in einem schönen weißen Haus einzumieten, wo man sie versorgen und ihr, falls nötig, zu Hilfe eilen würde. Sie hatte nur ein paar Altfrauensachen mitnehmen wollen.

Magda war schweigsam. Sie reagierte nicht auf seine

Worte, sondern starrte den farblosen Hausrat auf dem Speicher an.

»Wie schön ...«

Er folgte ihrer hinweisenden Hand, suchte vergeblich zwischen dem Kram und sagte: »Sobald meine Geschäfte laufen, werden wir das Haus umbauen. Modernes Badezimmer, moderne Küche und so weiter. Wir werden die ganze Inneneinrichtung erneuern.«

Das Erröten ihrer Wangen, ihr zufriedenes Schweigen, die Bereitwilligkeit, mit der sie vor ihm her die Treppe hinabstieg: wußte sie, daß sie zwischen seinen tief verhaßten Jugenderinnerungen umherschweifte?

»Oder wir kaufen ein Appartement am Meer«, sagte er zu dem blonden Hinterkopf.

Im Schlafzimmer, auf der Vorderseite des Hauses, lief sie zum Spiegelschrank seiner Mutter – eine frühergraute Frau hatte jedesmal verärgert aufgeschaut, wenn ein Rotzjunge sie beim Anprobieren eines Kleides, einer Brosche, eines Hutes störte –, schlug die Augen auf, hob das Kinn und strich sich mit den Fingerspitzen über den Hals. Sie drehte sich um und sagte: »Was meinst du, ob der Weißwein mittlerweile kalt genug ist?« Ohne Einwände stimmte sie ihm zu, das abstoßende Doppelbett durch ein neues zu ersetzen.

Während er in den darauffolgenden Wochen zynisch und amüsiert mit der Abwicklung eines Geschäfts beschäftigt war, das zufällig einen Stapel Bilderrahmen betraf, nahm Magda das Haus bis in jeden Winkel in Beschlag. Sie lüftete die Zimmer, wusch Gardinen, zählte und sortierte die mit dem Familienmonogramm bestickten Bettücher. Außerdem tünchte oder bemalte sie die Holzteile und Wände und zog ihre Stirn in tiefe Falten, bevor sie es wagte, einen Nagel in die Wand zu schlagen oder hier und da ein Bild umzuhängen.

Eines Abends im Herbst kam er nach Hause. Magda

lag mit einem Lehrbuch im Bett – sie lernte Niederländisch –, ihr Haar war offen, und sie trug eine schöne Satinjacke mit aufgekrempelten Ärmeln. Er drehte die Wasserhähne im Bad auf und horchte, wie der Wind im Abfluß heulte, stellte sich nackt auf die Waage – noch immer siebenundsiebzig Kilo – und sah kurz darauf, daß Magda, mit dem Buch neben sich, eingeschlafen war. Während er den eigenartig verstummten Ausdruck in ihrem Gesicht betrachtete, dachte er – und in diesem Gedanken lag etwas Unerträgliches – : Sie ist meine Frau … Unter einem Stuhl lagen ihre Hündchen und atmeten hechelnd.

Er stand immer noch in der Regenjacke vor dem Spiegelschrank, als unten das Telefon klingelte.

Nimm lieber nicht ab, sagte er sich, um sich zu beruhigen. Solange du nichts hörst oder siehst, bleibt im Prinzip alles beim alten. Sie hat es nicht für nötig gehalten, eine Nachricht zu hinterlassen, weder auf dem Bett noch im Bad, nirgends liegt ein Zettel, und auch wenn ihre Zahnbürste verschwunden ist und, soweit du das beurteilen kannst, auch die Hälfte ihrer Flakons und Tuben, wird sie die gelungene Ordnung in deinem Leben bestimmt nicht zerstören. Mach also nicht so ein verwirrtes Gesicht, das sieht ja aus, als ob du Angst hättest.

Ob ihr jemand etwas erzählt hat? Oder einen anonymen Brief geschrieben? Es ist schön, eine grausame Tat in die Welt zu setzen, wenn nie entdeckt wird, woher sie kommt.

Als ob er nicht rein zufällig in diese erfrischende Situation geraten sei. Es gibt Dinge, die Männern einfach passieren. Eines Tages bückt sich eine Verkäuferin mit kräftigen Händen und hält dir den geöffneten Schuh hin, sie hat sich mit einem Knie auf dem Hocker mit der abgeflachten Vorderseite niedergelassen und hilft dir, deinen Fuß in den Schuh zu schieben, auf ihren Rat hin bewegst du die Zehen. Als sie interessiert aufschaut, erkennst du sie. Auch sie muß sofort lachen und zieht, mitten im Geschäft, die Spangen aus ihrem Haar: das Eichhörnchenhaar fällt Agnes Rombouts weit über den Rücken. Jetzt, zwanzig Jahre später, läßt sie sich tatsächlich bereitwillig umarmen und küßt mit geöffnetem Mund. Du magst die Figur, ihren Körper, die Art, wie sie ihre Ohren bewegen kann, aber über ihr anstrengendes Leben möchtest du kein Wort hören.

Nach einer Geschäftsreise von vier oder fünf Tagen starrst du im Hotelzimmer auf ihr ungepflegtes Gesicht, und das Feuer brennt dir unterm Hintern.

Das Telefon klingelte und klingelte. Er verzog sein Gesicht, lief hinunter ins Wohnzimmer und nahm den Hörer ab. Es war Nellie.

Seine Augenbrauen schnellten hoch.

»Nellie!«

Er nahm ein paar Bücher aus dem Lehnstuhl und setzte sich.

»Die Hunde sind also bei euch?«

Auf der anderen Seite der Leitung entstand eine verwickelte Geschichte. Er rauchte mit hastigen Zügen und gab ab und zu ein zustimmendes Geräusch von sich.

»Also gut. Morgen am späten Nachmittag. Ja, ich komme sie abholen. Wie bitte?«

Mit vorgestülpten Lippen hörte er zu.

»Hm, nein, eigentlich nicht. Eigentlich weiß ich von gar nichts. Familienbesuche, sagst du, na, danach sieht es auch aus. Zuerst bei meiner Mutter vorbei und dann bei meiner Schwester ...«

Sein Gesicht war überrascht.

»Nein, nein, das will ich damit nicht behaupten. Natürlich ist das nicht ungewöhnlich. Nur ...«

»...«

»Ja, das stimmt wahrscheinlich. Beiläufig vielleicht. Es muß mir ins eine Ohr rein und aus dem anderen wieder raus ...«

Er lachte, murmelte einen Gruß und lauschte noch kurz der Stille, dem Knacken und dem Summton nach. Dann legte er auf. Er kam aus dem Stuhl hoch und gähnte, die weibliche Logik von Nellie hatte ihn weiser gemacht und getröstet. Jetzt würde er erst einmal ins Bett gehen.

Er hatte sich noch nicht ausgestreckt, und schon fing das vertraute Gewicht an, seine Arme und Beine herunterzuziehen. Er lag auf dem Rücken, als läge er auf einem Schiff und horchte auf den Wind. Der Wind nahm über den Feldern zu, vertrieb den Regen, wischte den Himmel blank und legte sich schließlich.

Der Morgen würde blau und klar sein.

2

Er ist zur gewohnten Zeit in der Fabrik. Die Firma Noort GmbH öffnet jeden Morgen um sieben Uhr ihre Tore. Wenn Robert Noort eine Stunde später eintrifft, toben in der Haupthalle schon ein höllischer Krach, Feuer und eine unbeschreibliche Gewalt. Mit dem Rücken zum sanften, grauen Morgenlicht, das durch die Seitenfenster fällt, stehen an den Walzen, Fallhämmern, hydraulischen Pressen und weißen Feuerfontänen sechzig Arbeiter.

Robert Noort ist der Meinung, daß zu einem Direktor auch ein gewisser verhaltener Respekt für die schwere Arbeit gehört, er benutzt den Büroeingang. Im Sommeranzug, glattrasiert und trotz seiner privaten Sorgen ausgeschlafen, geht er durch den ruhigeren Teil des Gebäudes, wo der Portier Zeitung liest und ihn mit einer Handbewegung grüßt, wo die Chefsekretärin ernst von ihren blutroten Nägeln aufschaut, wo an den Zeichentischen keine Menschenseele zu entdecken ist, die Ingenieure stecken noch im Stau. Er geht an der Wand mit der zeitgenössischen Grafik vorbei, nimmt den Aufzug, schließt die Tür des Direktorenzimmers auf und ist mit seinen Gedanken allein.

Die hohen Fenster, mit Blick auf die Zijl und ihre weiten grünen Ufer, die Windmühle und den Bauernhof in der Ferne, sind mit Sicherheit ideal. Auf der anderen Seite befindet sich die Stadt. Ein ausgetüftelter Standort!

Durch diese hohen Fenster sehe ich auf einen Blick, was ich mir erobert habe. Die Fabrik ist über den Land-

und den Wasserweg zu erreichen. Am Kai legen Frachtschiffe an oder ab, mit ruhiger Behäbigkeit gleiten schweres Material und schwere Konstruktionen durch die Landschaft. Ich habe es immer abgelehnt, der Nachfolger meines Vaters zu werden. Er starb, und ich blieb bei meinen Prinzipien. Erst als der Betrieb fast bankrott war, begann mir der Gedanke an das wertlose Aktienpaket Spaß zu machen. Der Zufahrtsweg ist heute viel breiter. Um den Parkplatz zu vergrößern, mußte ich die Ulmen fällen lassen. Container können direkt in die Halle gelotst werden. Ich verzichte nicht gerne auf etwas, das ich einmal erreicht habe.

Er dreht sich um, es hat geklopft. Ein kleiner Mann mit einem runden Kopf und einem Paar brauner Augen voller Samt und Zuverlässigkeit hinter der Brille betritt den Raum. Das ist Ingenieur Zijderveldt, der stellvertretende Direktor. Er hat heute die nötigen Unterlagen dabei, um mit der Investmentbank ein paar harte Nüsse zu knacken. Robert läßt die Aussicht Aussicht bleiben und beugt sich über die Tabellen. »Schön«, sagt er. »Sehr schön. Vierzig Prozent des niederländischen Marktes, das müßte zu schaffen sein.« Aber die Leere in ihm, die klare Zerstreutheit, in der er sich eben noch befunden hat, ist nicht ganz verschwunden. Er schaut mit einem fragenden Blick auf.

Mit zurückhaltender Gleichgültigkeit legt Zijderveldt eine Tabelle auf den Tisch. »Die geschätzte Kostenentwicklung für die nächsten drei Monate.«

Robert verbirgt seine Genugtuung und reibt sich mit Daumen und ausgestrecktem Zeigefinger das Kinn. Er wirft einen vollkommen abwesenden Blick auf Zijderveldt. Dieser ausgezeichnete Plan, denkt er. Dieser ausgezeichnete Plan ist aus der gleichen Weitsicht heraus entstanden, nach der ich mir von Jugend an vergeblich die Augen aus dem Kopf gestarrt habe. Ein leerer Punkt hinter dem Horizont, wo alles, was sich einem anbietet, annehmbar und real ist.

»Und die finanzielle Jahresübersicht?« fragt er vorsichtig.

Er hat sich gedacht, den Metallbetrieb Alcom von einem pleite gehenden Mutterkonzern aufzukaufen, um die Druck- und Blechwalzwerke in der Noort GmbH zu installieren und dann – und hier wäre dann die Finesse versteckt – die solide, lebensfähige Tochterfirma für Präzisionszubehörteile auf dem europäischen Markt stark zu machen.

Heute mittag muß die Bank von einer Investition von sieben Millionen überzeugt werden. Robert verläßt sich gefühlsmäßig vollkommen auf Zijderveldt, dessen Prognosen sich in der Regel von der späteren Realität kaum oder gar nicht unterscheiden.

Eine weichliche Hand gibt ihm außer den gewünschten Unterlagen noch ein weiteres Dokument. »Hier haben Sie einen Fünfjahresplan. Wie Sie sehen, habe ich eine eventuelle Wende in Osteuropa mit eingeplant. Die Versammlung beginnt um zwei Uhr. Vielleicht müssen wir damit rechnen, daß die Bilanzprüfer auf die Abnehmer hinweisen, die kein Risiko mit einem neuen Betrieb eingehen wollen.«

»Es ist aber ein Betrieb mit einem eingeführten Namen.«

Zijderveldt nickt. »Sicher«, sagt er langsam, »sicher«, als ob er über den Einwand seines Chefs nachdächte. »Sie werden uns nicht auf die Palme bringen. Die Renditeerwartungen ... verfügbare Sicherheiten auch langfristig ...«

Die Wörter bleiben wie Teile eines Gedichts hängen. Die beiden Männer sehen nachdenklich aneinander vorbei. Wie oft, denkt Robert, haben wir dieses Spiel miteinander schon gespielt? Die Überlegungen, die Argumentationen, die halbfertigen Ideen sind in vollkommen getrennten Welten entstanden und verbinden sich wie chemische Elemente miteinander, gegenseitige Zufriedenheit, gegenseitige Achtung, und was dabei herauskommt, ist ein Konzept der Noort GmbH, das für die entsprechenden Gegebenheiten dann genau paßt.

»Ich wünsche Ihnen noch einen schönen Vormittag.«

Zijderveldt verabschiedet sich. Die Hand an der Türklinke, den Hals und die Schultern vorgestreckt, die Füße nebeneinander.

»Ja«, sagt Robert. »Bis heute nachmittag.«

Er hat seinen Bereich wieder für sich allein. Stille, das Grau des frühen Morgens. Ein Augenblick wie jeder andere. Seine Gedanken, die sich, sobald sie die Gelegenheit dazu haben, wie Ameisen ausbreiten, finden es sinnvoll, sich sowohl mit nichts als auch mit der Arbeit zu beschäftigen. Er setzt sich an seinen Schreibtisch und zündet sich, mit einem aufkommenden Gefühl von Mattheit, Wut und Isolation, seine erste Zigarette an.

... Solange ich mich erinnern kann, haben mich sinnlose Anfälle von Kummer und Freude heimgesucht. Wenn ich darüber nachdenke, kann ich mich sowohl an die Wohligkeit des einen als auch an den Schmerz des anderen erinnern. Von meinem Zimmer aus, das nach Westen geht, schaue ich auf einen strahlenden Tag. Was wird er mir bringen? Ein Tier weiß mehr mit seinen Wahrnehmungen anzufangen als ich mit meinen. Meine Launen sind trügerischer als das Meer. Ich kann Impulse, die sich hinter meinem Handeln verbergen, nicht entdecken. Auch im nachhinein verstehe ich nichts von dem, was ich getrieben habe.

Auf dem Weg durch die Dünen von Katwijk. Sommer, wahrscheinlich August. Hinter den Dünen taucht wiederholt ein roter Drachen auf. Dort, am Meer, weht ein kräftiger Westwind, aber bei uns ist es schön warm. Unsere Fahrräder liegen in den Brombeersträuchern. Sie ist elf, du fast zwölf. Dieses Mädchen verkörpert die Schönheit in Person. Magere Beine, aufgeschlagene Knöchel, große braune Schuhe. An ihrem Arm eine Herrenarmbanduhr. Schön sind auch ihre wassergrauen Augen. Wenn du redest, sagt sie auch etwas. Wenn du lachst, lacht sie schallend mit. An diesem Nachmittag wird die Idee zur Gewißheit, daß Schönheit nicht losgelöst von den Dingen existiert. Dann, gerade in dem Augenblick, in dem du eine hohle Faust gegen deinen Mund preßt, um einen markerschütternden Schrei in die Sommerluft hinauszustoßen, schaut sie auf ihre schwere Uhr. Sie zieht die Nase und die Oberlippe hoch, und du siehst die Bläschen aus Spucke zwischen ihren zusammengepreßten Zähnen. Du hast das Gefühl, ein bißchen krank zu werden.

Sie sagt: »Jesus, ich muß nach Hause.«

Im Garten deiner Eltern. Wieder ist es Sommer. Unter dem Schutz eines Sonnenschirms trinkt deine Mutter Tee mit der hinkenden Nachbarin, die allerdings doch nicht so einfältig ist, daß sie nicht durchschaut hätte, daß der Pennäler unten, auf dem Rasenhang, ein wahnsinnig interessantes Buch liest, von dem er nur ab und zu aufschaut. Es ist sein letzter Ferientag. Wegen der Behinderung sehen die Hüften der Zahnarztfrau etwas plump und schief aus, ihre Schultern und der Ansatz zweier großzügiger Brüste glühen von der Sommerhitze. Der Blick des Schülers konzentriert sich auf eine dunkle Stelle ihres Körpers. »Schick ihn doch morgen vor seiner ersten Stunde noch kurz bei mir vorbei«, schlägt die Nachbarin seiner Mutter vor. Eine frühmorgendliche Verabredung. Ein Haus mit offenen Türen. Du übernimmst keinerlei Verantwortung für dieses Umherirren durch die leeren Zimmer, ein abkommandierter Rekrut muß die Dienstordnung nicht kennen. Sie liegt auf einem Diwan im Wintergarten und winkt dir, näher zu kommen. Ihren ironischen Blick fest auf dich gerichtet, nestelt sie geschickt an den Knöpfen deiner Hose herum. Dann, blitzartig, überschaust du die Lage. Ein verblüffender Körper, groß und flach. Ein Mund, der sich plötzlich zu einem Verlangen verzieht. Obwohl dir die große Gefahr bewußt ist, läßt du dich nach vorne fallen.

»Lauf nur schnell. Sonst kommst du noch zu spät.«

Sie gibt dir eine Schachtel Zigaretten und schiebt dich in Richtung der Gartentüren.

Im Dorf. Die Rombouts-Schwestern mit ihrem schlechten Ruf, ihren kupferfarbenen Zöpfen, ihrer gewöhnlichen Art. Es ist Agnes, der du immer begegnest, rein zufällig: sobald sie dich sieht, erstarrt ihr Gesicht. In der Kneipe De Tuinbouw wird samstags getanzt. »He, Kumpel, gib mir noch ein Bier!« sagst du zum Barmann und zündest dir die soundsovielte Gitanes an. Du schaust nicht nach Agnes, die in einem glänzenden Kleid tanzt, dein neidischer Blick gilt dem Zwiebelbauern, der sie unter dem Licht herumwirbelt. Seine wimpernlosen Augen sind leer, er will sich durch nichts ablenken lassen. Seine Schritte sind schwerfällig und bedächtig. Sie erinnern dich an ein Kutschpferd, an ein Schwein, an einen Bären, was er da sehen läßt, ist minimal. Die Art, wie dieser blöde Sack seine Genüsse für sich behält, läßt dich vor Wut und Erregung starr werden. Als du wieder zu Hause bist, hast du dich auf dein Bett gelegt. Du hast die Tür abgeschlossen.

In Autos. An Stränden. Auf schmutzigen Bettüchern in Studentenzimmern. Allmählich erobern sie dein Terrain, die fremden Körper, die vorbeisegeln. Es werden keine Einsprüche mehr erhoben, wenn deine Hand auf die Suche geht. Was war das doch für ein geheimnisvolles

Getue. Das Ritual erfordert bestimmte taktische Handlungen – den richtigen Augenaufschlag, das richtige Lächeln – und die feste Entschlossenheit, das zu bekommen, was du willst: dort wälzt sich der Frauenkörper, der mysteriöse, von Männerblicken verfolgte Frauenkörper, auf den Rücken, den Bauch, macht eine halbe Drehung, kniet nieder, richtet sich auf, streckt das Rückgrat, dreht und umschlingt dich mit den Armen, kriecht über dich, läßt sich fallen wie ein nach Atem ringender, aber noch völlig lebendiger Fisch, wirft rhythmisch den Kopf von rechts nach links ... du verhältst dich ruhig wie ein Raubtier, und ganz in deiner Nähe wird geseufzt, gestöhnt, einige bringen es sogar zu einem Schrei.

Hinterher schaut die Frau mit einem eigenartigen Blick an dir vorbei. Du bist wieder allein, und es geht dir ausgezeichnet, manchmal bist du auch stolz, du scheinst es prima gemacht zu haben: denn es kommt auch vor, daß die eine oder andere wieder anruft. Aber nie, auch nicht ein einziges Mal, hast du das Gefühl des neuen, noch nicht entdeckten Glücks, das dich zu einem Lachanfall, zum Singen, zur Technik des tieferen Ein- und Ausatmens, zu größeren Schritten, zu weniger Schlaf, zur Liebe zu Kindern oder Tieren oder zum Glauben an Gott veranlassen könnte.

Und Frauentränen kannst du absolut nicht ausstehen.

Unzusammenhängende Bruchstücke. Nichts als Fragmente. Es gibt keine Struktur in der Konstruktion meines Lebens. Das Klangidiom ist mir fremd, fremder als das der chinesischen Hofmusik, als das des indonesischen Gamelan – das Gestampfe eines guineischen Fruchtbarkeitstanzes könnte ich mir mit einiger Anstrengung noch aneignen –, aber von dieser unvollendeten Sinfonie halte ich nicht viel. Das eine sollte aus dem anderen entstehen. Man kann überrascht sein, erschrokken, aber schon während der musikalischen Ausführung ahnt das Gehirn die unwiderlegbare, elegante, rein zufällige Logik der Form. Dann entspannen sich die Schultern, und man läßt sich, genußvoll, entführen.

Wenn ich will, kann ich mir mein Atelier in den Cevennen vor Augen rufen. Ein halb in den Berg hineingehauener Schuppen, mit großen – vergrößerten – Fenstern nach Norden hinaus. Ich starre auf die Landschaft, auf die leere Leinwand: Worum es in der Malerei geht, ist, die Details innerhalb des sich formenden Ganzen zu erkennen.

Wenn ich will, kann ich mich an die Zeit erinnern – die Zeit, nicht das Gefühl –, in der ich der Überzeugung war, der absurden Herausforderung der Dinge gewachsen zu sein, den Flächen und Neigungen der Felder, dem Gewicht und den Umrissen der Gegenstände, dem Geruch der Äpfel, der Bewegung der Wolken, der Brandung, dem Licht: alles verschob sich nach vorne, in verschwommene Flecke, um sich in dem ungeheuren Raum hinter meinen Augen niederzulassen. In dieser Periode begegnete ich Magda.

Ich kann mir die Nacht in Erinnerung bringen – die Nacht, nicht das Gefühl, nicht das wirkliche Geschehen, das ich unter dem funkelnden Sternenhimmel ausgekeucht habe. Ich bin wie ein Verrückter durch die Dunkelheit gerannt, den Ozean entlang, über den Sand, und war von einer Fröhlichkeit besessen, der ich bis zu diesem Moment systematisch aus dem Weg gegangen bin. Wahrscheinlich werde ich laut gelacht haben. Über den Boden gerollt sein. Magda. Ich hatte vor, sie zu bezaubern, mit allem, was ich entdeckt hatte.

Zu dieser Zeit hing immer ein Honiggeruch in der Luft.

Aber eines Mittags sagte sie: »Das blaue Hemd steht dir gut.«

Sie hatte den Tisch an der äußersten Stelle ihres Grundstücks aufgestellt. Ein Stück Fels, das mit Gras bewachsen war und auf der Rückseite des Bauernhauses über das Tal hinausragte. Hier sollte eines Tages eine Terrasse angelegt werden.

Er hatte sich mit verschlossenem Gesicht gesetzt. Da er seit dem frühen Morgen gearbeitet hatte, waren seine Augen todmüde.

Er betrachtete heimlich den doppeldeutigen Ausdruck ihres Mundes.

»Warum sagst du das?«

Ohne aufzublicken, langte sie nach einem steinernen Krug. Sie hob den Arm und goß leichten Weißwein in die Gläser.

»Einfach so. Das Hemd hat die Farbe deiner Augen.«

Sie richtete ihren Blick auf ihn. Ihm stockte der Atem. Zur heißesten Zeit des Tages, unter einem erdrückend blauen, monströsen Himmelsgewölbe sah er in das Gesicht einer Frau, die nicht die geringste Ahnung von der Art der Liebe hatte, die ihr entgegengebracht wurde.

»Was zieht dich an?« fragte er leise. »Mein Hemd oder meine Augen?«

»Deine Augen, Liebling, deine Augen.«

Das Lachen in ihrer Stimme war unerträglich.

»Meine Augen. Und das soll alles sein? Der Rest ist unwichtig?«

»Sei nicht so albern!«

»Ich bin nicht albern, ich frage dich nur etwas.«

»Komm ... Robert ... hör auf damit.«

Ein Insekt streifte sein Gesicht. Ein goldgrünes Geschoß bewegt sich im Zickzack an seinem Ohr vorbei, raubt ihm für einen Augenblick sein Gehör, entfernt sich und kehrt wieder zurück, dann saust es in die Leere. Weg.

Mit etwas wie Bestürzung in der Stimme wiederholte er:

»Ich frage dich etwas.«

Doch statt einer Antwort preßte sie die Lippen aufeinander. Sie zerkrümelte ihr Brot und fing nach einiger Zeit, nachdem der Brandgeruch ihrer Zigaretten alles wieder genießbar und normal gemacht hatte, vom Schlachten eines ihrer Hühner an. Das anderthalb Jahre alte Biest wollte immer noch nicht legen.

Nachts schlief sie auf ihrer rechten Seite. Die Fensterläden waren geschlossen, es war stockdunkel, warm, sie redete im Schlaf. Obwohl er gespannt lauschte, ergab ihr Gefasel für ihn keinen Sinn. Sprich nur! dachte er verbittert. Ich verstehe nichts von den Dingen in deinem Kopf. Kurz darauf sah er sie gestochen scharf vor sich – er wußte nicht, wie es dazu kam –, wie Magda und er an diesem Nachmittag in die Dorfkneipe geschlendert waren. Wie sie ihre Einkäufe auf den Fußboden gestellt und Brizard bestellt hatten. Als der Wirt die Gläser vor sie hinstellte, spreizte Magda auf der Theke sehr auffällig – gekünstelt – ihre Hände. Und tatsächlich bemerkte der Mann dazu: »Das sind sehr schöne, sinnliche, kreideweiße Hände.« Sie sagte: »O ja? Dann reib sie mir doch mal, seit einem Jahr habe ich kein Gefühl mehr in ihnen.« Der Mann nahm eine Hand auf, schloß ehrfürchtig seine behaarte Pranke um sie und begann mit den Fingerspitzen seiner anderen Hand die weiße Haut zu streicheln, wie jemand, der ein neugeborenes Kätzchen, das gerade eine tödliche Spritze erhalten hat, zum Einschlafen bringt. Magda zuckte mit den Schultern: »Ich spüre, wie das Leben langsam wieder in sie zurückkehrt.« Sie trug weiße Seidenshorts, einen weißen Hut und feuerrote Lederschuhe. Dann warf sie ihren Kopf zurück, schaute ihn, Robert, aus den Augenwinkeln an und sagte: »Jetzt ist alles wieder in Ordnung. Wenn meine Hände wieder mitmachen, kannst du beruhigt sein, daß der Rest bald folgen wird.« Daraufhin stieß sie ein lautes und grobes Lachen aus. Er wollte sie zurechtweisen und versuchte zu zischen, aber seine Lippen wollten sich nicht bewegen.

Dann erinnerte er sich wieder daran, daß er in einem verdunkelten Zimmer schlief.

Am Ende des Winters sah er, daß sich etwas verändert hatte. Etwas war anders geworden; wann es dazu gekommen war, konnte er nicht mehr rekonstruieren. Wahrscheinlich war es ein schleichender, heimlicher Prozeß gewesen, bei dem es sich nicht um etwas handelte, das ihm im Blut steckte – das ging einem nie verloren –, sondern um eine sehr unangenehme, ablehnende Haltung der Welt um ihn herum.

Es lief darauf hinaus, daß er damit anfing, sein Atelier mit den Nordfenstern zu meiden. Daß er langsam von dem Gedanken gefangengenommen wurde, die Tonart seines Lebens – nicht die Leidenschaft, nicht die Abneigung – ebensogut in eine andere transponieren zu können. Für das Bauernhaus, den Nutzgarten, die hellblau verwitterten Kaninchenställe, die Julinächte mit den Eulenrufen – Hinzufügungen, die einmal dazu gedacht waren, den Mann, der er war, hervorzuheben und zu zieren – waren, für das gleiche Geld, Äquivalente vorstellbar. (So könnte er zum Beispiel statt *Bauernhaus* denken: *Meer, Geschäft, Auftragsbestand, Ami-Schlitten.*) Es kam die Zeit, in der er Gefallen an folgender Idee fand: Ich habe vor, die Fabrik meines Vaters, die dahinsiechende Firma Noort GmbH, zu neuem Leben zu erwecken. Mitte September betritt er durch die Hintertür das Haus seiner Schwester. Die Hauptteilhaberin sitzt in diesem Moment mit ihren Kindern am Tisch: eine schwerfällige Brünette mit einem unruhigen Blick. Die Erinnerung daran, daß sie früher der Liebling seines Vaters war, ist ihm schon zur Gewohnheit geworden.

»Ich zahle dich aus«, ist das erste, was er zu ihr sagt.

Hélène drückt ihm ihr Baby in die Arme und schiebt einen Stuhl an den Tisch. In einer Geruchsmischung aus Früchten, Rotz und Brei wird die Sache besprochen.

»Du weißt, wie die Lage ist«, argumentiert er mühelos, »innerhalb von drei Wochen eine Lösung, oder der Betrieb wird geschlossen.«

Er sieht seine Schwester an. Als Kind gehörte sie zu denen, die ein schönes Wespennest auf dem Balkon mit einem Bleistift anbohren, die einen schweren Atlas hochheben, worauf zwei weiße Mäuse aus einem Karton entwischen, die farblose Strümpfe und rosa Nachthemden tragen, laut im Dunkeln beten und im Kino heulen ... erzähl das niemandem weiter, bittet er sie eines Abends, und am Tag darauf wird sein Rennrad für drei Wochen eingeschlossen. Um die Sechzehn herum beginnt sie plötzlich Sympathien für ihn zu hegen.

Sie nimmt eine Serviette und beugt sich vor, um ein Paar plappernde Lippen abzuwischen.

»Wir benötigen sofort eine Million, um die mechanischen Pressen zu ersetzen«, erklärt er weiter. Seine Hand streichelt den warmen Schädel des Babys. »Bei dem älteren Personal werden Entlassungen nötig sein.«

»Es sind noch Leute aus Pappis Zeit da.«

Er widmet sich kurz einem Kind, das ihm einen Apfel anbietet, dann macht er ein Angebot. Hélène schaut erschrocken auf.

Er braucht nicht einmal hinzuzufügen, daß der Wert im Falle einer Zwangsvollstreckung natürlich entsprechend sinken wird.

Kurz darauf wurde im ersten Geschoß des Büros der Noort GmbH ein neues Direktorenzimmer eingerichtet.

An einem rechteckigen Tisch, mit dem Rücken zu den Fenstern, feilschte Robert Noort mit der Bank, dem Vorstand und der Gewerkschaft. Dieses Leben, das für ihn eigentlich hätte neu sein müssen, schien ihm bis in die Fingerspitzen vertraut zu sein.

Es gelingt ihm, eine der größeren Banken von den Überlebenschancen des Unternehmens zu überzeugen, man verschafft ihm einen Kredit von vier Millionen. Er verhandelt mit dem Vorstand, hört sich höflich und gleichgültig alle Erörterungen an und hat sich im stillen schon entschieden: der Schwerpunkt wird auf den Markt für Fertighaus-Stahlgerüste verlegt. In einer Winternacht kommt er mit seiner Frau nach einem Essen nach Hause. Er macht Feuer im Kamin. Mitten in einem verträumten Gespräch hebt er den Kopf, sieht Magda an, bittet sie um ihre Zustimmung und fährt über die vereiste Fahrbahn in die Fabrik. Im Büro sucht er sich die Schuldbücher und Dossiers heraus. Er entschließt sich zu zweierlei: diese lächerliche Verwaltung wird innerhalb eines Jahres automatisiert, und die Kleinabnehmer mit ihren umständlichen Minibestellungen fliegen raus.

Dann stellte sich das Problem der Entlassungen. Ohne Gewissensbisse setzte er zwanzig Prozent des Personals vor die Tür. Trotzdem war er in dieser Zeit – in den Hallen, auf den Landungsbrücken, in der Kantine – immer der Sohn seines Vaters, denn er hatte daran gedacht, ein paar ältere Arbeiter, Männer, die die Treue gehalten hatten und fast zum Inventar des Betriebs gehörten, weiter zu beschäftigen und sogar zu befördern.

Das erste Geschäftsjahr wurde mit einem Verlust von weniger als zweihunderttausend Gulden abgeschlossen.

Einige Zeit später, Noort hatte zu dieser Zeit schon einen Gewinn von acht Millionen zu verzeichnen, hatte Zijderveldt sein Entree. Ein junger Mann mit einem breiten, kahlen Kopf und dem Blick eines zahmen Pferdes überreichte ihm am frühen Nachmittag seine Visitenkarte: K.B.M. Zijderveldt, Ing. Es wurde ihm ein Stuhl angeboten.

»Äh … und wo haben Sie sich diese Weisheit angeeignet?« fragte Robert, nachdem er eine Viertelstunde angetan zugehört hatte.

»Habe in Harvard studiert, MBA-Abschluß. Praktikum bei dem amerikanischen Aluminiumunternehmen Canal.«

»Dann zählen Sie mir doch bitte einige der europäischen Schwachstellen auf.«

»Die Produktion von Aluminiumgerüsten.«

»Wie sieht es hier im Moment mit der Zulieferung aus?«

»Import. Am günstigsten aus Westdeutschland. Jedoch immer lange Lieferzeiten.«

»Geschätzter niederländischer Markt?«

»Fünfundzwanzig Millionen.«

Sie hatten das Klopfen an der Tür nicht gehört. Plötzlich wurden ein paar große weiße Kaffeetassen vor ihre Nasen gestellt. Die zwei Männer verstummten und rührten in ihrem Kaffee. Mit gesenktem Blick registrierte Robert die schwammige kleine Hand, die den kleinen Löffel festhielt, die weiße Manschette ums Handgelenk, das braune Jackett und den Duft von Karameltabak. Jemand hatte ihm die Aktivität seines Gehirns angeboten.

Als er aufschaute, begegnete er dem umherschweifenden Blick des anderen. Er streckte den Arm aus, drückte auf den Knopf der Gegensprechanlage und sagte die Termine für diesen Nachmittag ab.

3

Gegen sechs Uhr geht er über den sonnigen Parkplatz zu seinem Auto. Es ist immer noch warm, vielleicht ein bißchen neblig. Als er den weichen Sitz in seinem Rücken fühlt, glaubt er für einen Moment, daß alles ganz normal ist.

Er fährt am Fluß entlang. Am Ufer werden Feuer gemacht. Ein paar halbnackte Kinder springen von einem Steg aus ins Wasser. Er biegt nach links ab und erreicht – über die Brücke, über ein blitzschnelles Kanu hinweg – die Straße am Stadtgraben, die ihn wie durch eine Schlinge aus der Stadt führt. Seine Hand wühlt in den Kassetten, Gitarrenmusik nein, Klaviermusik ja: seine Lieblingssonate. Warum soll er sich dieses Vergnügen nicht gönnen? Also, nach einem Tag ist er doch wohl noch nicht so durcheinander, bloß weil seine Frau ihn verlassen hat.

Sein Lächeln wird breiter.

»Gewinn einskommasechs Millionen«, hat Zijderveldt – die Ruhe selbst – genau zum richtigen Zeitpunkt an diesem Tag gesagt. Seine außerordentlich leise Stimme durchbrach die Stille, die einige Sekunden zu lange gedauert hatte, und tatsächlich, die zwei Banker schnellten hoch.

Er wird Direktor des neuen Unternehmens, ich bleibe mit einem Anteil von sechzig Prozent der Inhaber, beschließt Robert, rauchend, vor sich hin summend, schwach berührt von den Blumenreihen, den Obstbäumen, dem jungen Rijnsburger Salat, der in zwei Wochen auf dem Markt verkauft wird. Als er in die Oude

Zeestraat fährt, erinnert er sich an die drei Hunde, die er bei Erik und Nellie abholen muß. Er macht eine scharfe Kehre. Meine Güte, was ist eigentlich in sie gefahren?

Nur der Sohn des Hauses ist anwesend.

»Wann kommen deine Eltern wieder zurück?« fragt Robert, nachdem er die Düne hinaufgeklettert ist.

Der Sechzehnjährige sitzt im Wohnzimmer auf dem Boden. Robert weiß, daß Gabriel nicht aufschauen wird. Eine Hand schwebt über dem Scrabblebrett, das vor ihm liegt, aus den Augenwinkeln betrachtet er die aufgeschreckten Hunde, die unter dem Tisch liegen. Jugendliche wie er haben nichts für Gespräche übrig und kehren dem Licht lieber den Rücken zu. Robert schaut auf die Finger, die in dem Moment, als sich der schwarze Hund aufrappelt, den Buchstabenstein vorsichtig hinlegen, die Fingerkuppen sind spitz und etwas nach oben gebogen; er macht einen Schritt nach vorne und liest: *canis maior*. Gabriel scheint sich an dem Besuch nicht zu stören, er fährt in seinen ruhigen Bewegungen fort, schaukelt mit dem Oberkörper hin und her und streichelt rhythmisch mit einem Finger von einem Fleck am Hals aus langsam und äußerst sanft bis kurz unters Ohr. Jugendliche wie er legen keinen Wert auf Berührungen anderer, sie spielen lieber mit der eigenen Hautoberfläche. Robert bleibt mit den Händen in der Tasche mitten im Zimmer stehen, er kann sich nicht trennen von dem Anblick dieser Bewegungen, von dieser Obsession, eigentlich müßte er weggehen, aber er ist zu sehr gebannt von dem Wiegen, dem Rhythmus, dem sinnestäuschenden Rhythmus, der ihn plötzlich an die schleichenden Bewegungen eines Tigers hinter Gittern erinnert, an die Zuckungen eines Fisches auf dem Trockenen – mechanisch, unbedacht, bis zur völligen Verausgabung will das Tier ins Wasser zurück –, an die hirnrissige Willenskraft, mit der eine Schmeißfliege ein Fenster attackiert ...

Der Junge steht auf, schiebt Robert das Brett mit den Buchstaben in die Hand – auf dem Brett steht: *da hast du sie* – und verläßt das Zimmer.

Dann kommen Erik und Nellie mit großem Hallo und viel Lärm nach Hause, mit Blumen und Kartons voller Einkäufe in den Armen, die sie mit einer ausladenden Bewegung auf den Tisch fallen lassen.

»Ach Mann, die hat sich mal für eine Woche aus dem Staub gemacht«, sagt Nellie kurze Zeit später und schlägt ihre Beine übereinander. Und zu Erik: »He, jetzt öffne doch mal eine Flasche Rotwein.«

Von ihren Lehnstühlen aus starren sie ihn an, ein bißchen mitleidig, ein bißchen amüsiert. Er merkt, daß sie eine kleine galante Komödie aufführen und ihren Spaß daran haben. Sie teilen ein Geheimnis. Magda hat sich im Schrank versteckt.

Erik produziert ein Lächeln.

»Sie wird heute abend schon anrufen.«

NELLIE: »O ja, ganz bestimmt.«

ERIK: »Du machst dir doch nicht etwa Sorgen?«

NELLIE: »Ich finde, daß du etwas mitgenommen aussiehst.«

ERIK: »Robert, das kannst du nicht wirklich glauben. Los, setz dich. Das hier ist ein sehr guter Jahrgang. Warum bist du denn so ungemütlich?«

Er öffnet die Türen zum Garten, macht kein Licht an, zieht die Schuhe aus, befreit sich von seiner Krawatte, findet eine Schachtel Zigarillos – von Magda –, zündet sich eine an, schenkt sich ein Glas Whisky ein – trinkt er eigentlich schon seit Jahren nicht mehr –, streckt sich auf dem Sofa aus und stellt die Flasche in Reichweite. Ihre Abwesenheit stört ihn ungemein.

Von der Straße dringen Abendgeräusche herein. Schritte von Spaziergängern, ein ersticktes Lachen, ein

Ausruf der Verwunderung und dann plötzlich ein Bus, der vorbeifährt: Wie kannst du nur auf die Idee kommen, einfach zu verschwinden, erzähl mir sofort, wo du dich rumtreibst und wann du nach Hause kommst. Er zittert. Diese kühle Luft hat nichts mit dir und mir zu tun, mit unserem Leben, mit unseren Abenden am Kamin. Als er aufsteht, läßt er die Türen so, wie sie sind, er holt sich nur eine dicke Jacke, die er, als er wieder liegt, über die Beine breitet. Du bist vollkommen lieblos!

Jetzt könnte er eigentlich ein paar einfache Anrufe erledigen. Er könnte zum Beispiel seine Mutter anrufen oder Hélène, seine Schwester. Ist Magda noch da? Gib sie mir doch mal. Er denkt nicht daran. Dieses beschämende Gespräch möchte er mit keiner seiner beiden Blutsverwandten führen. Verdammt, wie falsch du doch bist!

Übrigens: die Zuneigung, die sie für seine Mutter, seine Schwester und ihre Familie hegt, kann er nicht begreifen. Die Notizen in ihrem Terminkalender – du, Robert, morgen haben wir den zweiten Sonntag im Mai –, die Besuche, Telefongespräche. Wenn sie mit seiner Mutter telefoniert, klingt ihre Stimme viel sanfter als sonst, mit seiner Schwester kann sie lauthals lachen.

»Was hattet ihr denn?« fragt er etwas befremdet.

»Nichts.«

Weihnachten will sie die ganze Familie inklusive der zwei oder drei Würmer von Hélène um den Tisch versammeln. Einige Tage ist sie emsig beschäftigt, sie macht eine Bouillon aus Pilzen, eine Mousse aus Lachs und ein Spanferkel mit Äpfeln im Maul. Warum machst du das alles, will er wissen.

»Ich finde das gemütlich«, sagt sie und zeigt ihm ihr Lächeln.

Hat sie ihm eigentlich jemals eine richtige Antwort auf seine Fragen gegeben?

Das Zigarillo ist vorzeitig ausgegangen. Er sucht sein Feuerzeug, spielt kurz mit der Flamme und starrt auf den Lichtkreis, dann formt er mit seinen Lippen ein O, wenn es geklappt hat, müßte jetzt eigentlich ein kleiner Rauchkringel durch die Dunkelheit schweben, er denkt kurz zurück an seine Kindheit, dann sieht er Magdas Gesicht vor sich. Es kommt ihm sehr verschlossen vor. Du betrügst mich mit deiner Abwesenheit, deiner Ruhe, deiner heimlichen, höchstpersönlichen Vorliebe für Tiere, kahle Babys, Schuhe mit Riemchen um die Fesseln, aquamarinblauen Schmuck. Wenn du aus dem Bad kommst, schmierst du dich von oben bis unten mit einem Öl ein, das du in einem surinamischen Geschäft kaufst, ich schaue zwischen meinen Augenlidern durch: du läßt deinen Gedanken freien Lauf. Du betrügst mich!

4

Du betrügst mich.

Jahrelang haben wir im Fluß gefischt. Magda schläft gerne lange aus, aber ich war fest entschlossen und rüttelte sie wach. Um es wiedergutzumachen, drückte ich ihr, sobald sie in die Küche schwankte, eine Tasse glühendheißen Tee in die Hände. Ihre Laune besserte sich. Ich mochte es, wie sie dort barfuß auf dem Steinboden stand oder dann mit Geschick die Fische aus dem Wasser zog, der Fluß hatte an dieser Stelle eine ziemliche Strömung. Du bist genau richtig, dachte ich. Du bist genau so, wie ich dich haben möchte, in diesem neutralen grauen Licht, an diesem eiskalten Wasser, in diesem Tal, in diesem Hochgebirge, wo du außer mir keine Menschenseele kennst.

Meine Güte, was war ich in Fahrt! Kunst ist nicht das Leben, sie ist eine andere Form davon. Es hat nichts mit Machen zu tun, sondern mit Ausprobieren, nichts mit Wachsein, sondern mit Schlafen und Träumen, nichts mit Laufen, sondern mit Seiltanzen. In dir ist eine Ruhelosigkeit, die nichts mit dem Abstecken der Grenzen zu tun hat. Welche Grenzen? Ich sehe keine Grenzen. Komödie, Gewalttätigkeit, Distanz. Ich habe ziemlich viel gelesen. Theorien schätzt man wegen ihrer Verspieltheit und ihres Reizes, aber das ist auch alles.

Es war nicht das Leben, das mich in jenen Jahren interessierte, sondern Farbe. Farbe, Pinselstrich, Ton: die Dimensionen der Dinge, die sich vor dir verbergen. Was für eine Neugierde! Aber das, was man wissen will, zeigt sich nicht mit offenem Visier. Ein Bild ist ein Gleichnis.

Kunst ist nicht das Leben, sie verbraucht es nur. Ich habe alle Situationen verbraucht, in denen ich mich jemals befunden habe – meinen Vater, meine Mutter, meine Sonnenauf- und -untergänge, meine Ideen und Wahnideen –, und vor allem habe ich damals Magda verbraucht.

Magda war die dünne Linie, die mich mit der Erde verband. Meine Güte, was war ich in Fahrt. Ich arbeitete in meinem Atelier nach Norden hinaus mit der Gewißheit, daß sie in der Sonne lag und schlief. Du bist ein Fabeltier, dachte ich, eine blaue Blume, und für jeden ein Rätsel, außer für mich.

Am Ende eines Wintertages kommt sie herein. Sie trägt eine Strickjacke. Ohne mich von der Stelle zu bewegen, bleibe ich an meiner Staffelei stehen, als ich die Seiten meines Zeichenbuchs umschlage, spüre ich sie direkt hinter mir. Keiner von uns sagt ein Wort, und wir betrachten die Dinge, die ich an diesem Tag ausprobiert habe. Formen, Striche, Flecke in allerlei Farben.

»Jetzt sehe ich in deinen Kopf«, sagt sie nach einer Weile. »Jetzt kann ich die Bewegungen deiner Gedanken erkennen.«

An diesem Abend nehme ich ihre aufgeschürften Hände in die meinen. »Verdammt, verdammt, verdammt«, hat sie gestammelt, als sie ins Haus kam. Sie ist im Dunkeln ausgerutscht. Ich sehe mir die Striemen an, das Blut, die weißen abgeschürften Hautfetzen und die helle Flüssigkeit, die auch bei frisch geschlagenem Holz austritt. »Paß doch auf«, murmele ich leise, denn ich spüre den Schmerz. Ich spüre den Schmerz in den Händen, die ganz die meinen sind, ich sehe den Ärger in den Augen, die ich ganz besitze, die grünen Augen, die sich schon wieder aufhellen, ich drücke sie an mich: meine Brüste, meinen Magen, meine Eingeweide, meine Gebärmutter, meine Oberschenkelmuskeln ... Ist es nicht verrückt? Fast zum Totlachen? Dieses weiche Wesen ist keine

Fremde. Sie ist – strenggenommen – noch nicht einmal eine andere Person. Ich habe ihr das System meiner Liebe auferlegt. Jetzt gehört sie mir.

Aber eines Nachts habe ich nicht einschlafen können, weil ich das Gefühl hatte, im Dunkeln zu ersticken. Ein paar Stunden zuvor hatte sie gesagt: »Ich möchte ein Kind haben.«

Das Krankenhaus liegt im Zentrum von Le Vigan. Als er sie zum ersten Mal dorthin brachte, war es Herbst. Sie nahmen den Weg über den Col de la Triballe, weil er am kürzesten und noch ganz gut in Schuß war. Auf dem höchsten Punkt verminderte Robert gewohnheitsgemäß die Geschwindigkeit, sie mochten es, die sanften Berghügel zu bestaunen, die sich einer hinter dem anderen in einem immer vager werdenden Blau nach Süden hin verloren. Sie wußten, daß auf dem Boden dazwischen früher einmal ein blutiger Glaubenskampf bis auf den letzten Mann ausgefochten worden war.

Der Wind blies heftig. Magda, die sich bis zum Kinn in eine alte Pelzjacke eingemummelt hatte, lachte kurz auf, als der Wagen von einem Windstoß hin und her geschüttelt wurde und ihnen im selben Moment eine Handvoll Kastanien aufs Dach prasselte. Robert war nervös. Kurz vor der Brücke über den Hérault schaltete er so plötzlich zurück, daß sie beide nach vorne geschleudert wurden.

»Geht es?« fragte er erschrocken.

Sie saß mit ruhigem Gesicht da und schaute auf das schwarzglänzende Wasser in der Tiefe.

Die Sonne sackte weg. Es wurde dunkel. Die Dörfer hingen wie ausgebreitete Spinnweben an den Berghängen. Aus der Öffnung eines Schuppens kam ein Hund hervorgeschossen, bellte das Auto wütend an und rannte ihm einige Zeit nach. In dem Moment, in dem sie die Stadt erreichten, ging die Straßenbeleuchtung an, aber es war noch wenig Verkehr und sie fanden ohne Probleme einen Parkplatz. Magda brauchte beim Aussteigen keine Hilfe, sie blutete nur leicht. Ihre Schwangerschaft war noch nicht einmal bis zum dritten Monat fortgeschritten.

Zum ersten Mal in ihrer Ehe wurden sie voneinander getrennt. Eine resolute Welt nahm von Magda Besitz. Blutabnahme, Formulare, eine fahrbare Trage. Nachdem man sie in Rückenlage in ein hohes schmales Bett gelegt hatte, durfte Robert sich verabschieden. In einem blendenden Licht und vorsichtig beäugt von zehn Patienten, die gerade die Deckel von ihrem Abendessen lüfteten und mit Andacht schnupperten, um es sich dann zu Gemüte zu führen, berührte Robert die Lippen seiner Frau. Er sah und fühlte nichts.

»Wie geht es dir?« fragte er am nächsten Tag und legte ein paar Heidezweige auf die Decke über ihren Beinen. Seine Hände waren vollkommen verdreckt. Kurz hinter St.-André war mit einem Krachen der Luftfilter gegen die Motorhaube geschlagen, was außer einer halben Stunde Bastelarbeit am Rande der Schlucht nichts weiter zu bedeuten hatte. Als er schließlich in den Krankensaal kam, schlief Magda; sie schlug die Augen auf und schien überrascht zu sein, ihn zu sehen.

Sie beruhigte ihn mit einem Lächeln. Für einen Augenblick erkannte er etwas in ihrem Gesicht wieder, etwas Kleines, etwas, das einem Schatten ähnelte. Es ging ihr gut.

»Was hat der Arzt gesagt?«

Er würde nachmittags vorbeikommen.

»Hast du Schmerzen?« fragte er sie noch.

Sie nahm seine Hand. Nein, bestimmt nicht.

Er fuhr im Nieselregen zurück.

Der Krankenhausaufenthalt dauerte nicht lange. Als Robert sich zum fünften Mal ans Bett setzte, versuchte ihm Magda, leichenblaß und in die Kissen gedrückt, weiszumachen, daß von jener Nacht kein bleibender Schaden zurückgeblieben sei. Währenddessen schaute er in ihre bestürzten Augen und dachte: Es ist immer noch Oktober, die Sonne scheint auf die goldenen Blätter unserer Kastanie, und im Keller stehen mehrere Flaschen Lubéron – sehr köstlich –, und dann hörte er, wie sie sagte: »Medizinisch gesehen gibt es keinen Grund, warum es beim nächsten Mal nicht gutgehen sollte.«

Sie fing damit an, bestimmte Tage in ihrem Kalender zu markieren. Auf ihrem Schreibtisch, neben dem Bild ihrer Eltern, neben dem Block, auf dem sie jede Woche einen Brief an ihre Mutter in Kanada schrieb, fand Robert eine Liste mit rot angekreuzten Tagen. An diesen Tagen trug sie das Essen später auf als sonst, fachte das Feuer stärker an denn je, sah ihn mit interessant schwarz und blau umrandeten Augen an, beugte sich über seine Schulter, um noch einmal einzuschenken, um ihre Wärme auf ihn zu übertragen, ihren Regenwaldgeruch. Und ob sie ihn kannte! Sie kannte den Druck, mit der ihre Hand ihn suchen mußte, finden mußte – berechnend achtete sie darauf, daß sein Verlangen zunahm, und ließ dann auch ihren Gefühlen freien Lauf –, bis er ihr ins Bett folgte, ins Dunkel, wo er tapsig, betäubt, ohne auch nur die Spur einer Liebeserklärung, sich offenbar dazu gezwungen sah, die Initiative zu ergreifen. Aber eines Tages befreit er sich aus ihrer Umarmung. Er wirft sich eine Jacke über, öffnet die Haustür und steht draußen in der ungemütlichen Nacht. Er lehnt sich an die Wand des Hauses und schaut zu den Bäumen, zu dem abgedeckten Nutzgarten im Schein des Mondes, auf die grellblauen Ställe hinüber, in denen die Tiere schlafen, der Mond zwängt sich zwischen Wolkenfetzen durch, verschwindet und kommt über dem Atelier wieder zum Vorschein, weiß beleuchtet er die Felswand, an der drinnen ein großes, unvollendetes, im Stich gelassenes Bild lehnt. Du betrügst mich!

Es war Mitte Sommer, als sie die Tour zum zweiten Mal unternahmen. Mit großer Geschwindigkeit fuhren sie über den Paß, beachteten weder die Weite noch die verdorrten Hänge oder die Schafherden unter den Kastanienbäumen und fuhren hinunter ins Tal von Le Rey, wo der Fluß zwischen den Steinblöcken nur noch aus einem Lehmstreifen bestand. Nach einer Fahrt von einer Dreiviertelstunde erreichten sie die Stadt, die sich im Mittagsschlaf befand.

Magda bekam kein Bett mehr im weißen Saal. Ohne lange zu überlegen, brachte man sie in den Operationssaal zwei. Eine Saugausschabung ist keine große Sache. Der Frau wird eine leichte Narkose verabreicht – Magda lieferte sich dem Anästhesisten mit den tiefschwarzen Augen und Augenbrauen aus, wurde in die Rückenlage gebracht und sofort von farbigen, keineswegs unangenehmen Träumen überfallen –, mit Hilfe einer praktischen Mechanik werden ihr die Beine gespreizt, und schließlich wird sie um die defekte Frucht erleichtert. Die Kleinigkeit nimmt kaum zwanzig Minuten in Anspruch, im Normalfall kann die Frau noch am selben Tag mit ihrem Mann nach Hause zurück.

Am Abend dann, er war unwahrscheinlich lau, saßen sie draußen. Magda hatte einen giftgrünen Seidenpyjama angezogen, sie hatte ein Glas Cognac akzeptiert und auch das Bänkchen unter den Füßen nicht abgelehnt. Robert schaute zur Seite, Magda rauchte mit erhabenem Eifer. Was sind wir doch für Stümper, dachte er genüßlich.

Der Winter brach ein. An einem Montag ging Magda zu Fuß durch die Wälder ins Dorf. Als sie zurückkam, lief sie ohne ein Wort zu sagen ins Schlafzimmer, um eine Reisetasche zu packen. Die Diagnose war wieder eindeutig, ihre Brüste füllten sich schon. Diesmal würde sie unverzüglich an den Tropf kommen. Dreimal, genau mitgezählt, konnte Robert sie ohne Probleme besuchen. Er wartete auf der Bank in der Krankenhaushalle, ertrug das Gefühl der Verzweiflung und versuchte sich möglichst normal zu verhalten: als sich die Türen zu einer bestimmten Zeit öffneten, schloß er sich einer kleinen grauen Menge an, hatte Blumen und Geschenke in der Hand und nahm neben dem Bett Platz.

Dann kam der Schnee. Der Schnee zeigte sich in Gestalt eines eisigen, weißen Biestes und als Gegner im Traum. Als Robert morgens hinausging, mußte er sich mit Schaufel und Besen einen Weg zum Auto bahnen. Er startete, ließ den Motor aufheulen, kratzte die Fenster frei, legte Schneeketten an und nahm, da der Bergpaß gesperrt war, den Weg durch das Forêt de Sanissac. Immer wieder fing es an zu schneien, immer wieder hatte er seine Nase gegen die Windschutzscheibe gepreßt und konnte nicht schneller als dreißig in der Stunde fahren, hinter den hin- und herschwenkenden Wischern starrte er ins Graue, zwei, drei Stunden lang, bis er vollkommen aufgelöst vor dem Krankenhaus parkte, die Treppe hinaufstieg, den Saal fand, in dem Magda auf unbegreifliche Weise von dem gleichen grauen Schleier umhüllt war wie er vom Schneegestöber und ihn kühl begrüßte.

Einmal kam er auf halber Strecke zum Ascelier-St.-Martial auf die Idee, den Wagen am Wegesrand zu parken. Er stieg aus, zündete sich hinter vorgehaltener Hand eine Zigarette an, lehnte sich gegen die vordere Stoßstange und starrte vor sich hin in die verschneite Tundra. Fast sofort nahmen seine Sinne die Gelegenheit wahr, sich vom Verstand zu lösen. Irgendwo wurde geschossen, irgendwo bellten Hunde, wiederholt läuteten die Kirchenglocken, Wind kam auf. Nichts von alldem drang zu ihm durch. Nichts konnte seine Aufmerksamkeit auf sich ziehen, er war fest entschlossen, sich auf diesen unergründlichen, emotionslosen Fleck in der Zeit zu konzentrieren, und zwar so lange, bis er zufrieden wie ein Kind feststellen würde, daß es nun zu spät sei für das düstere Gebäude, für die Besucherbank, für die schneeweißen Uniformen, die vorbeischossen und nicht angesprochen werden wollten, für den ekelhaften Geruch der Medikamente, Tragen, Schmerzen, Blumen und Mahlzeiten, für den brütend warmen Saal voller Frauen, die den unerbittlichen Wunsch hegen, ein Kind von sich selbst zu haben, für den Schlauch an Magdas Arm, für ihren gepflegten, rundlichen Körper, ihren Schatten, ihre Verdoppelung, für die unheilvolle Flüssigkeit in der Flasche neben ihrem Bett, für die nichtssagenden Worte, die sie wechseln würden, für den Abschied, den Aufzug und die zufällige Begegnung mit dem Arzt, der sie unvermeidlich zu einem bestimmten Zeitpunkt zum soundsovielten Mal auf seinem Tisch festschnallen würde.

Als letzteres zum Zeitpunkt der geringsten Hoffnung, am Wendepunkt von Leben und Tod passierte, war es bereits Frühjahr. Vor den Cafés wurden wieder die roten und blauen Markisen heruntergelassen, und Töpfe mit Blumen markierten die Eingangstüren. Robert und Magda fuhren aus der Stadt, bogen rechts ab und begannen den Aufstieg entlang dem Kamm des Triballes. Siehst du das, fragte Robert einmal, und Magda antwortete mit Ja, ja, wie schön, sie sah es tatsächlich: überall brach das Wasser aus der Felswand. Wie schön, wie schön, murmelte sie, als sie zu Hause aus dem Wagen stiegen, denn jetzt sahen sie es nicht nur, sondern hörten es auch, von allen Seiten kam es, das Wasser, das irgendwo in großer Höhe zum Leben erweckt worden war und jetzt die Freiheit hatte, zu glitzern, zu rauschen, zu springen und auf dem Weg zum Fluß in die Schlucht zu stürzen.

5

Es gab Tage, an denen es einfach nicht hat gelingen wollen. Du mischst eine Farbe, zeichnest ein paar Linien, machst einige Versuche, gehst ein paar Schritte zurück und kneifst die Augen zusammen: Zurücktreten! Denn es soll anders werden, anders, wenn du nur wüßtest wie; du hast nicht die geringste Idee und starrst voller Argwohn auf die zum Teil feuchte Leinwand; die Farbsequenzen Graublau-Karminrot-Rot-Orangerot-Blaugrau beruhigen dich keineswegs, im Gegenteil, es passiert etwas Lächerliches, dein Kinn wird länger, und dir wird klar, daß dir deine Fähigkeiten abhanden gekommen und deine unentbehrlichen Instinkte nicht mehr da sind, und du nimmst an: für immer.

Die Hitze war an diesem Tag extrem. Als er aus der Tür des Ateliers trat, fiel ihm von einem auf den anderen Augenblick ein glühendes Gewicht auf Nacken und Schultern. Es bewirkte, daß er den Weg entlang der Maulbeerbäume träge und sogar etwas schleppend ging. Mit dem Gefühl, am Ende zu sein, schob er mit dem Fuß die Eingangstür zum Wohnhaus auf.

Stille, Halbdunkel, ein Sonnenstreif, ein Spiegel. Nur mit Mühe erkannte er den jungen schwarzen Hund, der unten an der Treppe auf den Fliesen alle viere von sich streckte. Er horchte angespannt. Falls Magda nicht dasein sollte oder nicht mit ihm sprechen oder sich nicht um ihn kümmern wollte, könnte er sich schnell in die Schlucht stürzen.

Sie war im Schlafzimmer und probierte einen Landarbeiterstrohhut auf.

»Wo gehst du hin?« brachte er hervor.

»Ins Dorf.«

Der Hutrand berührte fast ihre nackten Schultern, sie trug ein Kleid, das von einem Band im Nacken gehalten wurde.

»Du solltest jetzt nicht gehen«, sagte er.

Sie drehte sich um und sah ihn erstaunt an.

»Warum nicht?«

»Es ist zu warm.«

»Ich gehe zu Fuß. Ich nehme den Weg durch den Wald.«

»Trotzdem. Es ist heute eine ganz ungesunde Hitze. Ich finde es nicht gut, wenn du ein Risiko eingehst, es scheint mir am vernünftigsten zu sein, wenn ich dich ...«

»Oh, Robert, hör verdammt noch mal auf damit!«

»Warum fällst du mir ins Wort? Und warum fliehst du, sobald ich auftauche? Du willst mir nicht erzählen, wo du hingehst, stimmt's?«

Sprachlos öffnete sie den Mund.

Er wurde wütend.

»Du brauchst nicht zu lachen!«

»Ich habe doch gar nicht gelacht!«

»Natürlich hast du gelacht, natürlich hast du gelacht, aber das spielt jetzt wohl keine Rolle.« Klagend und plötzlich ganz sanft fuhr er fort: »Laß uns etwas trinken ...«

Ungläubig sah er, wie sie ihre Sonnenbrille nahm, ihre Tasche öffnete und wieder schloß und nochmals in den Spiegel sah.

»Ich gehe.«

»Rosé? Weißwein?« Mit ausgebreiteten Armen versperrte er ihr den Weg. »In der Küche ist es kühl. Es ist dort sehr angenehm. Ich bin gerade eben durchgegangen.«

»Robert, geh bitte zur Seite.«

Sie wollte rasch an ihm vorbeigehen. Ärgerlich griff er nach ihrem Handgelenk.

»Was soll das heißen, geh bitte zur Seite! Weißt du eigentlich, was du da sagst? Sieh mich an! Du willst mich sitzenlassen, stimmt's? Sieh mich an, habe ich gesagt!«

»Nein«, rief sie. »Das wird mir hier jetzt wirklich zu bunt!«

Sie versuchte, ihren Arm freizubekommen, trat ihm gegen das Schienbein, gehorchte jedoch. Als er ihr dann das Fiebrige in seinem Blick zeigte, den Blick eines wilden Tieres, und die Augenbrauen hochzog, wie er es von klein auf getan hatte, wenn er sich in Todesnöten befand, löste er seine Hand von ihrem Gelenk und legte sie schwer und vertraulich auf ihre Schulter, und nachdem er gesehen hatte, daß sie schluckte und sich mit der Zunge über die Lippen fuhr, und nachdem er außerdem bemerkt hatte, daß sie beinahe anfing zu lachen, jedoch nur ganz kurz, wie jemand, der in dem Wirrwarr seines Gedächtnisses etwas Überraschendes wiederentdeckt hat, legte er seine andere Hand unter ihre Achsel und schob sie wie beim argentinischen Tango mit schleppenden Schritten an dem Stuhl mit dem roten Samtbezug vorbei, an einer Kommode entlang, die nach Eukalyptus roch, und an einem mannshohen Spiegel vorbei zurück ins Zimmer, wo er sie für einen Augenblick losließ, so daß sie sich aus ihrer eigenen Bewegung heraus rücklings aufs Bett fallen lassen konnte, wobei sich der Landarbeiterhut verschob und das honigblonde, hochgesteckte Haar löste.

In dieser Zeit bin ich einmal zum höchstgelegenen Punkt dieser Gegend gefahren. Im Hirtendorf St.-Armand-des-Neiges wohnten damals etwa zwanzig Leute, größtenteils Männer, von denen der jüngste auf die Sechzig zuging. Der Weg war steil. Auf dem letzten Stück kam ich nicht schneller voran als ein Maulesel. Ein nichtssagendes Dorf. Mauern, die von blühendem Efeu überwachsen sind, ein Hund, der auf dem Balkon liegt und schläft. Verlassenheit, die mit Gerüchen angereichert war. Ich erreichte den höchsten Punkt, das Café St.-Armand-des-Neiges. Die Männer, die auf den Tischen unter den Bäumen die Würfel rollen ließen, nahmen kaum Notiz von dem Ausländer, der in einer Wolke aus weißem Staub aus seinem Wagen stieg.

Drinnen, in der Bar, trank ich drei Gläser Wein, bestellte danach einen Pastis, einen Brizard und noch einen Pastis und ging später mit einem Marc de poire in jeder Hand wieder hinaus.

An der Steinbalustrade saß ein Mann und spielte allein Domino. Ein kleiner Alter, der in dem von den Bäumen gefilterten Licht ein aufrichtiges, fast glückliches Gesicht machte ...

Ich ging auf ihn zu, das Panorama hinter seinem Rükken blendete mich: ein schieferfarbenes Land mit Hängen und Schluchten, unverändert seit dem fünften Schöpfungstag. Ich stellte die beiden Gläser auf seinen Tisch, setzte mich ihm genau gegenüber und sagte mit dem typischen schwerfälligen Akzent dieser Gegend: »Wirklich eine Bullenhitze! Seien Sie mir bitte nicht böse, aber sagen Sie, haben Sie eine Frau?« Der alte Mann warf mir einen interessierten Blick zu, sagte jedoch nichts. Während er Anstalten machte, den nächsten Stein zu legen, fing ich wieder an, mit stiller Wut zu trinken.

... Ich ertrage ihr Lächeln nicht mehr, meiner Meinung nach ist es auch kein Lächeln, sondern ein für sie typisches Runzeln der Haut. Ich kann ihre Schritte nicht mehr ertragen, und ich kann ihre Atemzüge nicht mehr ertragen, und ebensowenig ertrage ich die Art und Weise, wie sie raucht und trinkt, ihre Hände eincremt, ihre

Ohrringe ansteckt, ihr Haar öffnet und dann, am Anfang der Nacht und zur falschen Zeit, sagt: »Ich bin müde. Es ist warm. Sollen wir nicht lieber schlafen gehen?«

Ihre zerstreute Art empfinde ich als Zumutung. Ich habe dich schon anders gekannt! Wenn ich vom Tisch aufstehe, meine Zigaretten nehme und so zu erkennen gebe, daß ich mich allmählich wieder an die Arbeit machen will, bleiben ihre Augen bewegungslos auf einen willkürlichen Gegenstand gerichtet – einen Kerzenständer, ein Buch, einen Zinnteller mit Zitronen –, als ob es noch eine andere als unsere gemeinsame Vergangenheit gäbe. »Ist es kalt, ist es warm, regnet es?« fragt sie dümmlich, wenn ich nach Stunden wieder ins Haus zurückkomme, und krault dabei ruhig dem Hund das Fell. Ihr Blick ist dabei sehr sanft und freundlich, aber ich mißtraue diesem Gesichtsausdruck, ich weiß, daß sie sich dahinter wegen etwas ganz und gar Persönlichem verzehrt. Ich ertrage deine Doppelrolle nicht mehr!

»Was willst du eigentlich von mir?« hat sie einmal ausgerufen. Nichts, nichts, liebes Kind. Ich hatte vor, dir mein Leben zu widmen, dir mein Werk zu widmen und mein Verlangen nach der unbesiegbaren Frau endgültig zu vergessen. Manchmal drängt sie sich im Halbschlaf an mich, ich lege meine Arme um sie, und während sie mich gewähren läßt, spüre ich, wie sie sich verändert hat. Du bist ein Ding. Ein hartes Fossil. Eine alte Erinnerung an die Liebe.

Ich möchte wissen, wie lange das noch so weitergehen soll. Ich hatte noch das ein oder andere mit uns vor. Habe ich nicht alles getan, was mir möglich war? Ich habe dich mehrmals befruchtet. Ich habe dich an fremde Hände abgetreten. Später habe ich dich dann ohne zu zögern wieder zurückgenommen. Du beleidigst mich mit deinem stillen Kummer!

»Bitte schenk mir ein Glas ein …«, sind die intimsten

Worte, die mir in den letzten Monaten zugeflüstert wurden. Eine Stunde später dann mußte ich mit ansehen, wie sie feierlich durch den Mondschein schwankte …

Der alte Mann hatte alle Steine aufgebraucht. Zwischen uns lag ein hübsches Labyrinth aus Schwarz und Weiß. Er nahm das Glas, das ich vor ihn gestellt hatte, nahm einen Schluck und sah mich ernst an.

»Ja, ich habe eine schöne Frau.«

Ich beugte mich vor. Der Tisch knarrte.

»Gut. Ich glaube Ihnen aufs Wort. Was ich jetzt noch gerne wüßte: Haben Sie schon einmal daran gedacht, ihr den Hals umzudrehen?«

Der Alte machte ein überraschtes Gesicht. Er kratzte sich unter seiner Mütze, dachte kurz nach – oder tat jedenfalls so – und stieß dann einen leisen Seufzer aus.

»Ja, daran habe ich schon einmal gedacht.«

Unsere Blicke schweiften zum sommerlichen Himmel hinauf.

Seine Liebkosungen, seine Reue. In einer Flut von Tränen schiebt er sofort seine Zunge weit in ihren Mund, obwohl er weiß, daß sie das eigentlich nicht ausstehen kann. Er schlingt seine Beine um ihre Hüften. Er drückt seine Finger in ihre Schultern, um sie in panischer Hast schnell wieder von dort wegzunehmen, damit er sich am Verschluß seiner Hose zu schaffen machen kann. Er achtet nicht auf ihr Gesicht, er hört nicht die Laute, die sie von sich gibt, es gibt zuviel zu tun. In dieser betörenden Stunde, in dieser Zelle der Hitze und Wut, in der die Liebe jegliche Geduld verloren hat und flink wie die Schneide eines Messers ist, glaubt Robert Noort, Idealist, Künstler, zu Tode erschöpfter Mann, daß seine Frau zu lange weggeblieben ist, daß er die Erlaubnis hat, sie aus ihrer Unterwelt zurückzuholen und dabei auch zurückschauen darf, daß er sie packen darf, daß er seinen

Kopf in dem schweißigen Geruch ihrer Achsel verstekken darf, daß er sie an ihren Haaren zurück zu ihrem warmen Herzen, ihrer Haut, ihren Augen schleifen darf – dein Körper ist, was du bist, kehr dorthin zurück, los!, auf daß wir alles voneinander erfahren, was zu wissen wichtig ist –, und während er im eigenen Schweiß badet und ihm seine Hose auf den Hacken hängt, versucht er mit Hilfe der einfachsten Mittel, die so alt wie die Erde sind, die Ordnung wiederherzustellen.

Das Chaos, in dem du geboren bist.

6

Sie kommt nicht zurück. Sie ruft nicht an. Es wird kein Telegramm gebracht. Im Dorf fängt man an, ihm neugierig nachzuschauen: das ist der Mann, dessen Frau verschwunden ist, oder hinter dem man herzeigt: ja, der da, der magere blonde Mann mit den drei Hunden, der morgens und abends den Dünenweg herunterkommt, er steht jetzt eine Stunde früher auf und geht eine Stunde später ins Bett, seine Lebensweise hat sich geändert.

Robert hat die Gewohnheit angenommen, die Nächte im Wohnzimmer auf der Couch zu verbringen, unter einer Jacke, die durch den jahrelang eingetrockneten Regen schwer geworden ist. Nachdem er die Türen zum Garten geöffnet hat, raucht er im Mondlicht, das mit sommerlicher Klarheit ins Zimmer fällt, ein paar Zigaretten und schläft meistens mit dem Gedanken ein, daß dieser desolate Zustand schließlich nur provisorisch ist.

»Ich verstehe das alles nicht«, hat Hélène eine Woche nach Magdas Verschwinden gesagt.

In ihrer Küche, die nach kochender Erdbeermarmelade riecht, muß Robert sich anhören, daß Magda am Vormittag vorbeigekommen ist und, als die Kinder aus der Schule zurück waren, gemütlich mit ihnen zusammen gegessen, links und rechts atemberaubenden, nur halb erzählten Ereignissen zugehört und beim Kaffee auf die Ehescheidungsphilosophie ihrer Schwägerin mit Verständnis reagiert hat. »Sie sah sehr entspannt aus und, ja, vielleicht sogar ein bißchen geheimnisvoll«, erzählt Hélène. »Es war, als ob sie die ganze Zeit an etwas Schönes gedacht hätte.« Sie hatte ein rotes Kleid angehabt und eine Regenjacke, weil das Wetter nicht gerade gut gewesen war, und nur eine Einkaufstasche bei sich gehabt. Und zuletzt hatte sie dann gesagt: »Komm, ich gehe noch eben bei Mutter vorbei.«

Er besuchte die alte Frau. Ein neuer Sessel aus weißem Leder. Ein Fußbänkchen. Eine Mutter, die vergessen hat, daß ihr Sohn seinen Kaffee in den vergangenen fünfundzwanzig Jahren immer schwarz getrunken hat.

»Ich habe sie schon immer seltsam gefunden.«

Er bekommt die nötigen Informationen. Magda war nicht länger als eine Stunde geblieben, hatte eine Tasse Tee getrunken und zugehört, ach, worüber hatten sie noch gesprochen, sie war sehr still, und sie muß beim Weggehen das Blutkorallenarmband verloren haben, das Familienerbstück, das sie bei der ersten Begegnung mit ihrer Schwiegermutter geschenkt bekommen und seitdem immer getragen hatte, bis die alte Schnur, wie das nun mal so ist, dann irgendwann zufällig gerissen war. »Als ich ein paar Tage später zu Lucassen gehen wollte, um mir die Haare machen zu lassen, lag es unter der Garderobe.«

Ohne ein Wort zu sagen, schaut Robert auf die schmutzigen Mundwinkel, auf das zuckende Auge, auf die Sessellehne und die magere Hand mit den Diamanten, die dieselbe ist wie die mollige Hand mit den Diamanten, die den Pudding verteilt, den Waschlappen auswringt, die Nagelschere nimmt und vor Wut zittert, als sie die Gedichte des sechzehnjährigen Sohnes hält und durchblättert: »Der junge Herr ist sitzengeblieben …!«

Wovor er Angst gehabt hat, war ihr Mitgefühl, aber das ist ausgeblieben. Eine Stunde lang erträgt er den unverwandten, andauernd ärgerlichen Blick der alten Frau.

Dann gibt es noch Agnes Rombouts. Eine Frau mit kupferrotem Haar. Jüngste Tochter eines alkoholsüchtigen Vaters. Wer ihr am Strand begegnete, hatte das

Gefühl, daß alle Naturfarben noch sanfter waren als sonst. Jetzt wohnt sie in einer Kleinstadt. Ihr schöner Körper verblüht langsam. Eine Wohnung, ein Teppichboden, ein Hausmantel mit exotischen Blumen. Solange es Robert gelingt, sich weiszumachen, daß Magdas Abwesenheit in diesem Moment wirklich unbegreiflich und im nächsten vollkommen plausibel ist, besucht er auch weiterhin seine Geliebte. Solange es ihm gelingt, von seinem Geschäftszimmer aus seine wahnsinnigen Telefongespräche zu führen und bei Begegnungen mit Freunden und Verwandten ihrer Überlegenheit durch Schlagfertigkeit zuvorzukommen, indem er sie nach ihrem Wohlbefinden befragt, führt er sein Doppelleben weiter.

»Was hast du vergangene Nacht geträumt?«

Seine Frage, die ein fester Bestandteil ihres geheimen Vertrages ist, läutet den Schlußteil des Abends ein. Zuerst haben sie ein am Wasser gelegenes Restaurant aufgesucht. Agnes hat Fisch mit Butter, glatten Pellkartoffeln und vier Gemüsen der Saison bestellt, er beläßt es beim Tagesmenü. Sie einigen sich auf einen Wein.

»Poligny-Montrachet ...«

Acht Jahre alte, aromatische Flüssigkeit, die blaß im Kristall funkelt. Gesprochen über dieses und jenes. Ein verstecktes Gähnen. Gegen elf sind sie wieder in der Wohnung. Robert wirft seine Jacke über einen Stuhl. In einer benebelten Wärme aus Alkohol, selbstlosen kameradschaftlichen Gefühlen und einer Nostalgie, die nirgendwo hingehört, schaut er die Frau an, die mit einem spöttischen Lächeln ihre breiten weißen Schultern entblößt. Später dann fängt er von den Träumen an.

Sie antwortet nicht sofort, sondern läuft durchs Zimmer und summt vor sich hin. Sie beugt sich über den Aschenbecher. Ihr Gesicht sieht so gleichgültig aus, daß er fast glaubt, sie hätte seine Anwesenheit vergessen. Als sie dann aber wieder neben ihm liegt, fängt sie an zu erzählen. Ich lief durch eine Stadt, mit zwei Tieren hinter mir, die ich retten mußte. Eine leere Stadt mit vielen Türmen. Ich hörte die Schritte der Tiere in meinem Rücken, wußte aber nicht, was für welche es waren. Vielleicht Hunde, vielleicht aber auch wilde Tiere. Die Türme waren aus Metall. Sie glänzten. Ich bestieg eine Treppe, höher und immer höher. Als ich oben ankam, hatte nur eines der Tiere mir folgen können … Wie immer ist die Geschichte so armselig, daß er sich zusammenreißen muß, um nicht laut aufzulachen. Wenn sie fertig ist, bemüht auch er sich um eine ernsthafte Stimme.

Von Anfang an war klar, daß er über einige Dinge mit ihr nicht sprechen wollte. Nicht über Magda. Was sie verstand. Was für sie, mehr noch als für ihn, nicht zur Debatte stand. Außerdem mußte jede Anspielung auf etwas, das sie oder er früher einmal erlebt hatten, vermieden werden: keine Enthüllungen. Keine Banalitäten, die gleichgesetzt werden konnten mit psychologisch gefärbten Klischees von weiß der Kuckuck wem. Um trotzdem noch ein paar Worte wechseln zu können, kam Agnes die Idee mit den Träumen.

Eines Tages im Herbst liegt er unter ihrer Bettdecke. Der Tag hat bedeckt angefangen, und jetzt schlägt der Regen gegen die Außengalerie. Er sagt: »Ich habe keine Ahnung. Momentan träume ich nicht.« Sie wendet ihr Gesicht von ihm ab, als ob er sie geschlagen hätte.

Einige Zeit später erscheint die Suchanzeige in den Zeitungen, und nach den Nachrichten wird im ersten und zweiten Programm ein Aufruf ausgestrahlt. Und jetzt geben wir noch eine Suchmeldung durch … Mit einem seltsamen Schmerz in der Brust sieht Robert Magdas Gesicht, das ihm vom Fernseher aus zulacht, die Augen unbesorgter, das Haar blonder denn je in dem auf dem

Bildschirm schimmernden Licht des Spätsommers. Wenn ich wollte, könnte ich sogar das Parfum an ihrem Hals riechen ... Das Wetter ist schon seit Tagen schlecht, nachts legt sich der Frost über den Boden. Bedeuten diese Informationen noch etwas? Ein rotes Baumwollkleid, eine Regenjacke, eine Einkaufstasche. Meine Frau.

Als er am nächsten Tag das Bürogebäude betritt, vermißt er das Hintergrundgeräusch, den höllischen Lärm aus den Hallen gegenüber. Während ihm klar wird, daß seine Arbeiter sich nicht im Streik befinden, sondern gruppenweise sein Leben besprechen, trifft sein Blick auf den Portier, die zwei Sekretärinnen und einen technischen Zeichner: sie begrüßen ihn mit erschrockener Ehrfurcht. Vielleicht werden sie mir gleich sogar noch ein Blumengebinde bringen?

Gegen Mittag erscheint Zijderveldt. Sie kommen sofort zur Sache: den Rückschlag, der den Anlauf der neuen Tochterfirma behindert. Die Finanzierung von Alcom ist durch, aber eine lächerliche Frässpindel, die man zum Fräsen von Aluminiumgußformen benötigt, hat in den USA eine Lieferzeit von drei Monaten!

Robert reibt sich das Kinn und beobachtet das ruhige Gesicht ihm gegenüber. Dies ist – soweit ich mich erinnere – das erste Mal, daß er sich verschätzt hat. Es scheint ihn nicht sonderlich zu beunruhigen, genausowenig wie mich übrigens. Plötzlich hört er seinen Mitdirektor sagen: »Ganz nebenbei, ich hoffe, daß Sie nichts dagegen einzuwenden haben, heute abend mein Gast zu sein.«

Er weiß nicht, ob er richtig gehört hat.

»Ich lade Sie bei mir zu Hause zu einem Abendessen ein. Sie werden nicht enttäuscht werden. Ich bin ein Liebhaber der guten Küche.«

Zijderveldt, der ein Privatleben zu haben scheint. Ein Haus am Galgewater, eine dunkelblaue Schürze, eine

Katze. In einer Vitrine liegt eine Steinsammlung, die Anlaß für eine ausführliche Erörterung einer Wanderung durch die Anden ist. An diesem Abend muß sich Robert auf eine komplette Verwandlung einstellen. Zijderveldt, der in Lachen ausbricht (wie ein Affe, der dabei seine Schultern schüttelt), der seine Lieblingsmusik auflegt (die Filmmusik von ›Bedazzled‹, und da insbesondere den Nonnenchor), der gewandt mit einem Cocktailshaker umgeht (zwei Sorten Weinbrand, Eidotter, Zitrone).

»Einen Waterloo Fizz.«

Im Eßzimmer ist der Tisch gedeckt. Auf der dunkelroten Tischdecke stehen Narzissen. Nach dem ersten Glas streckt Zijderveldt seinen Arm aus und sagt: »Kas.«

Automatisch ergreift Robert die samtweiche Hand. Verdutzt wartet er ab.

»Kas. Kaspar. Der Name ist in Lisse immer noch recht häufig. In meiner Klasse gab es drei.«

»Robert«, sagt Robert.

Das Beisammensein verläuft in herzlicher Freundschaft. Das Essen ist gut, der Wein ist gut. Nach einem kurzen Moment der Ruhe steht der Gastgeber auf, verläßt das Zimmer und kommt mit einem Blumenstilleben zurück, gemalt von seiner selig verstorbenen Mutter. Seine Augen sind feucht.

Die Gänsehaut, mit der Robert am nächsten Morgen erwacht, ist ganz und gar überflüssig. Als Zijderveldt nach einigen Tagen das Geschäftszimmer betritt, sagt er: »Herr Noort, ich glaube, daß ich Ihnen eine Lösung anbieten kann.«

Robert schiebt seinen Stuhl ein Stück zurück und streckt seine Beine aus.

»Ich höre.« Er denkt: Ich wußte es doch. Dieses Fragment der Welt, dieses Phantasieprodukt Alcom GmbH wird ruhig weiterbestehen. Alles wendet sich zum Guten. Ich wußte es doch.

Er erfährt, daß Zijderveldt bereit ist, zu seinem früheren Arbeitgeber in Pennsylvania zu reisen. Die Aluminiumgesellschaft, die über einen niederländischen Standort nachdenkt, will sich im voraus ihres Absatzes vergewissern. Dafür sucht sie selbständige Fabrikanten, die ihr Produkt weiterverarbeiten. Als Zijderveldt dort anrief, konnte man sich in der Firma an das geschickte Verhandeln des früheren Mitarbeiters noch gut erinnern.

Robert klemmt seine Daumen in die Weste. Wir werden die Frässpindel wohl selbst produzieren müssen, denkt er kurz. Ich werde es ihm zu einem anderen Zeitpunkt vorschlagen. Er sieht, daß Zijderveldt seine Hände auf dem Schreibtisch ausbreitet. Wie gerne würde ich die weichen Knöchel jetzt berühren. Wenn alles in Ordnung ist, wird er gleich seine Stimme senken.

In gedämpftem Ton sagt Zijderveldt: »Wenn die Verhandlungen gut verlaufen – und das werden sie, Herr Noort –, garantieren sie mir, daß sich der kleine verflixte Apparat auf der Rückreise in meinem Handgepäck befinden wird ...«

Sie schauen einander kurz an. »Schön«, sagt Robert und steht auf. »Ich bewundere Ihren Scharfsinn.«

Auch Zijderveldt hat sich erhoben. Die Sache ist zu ihrer beider Zufriedenheit besprochen.

7

Frühling 1981. Seine Mutter stirbt.

Durch die Oude Zeestraat schiebt sich ein Stau in Richtung Boulevard. Kinder stehen mit Blumenkränzen im Wind. Magda ist schon fast ein Jahr verschwunden. Es kommt immer noch vor, daß Robert, der seit langem wieder in seinem eigenen Bett schläft, mitten in der Nacht aufschreckt, das Licht anmacht und beim Anblick seiner Kleider, die über dem Stuhl liegen, mit vollem Ernst sagt: »Ich bin kein glücklicher Mensch.« Die Tratscher in den Dorfgeschäften meinen, er werde von Tag zu Tag sonderbarer.

Das Ende war nicht gerade friedlich. Die alte Frau ist nachts in ihrem Badezimmer ausgerutscht. Ihr muß von einem Abendessen im Altenheim übel geworden sein, Ochsenragout und Krabbencocktail, ein Essen, dem sie zeit ihres Lebens nicht hat widerstehen können, sie muß auf die gereizte Reaktion ihrer alten Eingeweide nicht gefaßt gewesen, in ihrem Schrecken schnell ins Badezimmer gelaufen und dort mit dem Kopf aufs Waschbekken geschlagen sein. Ein oder zwei Tage später wurde sie gefunden. Bei der Einäscherung macht ihr Sohn, der seine Mutter nicht sehr geliebt hat, einen unerwartet traurigen Eindruck.

Umgeben vom Geruch der Blumen. Begleitet vom Schlußchor der Matthäus-Passion. An der Spitze einer Handvoll Leute, die versuchen, sich hinter seinem Rükken so ruhig wie möglich zu verhalten. Notgedrungen hält er die Augen auf einen festen Punkt gerichtet, auf den Parkettboden um den Katafalk …

… Es kam mir außerordentlich ungelegen. Gerade jetzt, da Magdas Verhalten weniger verletzend war, gerade jetzt, da ihre Nägel und Lippen erneut dunkelrot waren, bekam sie aus Kanada ein Telegramm. Tags zuvor hatte ich noch aus Spaß mein Ohr an ihr Herz gelegt. Ein gleichmäßiges Pochen. Du bist wieder ganz wie früher. Aber nun schob sie einen Stuhl zurück und setzte sich wie eine verdorrte Frau, plazierte ihre Füße anders und verschob ihren Unterleib, als ob sie dem Eichenstuhl nicht mehr traute. Hatte ich so etwas jemals zuvor bei ihr bemerkt? Die Haut um ihre Nase war tatsächlich leichenblaß. Sie sah auf. »Noch vor zwei Tagen habe ich nachts von ihr geträumt.« Stille. Der Lorbeergeruch durch die Hitze. Ihre Füße in schwarzen Espadrilles.

Dieses Bedürfnis zu weinen kennt er schon seit Jahren nicht mehr.

Etwa zehn Tage später holte er sie vom Flughafen ab. Als sie auf der D 999 in Richtung Quissac fuhren, fragte er sie: »Wie war es?« Als ob sie nicht genau so vor sich hin starrte, wie er es sich in der letzten Woche vorgestellt hatte.

»Magda …?«

Jemand hatte die Haut ihrer beiden Gesichtshälften etwas angezogen, ihre Lippen waren bleich, langgezogen und schmal geworden.

Sie machte eine erschöpfte Gebärde. Was sollte sie sagen …

»Was soll ich sagen …«

Die Situation lud nicht gerade zu einem Gespräch ein. Es war fast sechs Uhr. Die Autos machten ihre Überholmanöver auf der zweispurigen Straße bei voller Geschwindigkeit. Er gab Gas, bremste kurz und mit quietschenden Reifen und schoß dann genau im richtigen Moment an einem Lastwagen mit Sattelzug vorbei. Fragen schwirrten ihm durch den Kopf. Wie hast du es geregelt, eine Einäscherung, ein Begräbnis, woran ist sie gestorben, hast du die Leiche noch sehen können? Als sein Blick auf das Armaturenbrett fiel, sah er zu seinem Ärger, daß er auf dem Hinweg vergessen hatte zu tanken.

Er hatte die ganze Woche schlecht geschlafen. Tagsüber war er damit beschäftigt gewesen, die Küche zu weißen, ihre Bergschuhe zu suchen und zu polieren, den Abfluß in ihrem Badezimmer zu säubern und das hohe Gras zu mähen, von dem sie manchmal Niesanfälle bekam; während er also die Tage ausgezeichnet nutzte, waren die Nächte um so hoffnungsloser. Um die Stunden irgendwie herumzubringen, hatte er angefangen, ihr zu schreiben. Sie mußte damit aufhören, ihn zu betrügen. Schwarz auf weiß wies er sie auf die Notwendigkeit hin, ihre Gefühle demnächst mit etwas weniger Zurückhaltung auf die seinen abzustimmen. Ein einziges Mal war seine Schrift verliebt, ein einziges Mal flogen großartige Worte übers Papier. Du bist der Glanz in meinem Leben. Leider gab ihm ihre Person mehr Anlaß zur Verbitterung. So kam es, daß er ihr mitteilte, daß er sich mit Leib und Seele nach der Zeit zurücksehnte, als sie einander noch nicht gekannt hatten … Schließlich war er dann mit dem Stapel Papier in die Nacht hinausgegangen. Im Atelier herrschte Totenstille, er hatte es in den letzten Tagen nicht betreten. Er pfiff durch die Zähne und nagelte die Blätter in Augenhöhe an die Wand. Erheitert und etwas schwindlig hatte er das Resultat betrachtet. Briefe an meine Frau.

Er warf einen kurzen Blick in den Rückspiegel und danach auf seine Frau. Sie schien erschüttert nach Worten zu suchen.

»Hast du die Leiche noch gesehen?« fragte er leise.

Im gleichen Augenblick warf er das Lenkrad herum. Eine Tankstelle war ihm aufgefallen, was für ein Glück, es wartete kein anderer Kunde, er entschloß sich blitzschnell. Der Wagen kam auf sportliche Art zum Halten. Ein auf ihn zuschießender Tankwart in tiefem Ultramarinblau wurde von ihm zuerst übersehen.

»Erzähl doch ...«, drängte er sie.

Ihre Augen sahen so weltfremd aus, daß sie sich von denen eines Idioten nicht unterschieden.

»Sie lag in einem Kühlhaus. Sie lag auf einem Bett aus Eis.«

Dann traf sein Blick auf den riesigen Kerl vor der Kühlerstoßstange. Sofort wandte er sich ab, beeilte sich, aus dem Auto zu kommen, schlug die Tür zu. In voller Breite, das Hemd bis zum Bauchnabel geöffnet, gab er seine Instruktionen.

»Bitte kontrollieren Sie auch den Ölstand.«

Er hatte die Mutter wiederholt gesehen. Eine gebürtige Preußin, Witwe eines tschechischen Juden. Nach dem Krieg mit ihrem Kind bis nach Kanada geflohen. Sie war zart, blond und doch ganz anders als ihre Tochter. Die blauen Augen hatten die Situation seiner Meinung nach sofort durchschaut, ihre Tochter liebte einen Europäer, und nun würde auch sie endgültig aus ihrer Nähe verschwinden. Es wurden herzergreifende Abmachungen getroffen: die Mutter sollte bald, in etwa einem Jahr, in etwa drei Jahren, bei der verheirateten Tochter einziehen, es würde ihr ein eigenes Häuschen auf einem Hofgrundstück in den Cevennen eingerichtet. Ungefähr zwei Jahre später hatte er gesehen, wie sie – sie war für einige Wochen herübergekommen, die kleine, mitleiderregende Mutter – die Umrisse des ehemaligen Schuppens, die sympathischen Felsblöcke und die Maulbeerbäume betrachtet hatte, die sie aus einem anderen Leben wiedererkannte. Ihr zustimmendes Lächeln erlosch schnell. Sie war klüger als ihre Tochter, Magda machte ernstgemeinte Berechnungen, teilte den Wohnraum ein, hier die Küche, dort ein Badezimmer, die Mutter starrte nach draußen. Als sie später, es war Weihnachten, in Kanada einen Gegenbesuch abstatteten, zeigte sie auf den verschneiten Garten hinter dem Haus und erzählte, wie gut sie es doch habe. Aber Magda dachte nicht daran, ihre Vergangenheit aufzugeben und hegte ihren schönen Plan weiter!

»Zweihundertvierundvierzig Franc.«

Verstört schaute er auf. Ein aufdringlicher Kerl blies ihm seinen Atem ins Gesicht.

»Pardon, Monsieur!« rief er empört. Als ob nicht er hier derjenige war, der das Geld brachte, der diesen dummen Mann und seine dumme Frau und seine dicken verwöhnten Kinder unterhielt, als ob nicht er es wäre, der diese kleine Tankgelegenheit vor dem Bankrott bewahrte!

»Macht zweihundertvierundvierzig Franc«, trompetete es.

Seine Wut war vergeudete Kraft. Der Mann wartete mit einem gleichgültigen Gesicht. Robert holte drei Geldscheine aus seiner Hosentasche, schnippte einmal mit den Fingern, nahm das Wechselgeld an sich und hatte sich einige Augenblicke später wieder in den Verkehr auf der Schnellstraße eingefädelt. Warum schwieg Magda immer noch?

Um die Stille zwischen ihnen und seine Kopfschmerzen und den Ärger wegen des starken Verkehrs, der tiefstehenden Sonne, der Idioten in ihren dicken Coupés und allem, was sein Auge sonst noch wahrnahm, in den Griff zu kriegen, und vor allem, um schnell zu Hause zu sein und für seine Frau sorgen zu können, bediente er sich des passenden Mittels: des Gaspedals.

Auf einmal spürte er ihre Hand auf seinem Kopf. Ihr Körpergeruch drang durch seine Ohrmuschel in ihn ein. »Weißt du was, laß uns doch kurz anhalten.«

Das grünliche Licht unter den Bäumen des Rastplatzes

war: Vogelgeräusche und rauschendes Wasser. Da er nicht mehr daran dachte, seinen Arm von ihrer Schulter zu nehmen, liefen sie umständlich die kleine Böschung zum Bach hinunter. Sie setzten sich auf einen Stein. Mit dem Ernst eines Kameraden hörte er zu, was sie zu erzählen hatte.

Ich hatte eigentlich gedacht, daß für sie und mich in der Zukunft noch Zeit reserviert sei, ich meine nicht, um einander ab und zu über den Ozean zu besuchen oder zu schreiben, sondern um noch einmal ein paar alltägliche Erlebnisse miteinander zu teilen, ich dachte an die Wärme der Sonne, an die Kälte des Winters, an das Geräusch nachts, wenn der Wind durch die Maulbeerbäume geht.

Ich hatte noch ein paar häusliche Arbeiten in meinem Kopf, die, wenn du sie zerstreut genug erledigst, Symbole sind – das Hin- und Herschieben von Backblechen, Töpfen und Rosten, das Klappern mit Messern und Gabeln und den Gläsern für den weißen Lubéron, das Ausbreiten der Bettücher, die Blumen, ein schönes altes oder ganz neues Kleidungsstück –, und ich hatte mir dabei Gespräche vorgestellt, bei denen der Alltag nicht von dem getrennt sein würde, was wir genau wußten: all diese Zuwendungen sind in Wirklichkeit etwas anderes, eine verfeinerte Form des Dialogs, ein Duett für zwei Sängerinnen, ein Responsorium über Liebe und Tod.

Ich hatte angenommen, daß ich die richtige Person wäre, die, wenn die Zeit gekommen sein sollte, das erste Alarmzeichen bei ihr erkennen würde, die Erschöpfung, sie muß schon sehr lange krank gewesen sein, sie wollte keine Untersuchung, keine Radiotherapie, zuletzt befand sich der Tumor auch in ihrem Kopf, ich wäre mit ihr zu unserem alten Arzt, zu Herrn Desouches gegangen.

Es sieht so aus, als ob sich dann, zu ihrem großen Erstaunen, ganze Passagen aus ihrem Leben noch einmal wie ein Film vor ihr abgespielt hätten, nein, keine Erinnerungen, wirkliche Geschehnisse, in ihrer Nase, ihrem Mund, man hat mir erzählt, daß die Störungen in ihrem Gehirn dafür gesorgt haben, daß die Zeit für sie zu einer fließenden und wieder zurückfließenden Form wurde. Wenn man darüber nachdenkt, all die Gesichter, die Bewegungen, die Liebesszenen, das Weinen der Kinder, das Essen am Sonntagmittag, die Sonne, die Hitze, das Feuer; als die russischen Soldaten unser Haus verließen, war mein Vater schon weg, schon tot, aber sie hatten meine Mutter seltsamerweise in Ruhe gelassen, und nicht nur das, ich kann mich an ein Abschiedsgeschenk auf dem Gartentisch erinnern: einen halben Orientteppich und ein rundes Brot, aber ich schweife ab, sie ist gestorben, während sie schlief.

Die kleine katholische Kirche hat Mauern aus weißem Kalkstein. Etwa zwanzig Leute, von denen ich nicht viel mehr weiß, als daß sie meiner Mutter die letzte Ehre erweisen wollten, haben mich begleitet, es gab ein belangloses Geplapper über Gott, die Orgel spielte, und draußen in der Herbstsonne wartete ein luxuriöser langer schwarzer Wagen, sie liegt auf dem Friedhof von Gaspé.

In den folgenden Tagen versuchte ich zu begreifen, warum ihre Hinterlassenschaft aus lauter Gebrauchsgegenständen bestand, und warum sie nichts, aber auch wirklich gar nichts von früher in ihrem Haus aufbewahrt hat. Gestern nacht in meinem Mädchenbett war ich krank. Die Stille und die Dunkelheit flossen zusammen: sie hat außer ihrer eigenen Vergangenheit auch ein großes Stück meiner Vergangenheit mitgenommen.

Die Frauenstimme hatte ausgeredet. Mit einem unerklärlichen Widerwillen drehte er seinen Kopf zur Seite, aber sie starrte weiter vor sich hin und schien nichts Besonderes von ihm zu erwarten. Er stand auf und begann mit Andacht den Boden abzusuchen, bückte sich, richtete sich wieder zu ganzer Größe auf, und der Gedanke durchfuhr ihn: Diese Frau wird immer etwas vor mir geheimhalten! Dann machte er eine heftige Armbewegung. Der Stein hüpfte mit zwei, drei Sprüngen übers Wasser.

Dies geschah alles zu der Zeit, als meine Kräfte mit den Dingen um mich herum nicht mehr Schritt halten konnten. Als meine Farbe austrocknete, meine Pinsel hart wurden, sich die bröckelige Kalkschicht von den Mauern des Ateliers löste und die Leinwände, die immer größer, leerer und farbloser geworden waren, mit einem weißen Staubschleier überzogen. Etwas war schiefgelaufen. Ich brauchte mich nur umzusehen, um es festzustellen. Die Berge, die Bäume, die Gegenstände, das Licht: was für ein Selbstvertrauen! Was für eine Gleichgültigkeit gegenüber meinen Hypothesen! Der Anblick, in dem die Welt sich mir darbot, unterschied sich in nichts von dem, was dem erstbesten Trottel aufgetischt wurde.

Und so verhielt es sich, auf eine düstere Art, auch mit Magda. Sie grämte sich nicht mehr, die Zeiten waren vorbei, und die Zigarette in ihrem Mundwinkel und die Hingabe, mit der sie sich bückte, um das Feuer im Herd zu schüren, erweckten in mir immer öfter den Eindruck, daß sie sich dumm stellte. Sie lebte ihr Leben und wahrte dabei den Hausfrieden. War es denn so verwunderlich, daß ich sie ab und zu ein bißchen auf die Probe stellte?

Es kommen Freunde zu Besuch. Der Tisch ist mit dem besten Besteck gedeckt, das im Haus zu finden ist. Auf dem Tischtuch stehen drei Flaschen Château Yzan und eine Vase mit tiefroten Kiefernästen. 20. Oktober 1973. Magda hat die Gäste mit offenen Armen empfangen, sie trägt das Essen auf und redet und lacht, daß jeder sie bewundert, und wenn sie über den Tisch nach dem Pfeffer langt, schiebt sich der Ärmel ihres alten schwarzen Pullovers über ihre Finger. Robert streckt seinen Kopf vor.

»Warum kleidest du dich wie ein Sack?«

Sie reicht ihm die Pfeffermühle.

»Möchtest du auch?«

Er setzt sein Glas ab, wischt sich über den Mund, erkundigt sich höflich, ob sie vielleicht so gnädig sein könne, dieses Geburtstagsfest noch zu retten, und schreibt ihr dann mit leiser Stimme folgende Kleidung vor. Deine enganliegende Hose, in der dein Hintern so knackig aussieht, die mit den Bändchen um die Waden. Die schwarzen Pumps. Deine Bluse mit dem großen Halsausschnitt. Deine roten Ohrringe. In einer Viertelstunde bist du wieder zurück …

Sie schaut ihn gelassen an.

»Du bist ein Schatz, ein richtiger Liebling, warum legst du nicht ›Sketches of Spain‹ für uns auf?«

Robert, der an diesem Tag fünfunddreißig geworden ist, trägt die schöne Fliege, mit der ihn seine Frau morgens im Bett überrascht hat. Sie sind es gewohnt, sich nach ihrem Wocheneinkauf im Ort noch in die beliebte Gastwirtschaft Au Vieux Relais zu setzen. Vor allem im Sommer treffen sie dort auf Bekannte. Robert ist das nicht ganz geheuer, weder die Gestalt des jungen Engländers noch sein gutmütiges rotes Gesicht, und auch nicht die Themen, über die er sich mit gedämpfter Stimme mit Magda unterhält. Plötzlich sieht er, wie ihre Augen merkwürdig ernst abschweifen, während der Mann sie weiterhin von der Seite betrachtet. Aber als Robert ihr ein Zeichen gibt: Sollen wir gehen?, schlägt sie ihre Beine übereinander. Und während er erwartet hat, daß auch ihr einfallen könnte, wie zu dieser Tageszeit die Sonne hinter den Kastanienbäumen verschwindet und der Hund sich auf dem Hof ausstreckt, sieht er, daß sie statt dessen denkt: Geh nur, geh nur, ich trinke meinen Campari und werde bestimmt gleich nach Hause gebracht!

Ihre Gelassenheit ist mehr als hundsgemein. Wenn er

Kopfschmerzen hat, schaltet sie in aller Ruhe den Fernseher ein, weil das Fußballspiel Olympique Marseille gegen Lyon angefangen hat. Wenn er mit blutenden Fingern ins Haus kommt, wirft sie einen Blick über die Schulter, fragt, was ist denn passiert – verflucht, mir ist der Meißel ausgerutscht –, und sagt, na hoffentlich ist noch irgendwo ein Pflaster aufzutreiben. Er ist besorgt um sich und setzt erst einmal Kaffeewasser auf, stößt die Milch um, verstreut den Zucker über den Boden, und sie macht sich noch nicht einmal die Mühe, ärgerlich zu werden, sondern schlägt vor, nach Combes zu fahren, weil man ihr dort eine junge Ziege versprochen hat. Im Bett gibt es für ihn nichts zu klagen, sie küßt ihn, streichelt ihn, läßt sich seufzend und stöhnend von ihm in Ekstase versetzen, allerdings kann er sich noch an Zeiten erinnern, in denen noch keine Rede war von Wasser, Seife, Handtüchern und was es sonst noch alles gibt, hinterher. Unter seinem Arm hindurch schaut er zu, was sie im Bad so alles treibt. Das Fabeltier sitzt vor dem Spiegel und mustert die Oberfläche seines Gesichtes. Für einen Moment ist er einverstanden mit dem Glanz und der Röte, dem halbgeöffneten Mund und der hauchdünnen Bedeutung, mit der das alles aufgeladen ist.

Dann streckt sie sich und gähnt. Zähne, Hautfalten, tränende Augen und schließlich zum Himmel schreiende Leere. Du verstehst die Kunst, erst etwas zu geben und es dann schnell wieder zurückzustehlen!

8

Ein Mittdreißiger mit einem mageren Gesicht. Ein Mann, der mit links einen Stapel minderwertiger Bilderrahmen an eine deutsche Firma verkauft, die ihrerseits auch so ihre Kontakte hat. Eine Sekretärin weiß es so einzurichten, daß er sie per Zufall in der Sauna trifft. Als Geschäftsmann ist er überzeugend. An einem bewölkten Tag sitzt er dem Importeur einer Schiffsladung alter englischer Klaviere gegenüber. Einen Augenblick, bevor der Vertrag unterschrieben wird, scheinen seine blauen Augen dem anderen etwas zu enthüllen, worauf dieser, zu seinem Nachteil, vorher nicht gekommen ist. Aber die Geschäfte sind abgeschlossen, und die Fracht wird schon eine Woche später nach Belgien weiterverkauft. Robert muß anstandshalber eine Frau mit kurzem rabenschwarzem Haar zum Mittagessen einladen. Auf der Rückreise von Dänemark, wo sowohl er als auch ein Sammler alter Münzen klüger geworden sind, kommt an einer Tankstelle ein hochgewachsenes Mädchen in einem dunklen Blazer auf seinen Wagen zugelaufen. Sie öffnet die Tür, läßt sich auf den Sitz fallen und teilt ihm mit, daß sie spätestens heute nacht um drei Uhr in Amsterdam sein muß. »Hast du schon gegessen?« fragt Robert sie, als sie eine halbe Stunde unterwegs sind, und er hört, daß die zurückhaltende, tiefe und scheinheilige Intonation seiner Stimme die gleiche ist wie vor Jahren bei seinen ersten Begegnungen mit Frauen.

Als er und Magda sich im Sommer 1974 in seinem Geburtsort niederließen, wollte er einen Strich unter sein früheres Leben ziehen. Er hatte Lust, von nun an alles einmal ganz anders anzugehen, und wenn er an die letzte Zeit in den Cevennen zurückdachte, mußte er lachen. Lachen wegen des Gefühls der Verarmung, des Betruges, des allumfassenden Gefühls des Verlierens, von dem er nicht gewußt hatte, ob es nun die Ursache oder die Folge seiner nachlassenden Augen war, mit denen er immer zweimal hinsehen mußte: oh, da geht ja meine Frau, oh, der Hund frißt, oh, das Auto, der Weg, die lockende Schlucht; im nachhinein betrachtet hätte das schlicht und ergreifend auch das Gefühl der Todesangst gewesen sein können. Als Magda schließlich nachgegeben hatte, hätte er mit den Nerven wohl auch keine Probleme mehr gehabt. Wir ziehen in den Norden. Ab heute ist unsere gemeinsame Sprache Niederländisch.

An einem Abend im Herbst kam er nach einer Versammlung nach Hause. Er nahm ein Bad, lauschte dem Sturm über dem Meer nach und beugte sich kurze Zeit später über Magdas schlafendes Gesicht. Sie ist meine Frau. Nach zehn Jahren Ehe nahm Robert seine Liebesabenteuer wieder auf.

Kleine Affären. Schon vorbei, bevor sie überhaupt richtig anfangen konnten. Und er tat niemals den ersten Schritt. Aber solange er noch nicht darunter zu leiden hatte, daß eine seiner Freundinnen ihre Nase in seine Sachen steckte, ihre Augen in die seinen versenkte und ihren Kopf auf seine Schulter legte, sah er keine Veranlassung dazu, ihre Komplimente abzuwimmeln. Kurz bevor er sich dazu entschloß, Ordnung in die Fabrik seines Vaters zu bringen, in die zugrunde gewirtschaftete Firma Noort GmbH, lief er in einem Schuhgeschäft zufällig Agnes Rombouts in die Arme. Danach sah es so aus, als ob die Organisation seines Doppellebens und die tiefe Befriedigung, die ihn deshalb überkam, aus ihm die klarsten und scharfsinnigsten Geschäftsinstinkte hervorlockten. Ohne zu zögern versuchte er sein Glück mit den Anteilen seiner Schwester.

»Ha!« hatte Agnes Rombouts anfangs ausgerufen. »Du hättest mal sehen sollen, wie mein Vater blind ein Kaninchen abziehen konnte!«

Aber Robert betrachtete seine Fingernägel. Er interessierte sich nicht für den blinden Vater, die jüngere Schwester, den Lieblingshund aus der Kinderzeit, die früheren Verehrer, die Atemübungen und das wirkliche Gesicht seiner Geliebten. Er saß an ihrem Tisch, dachte abwesend an ihre großen purpurroten Brustwarzen, aber nicht im entferntesten daran, den geheimen Grund ihrer Zuneigung zu ihm zu erforschen.

»Ist etwas?« hatte sie noch gefragt.

»Nein, nein, es ist nichts.«

Sie war für ihn ein Reiz, ein Geruch, der zufällig vorbeizog. Sie war das kleine Terrain zwischen Haus und Büro, wo er mit einem kleinen Teil seiner Person ab und zu zum Luftschnappen hinkam und zu zerstreut war, um sich zu fragen, was er da in Gottes Namen eigentlich tat. Um dann von dort wie durch ein Wunder wieder vollkommen erwachsen und großzügig denkend wegzugehen mit der Gewißheit, ein eigenes Zuhause zu haben, wo er schlafen, essen und trinken konnte, wo sein kleiner Triumph – sie weiß von nichts, von nichts! –, das kleine Schuldgefühl, daß er sie vielleicht benachteiligen könnte, und der Geruch von Kaffee mit gekochter und aufgeschäumter Milch schon ausreichten, um seiner Frau ihre gute Laune, ihr Studium an einer Sprachenschule, ihren ersten Auftrag für eine Übersetzung, ihre Freundinnennachmittage mit Nellie, ihre Sympathie für den geistesgestörten Gabriel und die Briefe, die sie in dessen Namen in die ganze Welt verschickte, zu verzeihen, um ihr dies alles, samt der Arglosigkeit, mit der sie sich auf seine Männertreue verließ, zu verzeihen, denn vielleicht versteckte sich hinter ihrer ruhigen Sicherheit, die einzige Frau, der einzige Liebling, die einzige alles in sich bergende Landschaft zu sein, ja genau besehen auch eine Spur Selbstgenügsamkeit. Jetzt konnte er, fiel ihm auf, nach langer Zeit auch wieder die kleinen Dinge genießen, das fing bei seinem Rasierapparat an, der neben dem Waschbecken lag, und ging bis zu den abgelaufenen Schuhen unter der Treppe, und er konnte sogar verstehen, daß es Menschen gab, die der Meinung waren, daß das Leben gerade wegen dieser kleinen Dinge lebenswert war und sie es deswegen mit einer Aura des Heiligen versahen. So konnte er am Ende eines Tages voller Sitzungen – nachdem er den zufriedenen Mund von Magda geküßt hatte, die dachte: Unsere Ehe hat sich in ein schönes ruhiges Stadium eingependelt – die Zeitung nehmen, in den Garten gehen und in der milden Seeluft die letzten Nachrichten durchblättern, ohne auch nur einen einzigen Gedanken an ihr Zusammentreffen vor langer Zeit zu verschwenden, aus dem, wie auch immer, diese Stunde hervorgegangen war ... Im Tausch für deine Gegenwart, Vergangenheit und Zukunft, Magda, werde ich dir eine Liebe bieten, wie du sie dir noch nicht einmal erträumt hast!

Die zweispurige Straße. Der Wind am Ellenbogen. Die Sonne. Das Chic-Choc-Gebirge rechts: ein Ausläufer der sechshundert Millionen Jahre alten Appalachen. Mit zusammengekniffenen Augen folgte sein Blick dem glitzernden Sankt-Lorenz-Strom links von ihm, der sich von Kilometer zu Kilometer ganz gleichmäßig von einem Strom in einen Ozean verwandelte. Als er an Matane vorbei war, war das andere Ufer nicht mehr zu erkennen, die Farbe des Wassers wurde dunkler, der Wellenschlag träger. Nachdem er ein Jahr in New Yorker Künstlerkreisen zugebracht hatte, fuhr er – Juni 1963 – in einem alten

Ford Sedan in Richtung Norden. Er hatte das Verdeck des Kabriolets geöffnet, und über sein Haar fegte ein pfeilschneller Wind. Tags zuvor hatte er Quebec City verlassen. Er hatte die Brücke überquert, war den Schildern Highway 20 East gefolgt und nach drei Stunden in dem kleinen Städtchen Rivière du Loup, wo die vierspurige Straße in die ruhige 132 East (132 Est) mündete. In Rimouski übernachtete er im Motel Rimouski: eine französische Mahlzeit, eine Unterhaltung auf französisch, ein Bett mit einem Überwurf aus Spitze. Er verschränkte seine Hände unter dem Kopf. Lauschte den Geräuschen nach, die von draußen zu ihm drangen, dem Geplätscher des Wassers, dem Schrei eines Nachtvogels, und dachte dabei an die Willkür der Freiheit: er hatte sich aus einer Laune heraus dazu entschlossen, die ganze Halbinsel Gaspé abzufahren.

Ungefähr fünfzig Kilometer vor Matane hatte er wählen müssen. An der Weggabelung hätte er nach rechts abbiegen und dann über eine baumlose Ebene zur Südküste von Gaspé fahren können. Seine Schleife über die Halbinsel hätte dann die entgegengesetzte Richtung genommen, und es ist möglich, daß er Magda in diesem Falle nicht begegnet wäre. Ohne nachzudenken, fuhr er geradeaus.

Der kurvenreiche Weg, der anstieg und dann wieder abfiel, hatte etwas Berauschendes und gab auf eine bescheidene, vertrauliche Art das Gefühl, daß das Ziel der Reise seine Mühe wert war, denn schau dir doch diese kleinen strengen Häuser an, die Strommasten, die Hekken: man verbringt hier ein Leben, schau dir die Buchten an, dort unten, in der felsigen Küste: Fischerboote und fachkundig ausgebreitete Netze, und stell dir vor, was hier in den Wäldern und Bergen rechts unter der Sonne alles lebt: Karibus, Elche, Bären, alle in der freien Natur. Er lehnte sich in seinem Ledersitz zurück, spreizte die

Beine, seine Augen blitzten hellblau, er pfiff durch die Zähne. Obwohl ihm vom Horizont, der mal ganz nah und dann wieder weit weg war, schwindelig wurde, blieb sein Fahrverhalten tadellos.

Ein Sandwich in St.-Anne-des-Monts, ein Glas Bier in der Nähe von Manche D'Epée, ein Stündchen ausruhen am Strand. Als er seine Augen öffnete, sah er in das Gesicht eines kleinen, stämmigen Mannes, der ihn mit schlechten Zähnen angrinste. Er schenkte dem Indianer keine große Aufmerksamkeit. An diesem Tag sollte nicht eine Minute der Verwunderung zum Opfer fallen, es gab nur die Verzauberung. Er war noch ungefähr einhundertvierzig Kilometer von der Stadt Gaspé entfernt, in der er ein paar Tage bleiben wollte.

Höhere Felswände. Breiterer Ozean. Als er dann im Norden war, beschloß er, den Weg entlang dem Kap zu nehmen. Er fuhr am National Park vorbei, ohne zu wissen, woher auch, daß Magda dort in Gesellschaft eines Freundes einen schwarzen Bären gesehen hatte – das Tier scharrte zwischen den Blättern, schnappte sich etwas, richtete sich schnaufend auf und verschwand mit gemächlichen Schritten zwischen den Bäumen –, diese Geschichte sollte er erst am Abend zu hören bekommen.

Dann sah er den Leuchtturm von Cap-des-Rosiers. Er sah eine Unterkunft mit einem roten Dach und einer Reihe geschlossener Fensterläden im ersten Stock, sein Augenmerk wurde auf die Zimmer im Erdgeschoß gelenkt, denn sie wurden von einem rot-weißen langen Balkon gegen die Sonne geschützt und boten eine Aussicht, so weit das Auge reichte: auf den Ozean hinaus oder, wenn man dazu Lust hatte, auf eine Mole mit kugelrunden Laternen und einer Überdachung aus geschmiedetem Metall, unter der in diesem Augenblick ein honigblondes Mädchen saß und mit irgendeinem Burschen herumschmuste, sie wippte leicht mit einem Bein und drückte sich dabei ein eiskaltes, beschlagenes Glas an die Wange: Motel Les Mouettes.

Nahezu betört entschied er sich für ein Zimmer im Erdgeschoß, er wusch sich die Hände, kam vor Durst fast um und lief mit dem zögernden Schritt eines Seemanns, der kurz vor dem Ertrinken ist, zum Laufsteg am Wasser, wo er ohne jegliche Vorwarnung dem Mund und den Augen Magdas begegnete. Er setzte sich und bestellte ein Bier.

Kurz nach acht kam sie herein. Er erhob sich und war nicht sonderlich überrascht, er hatte keinen Moment daran gezweifelt, daß sie kommen würde. Er hatte einen Tisch neben der Tür zur Terrasse reserviert und sich frühzeitig dort niedergelassen, um einen Whisky zu trinken, sich an das gelbe Lampenlicht zu gewöhnen, die Blumen zu bemängeln und sie durch frische Nelken ersetzen zu lassen, die sich sehr gut machten mit ihrem schweren Mittsommernachtsgeruch.

»Sie werden wahrscheinlich auch einen riesigen Hunger haben«, sagte er ernsthaft, als sie ihren Stuhl herangeschoben hatte. Und direkt danach: »Sie sollten Grün tragen, Sie wissen schon, dieses blasse Grün eines verwitterten Kaninchenstalls.«

Sie ging die Karte durch, schaute auf und sagte, während ihre Augen sich in einer Art benebeltem Wahnsinn trafen: »Ich fange mit Fruits de mer an.«

»Sie bekommen Austern«, antwortete er, und als sie anfing zu lachen, war es ihm, als ob sein Herz, genau wie einige Stunden zuvor, einen Schlag zuviel tat. Ein leichter Ärger durchfuhr ihn.

Er hatte sie heute nachmittag kurzerhand zum Essen eingeladen. Als ihr Freund sich entfernte, hatte er, ohne zu zögern, die Gelegenheit genutzt.

Mit durchgedrückten Schultern marschierte er auf sie zu.

»Essen Sie doch heute abend mit mir.«

Die Sanftheit ihres Gesichts hatte ihn verblüfft. Er schaute auf die winzig kleinen silbrigweißen Härchen auf ihrer Wange neben dem Ohr. Es sah aus, als ob unter der Oberfläche ein Feuer glühte. In Ordnung. Acht Uhr hielt auch sie für eine passende Zeit. Ihre Augen täuschten nicht vor, die Situation auch nur im geringsten zu durchschauen. Als ihr Freund zurückkam, hatten sie sich alle drei förmlich vorgestellt.

Das Essen und die Getränke wurden gebracht. Sie widmeten sich – beide sehr geschickt – den Schalentieren, den Gabeln und der Zitrone. Die Gäste setzten sich an die Tische, und das monotone Gemurmel und Geplapper, das sie einhüllte, und die Ruhe, die ihnen das gab, führten dazu, daß ihre Umgangsformen etwas ungezwungener wurden.

»Ich finde es schön, mit dir hier zu sitzen«, murmelte er.

Und sie setzte ihr Glas ab und erkundigte sich zerstreut:

»Woher kommst du?«

Er gab ein paar nichtssagende Antworten – Holland, New York, die Großen Seen –, die ausreichten, um die Frage mit unschuldiger Stimme umdrehen zu können. Er schaute auf ihre himmelschreiend braunen Arme und fragte sich, wo er anfangen sollte. Vielleicht einfach bei der Abstammung der Großeltern oder bei der Geschichte ihres Vaters oder ihrer Mutter, vielleicht studierte sie ja auch irgend etwas oder ruderte, spielte Flöte, es war ja auch möglich, daß sie ein Lieblingstier hatte …

Er sagte: »Ich hätte gerne gewußt, was es mit deinem Freund auf sich hat.«

Sie zog ein folgsames Gesicht. Oh, das. Er hörte zu.

Da sich sein Interesse auf Kleinigkeiten richtete, fiel sein Blick auf ihre Finger und ihre kristallblauen Ohrringe. Alles gleich unauffällig. Sie mußte sich offensichtlich nichts erkämpfen. Der Junge sei ein lieber Kerl, schottischer Abstammung, es wohnten noch Verwandte von ihm in der Gegend von Aberdeen, mit denen sie ihre Ferien verbringe, nein, nicht in diesem Hotel, sie übernachteten bei ihrer Mutter in Gaspé, sie studierten beide an der Universität von Quebec, ja, genau: französische Sprach- und Literaturwissenschaft, und gestern hätten sie zum Beispiel einen schönen Ausflug gemacht, in den Forillon Park, und dort in unmittelbarer Nähe von ihnen einen schwarzen Bären herumstreunen gesehen, das muß man sich mal vorstellen …

Er unterbrach sie.

»Seit wann.«

»Was meinst du?«

»Seit wann bist du mit ihm zusammen.«

Sie mußte überlegen, zog dann ihre Schultern hoch, ach, schon lange, schon eine Ewigkeit, er sah, wie ihr Interesse abschweifte. Plötzlich freute er sich. Er hob seinen Arm, Garçon!, und ließ sich nicht durch das Wasser stören, das sich aus der Karaffe, die er umgestoßen hatte, in Strömen über seinen Schoß ergoß.

Hinter den Fenstern blitzten die letzten Strahlen der untergehenden Sonne auf. Im Restaurant zündete man sich hier und da eine Zigarette an. Nach dem Kaffee konnte er für einen Augenblick plötzlich kein Wort mehr herausbringen.

»Was ist das denn?!«

Als sie beide in Schweigen versunken waren, hatte er um die Rechnung gebeten. Sie schien erschrocken aufzuwachen, kündigte an, sofort nach Hause zu müssen, und meinte das auch so. Er hatte ihren Arm genommen, und sie waren hinausgegangen. Dann standen sie auf dem Steg. Er schaute sich um, spannte seinen Körper und wies in die Ferne. Der Ozean im Mondlicht. Ein grüner glitzernder Streif. Und ein paar riesige Wesen, die dort herumspukten, sie drehten sich, taumelten und schlugen mit den Schwanzflossen aufs Wasser, dunkelgrau stiegen sie aus dem Meer auf, um sich dann wieder fallen zu lassen und kleine Fontänen aus Nebel und Luft zum Mond hinaufzusprühen. Er wandte ihr sein Gesicht zu und wollte eine Erklärung dafür haben.

»Das sind Wale«, sagte Magda. Sie entfernte sich ein paar Schritte von ihm.

»Was für Wale denn!« rief er. Wie ein Krebs kroch sie von ihm weg.

»Schwer zu erkennen. Es könnten Buckelwale sein. Ja, ich glaube, es sind Buckelwale. Schau dir doch ihre plumpen Körper an. Die Buckelwale ziehen zu dieser Jahreszeit in den Norden.«

»Dort steht mein Wagen«, sagte er mit einiger Verzweiflung in der Stimme. »Ein Ford Sedan. Das Verdeck ist offen. Ich kann dich nach Hause bringen.«

Aber bevor er wußte, wie ihm geschah, war sie schon in einen feuerroten Mini eingestiegen, hatte das verfluchte Ding gestartet, kurbelte das Fenster herunter und rief ihm etwas zu, das er nicht verstehen konnte. Sie fuhr sehr schnell davon.

»Damit gebe ich mich nicht zufrieden!« schrie er in die Nacht hinein.

Es folgten furchtbare Tage. Er konnte nicht weg. Er saß auf einem Kap über dem Ozean fest: über einem steinigen Strand voller Krabben, Quallen und Herzmuscheln und über sonnenbebrillten Gesichtern, die ihn am späten Nachmittag in den Hotelgängen auf dem Weg zur Dusche beiseite schieben würden, dabei mit ihren Schlüsseln klapperten und sich den Kopf über der Frage zerbrachen, in welchen Hängekleidern und armseligen Freizeithemden sie gleich mit leichtgekrümmten Schultern und Armen wie eine Herde hungriger Wölfe in den Eßsaal einfallen würden, um dort ihre minderwertigen Triebe von einem Orchester mit Klarinette und Schlagzeug untermalen und, soweit möglich, vielleicht sogar ein wenig aufheizen zu lassen.

Er hatte sich eine Karaffe prickelnden Rosé hinter die Binde gekippt, stand in einem Souvenirladen und hielt gerade eine tropische Muschel in der Hand, als er Magda in Leinenschuhen vorbeischlendern sah. Noch in derselben Viertelstunde legte er seine Hände seitlich an ihre Brüste und fuhr mit den Fingerspitzen über ihr Schlüsselbein, ihren Hals, ihren Unterkiefer, die Innenseite ihrer gespreizten Arme. Dein Körper ist, was du bist, ich will dich dazu bringen, ganz in die federnde Haut rund um deinen Nabel einzutauchen, die, wenn du mich fragst, nach Haselnuß schmeckt, er drückte seinen Mund auf die kleine Falte in ihrem Bauch, ich werde dir vorschlagen, deine ganze Person, deine Freiheit auf ein paar lebensnotwendige Punkte zu beschränken, von denen ich demnächst Besitz ergreifen werde, er fühlte den harten Knochen unter ihrem Schamhaar und war überrascht, daß es so dicht und dunkel wie ein kleiner Ligusterwald war, ich liebe dich, sagte er einige Male erschrocken. Später, als sie wieder zu sprechen anfingen, fanden sie, daß es im Hotelzimmer aussah, als ob eine Hausdurchsuchung stattgefunden hätte. Ihre Leinenschuhe auf dem Nachttisch, ihre weiße Bluse über dem Telefon, seine umgefallene Reisetasche, seine Bücher und Straßenkarten.

Er sah sie empört an.

»Die Walfische waren am nächsten Morgen schon wieder weg!«

Sie lachte schuldbewußt und schlug vor, hinaus zum Schwimmen zu gehen.

Aber sie blieb schweigsam. Sie blieb an den Tagen, die folgten, zu den unmöglichsten Gelegenhei-ten schweigsam. Ist es denn so ungewöhnlich, sich über die Gefühle seiner Geliebten aufzuregen? Genau in dem Moment, in dem er eine nähere Erklärung erwartete, drehte sie den Kopf zur Seite und fing an, ihre Zigaretten zu suchen. Sie erzählte munter drauflos, berichtete amüsiert und mit vielen Details, daß der rote Mini mitsamt dem Eigentümer und allem nach Quebec zurückgekehrt war, ließ aber erst nach energischem Nachfragen durchblicken, daß sie an ihrer Meinung festhielt und der Augenaufschlag des Jungen der liebste und blauste war, den sie je gesehen hatte. Er prüfte aufmerksam ihr Gesicht und wurde blaß. Einmal nahm sie ihn mit nach Gaspé. Sie öffnete eine Gartenpforte, ging vor ihm her in einen Wintergarten und stellte ihn ihrer Mutter vor. Kurz darauf fragte er sie, warum ihre Mutter so jung geblieben war, so jung, so traurig und so zerbrechlich, in ihrem Rattansessel. Sie gab keine Antwort, sondern fragte ihn, ob er mit zum Hafen gehen wolle, um Tintenfisch zu kaufen. Als sie dort angekommen waren, stritten sie sich, und er ließ sie stehen.

Nachts rief er sie an. Anstatt dich zum Lachen zu bringen, quäle ich dich, sagte er demütig. Auch sie war, mit schläfriger Stimme, sehr liebenswürdig. Er fragte noch, was sie in dem Moment, in dem er sie anrief, gerade gedacht hatte. Aber ich habe doch geschlafen! protestierte sie. Er brach das Telefongespräch ab.

Sie lenkte ein. Als sie ihn erneut in den Garten und das Haus hineinlotste, wo sie aufgewachsen war, legte sie ihm ein Fotoalbum auf die Knie. Während ihre Mutter im Hintergrund damit beschäftigt war, die Rosen zu beschneiden, und ihnen ab und zu ein ernsthaftes Lächeln zuwarf, erklärte sie ihm die Bilder und lehnte sich dabei an seine Schulter. Hier bin ich acht, hier bin ich zehn, das ist unser Hund, das sind meine Mutter und ich am Strand, hier bin ich krank gewesen, ja, es war schlimm. Und sie erzählte willig von ihren Fieberträumen, dem Gitterbett und den erschrockenen Augen ihrer Mutter, die in der Besuchszeit einen Mundschutz tragen mußte. Ich wollte, daß sie wegblieb, sie und alle anderen, ich fühlte mich eigentlich sehr wohl in diesem feuchten Nebel.

Mittags machten sie eine Klettertour über die Felsen. Er fragte sie noch einmal nach ihrer Mutter. Er fragte, weil er bemerkt hatte, daß sich ihr Rücken versteifte, sobald das Thema darauf kam. Magda sprach beim Klettern nur stoßweise. Ihre Mutter war Deutsche und hatte 1936 das Glück erlebt, die große und einzige Liebe ihres Lebens zu heiraten, einen tschechischen Ingenieur, einen Juden. Acht Jahre später gelang es ihr nicht, ihn zu beschützen. Sie hatte ihn nicht gut genug in ihrem Haus in den mährischen Hügeln verstecken können – ein Maulbeerbaum und eine Schaukel im Hof, ein Hund, Kaninchen, Hühner, ein Flugplatz ganz in der Nähe. Er übersetzte die englischen Radioberichte für die Partisanen. An einem Morgen im September kamen die Lastwagen, die Stiefel und die schwarzen Mützen, sie sah ihn nie wieder. Wag es nicht, mich zu trösten, sagte Magda, noch bevor er eine Hand ausstrecken konnte. Es ist der Kummer meiner Mutter, nicht meiner. Schau, dort ist das Meer.

Aber kurz darauf wurde er ganz unmittelbar Zeuge davon, was sie bedrückte. Sie konnte ihr Gesicht nicht abwenden, ihre Mimik nicht kontrollieren, sie konnte ihm keine Banalität vorspielen, diesmal, denn sie schlief. Das Zucken ihrer Beine hatte ihn geweckt. Zunächst blieb er liegen und horchte. Dann öffnete er seine Augen und sah, daß das Mondlicht ins Zimmer floß, er richtete sich auf, um das nach Atem ringende Gesicht neben sich zu betrachten. Er wußte, was sie sah. Er kannte die Orte, an denen sie jetzt umherirrte. Ein Gang aus Beton, dessen Verlauf nicht auszumachen war. Ein Innenhof, in dem ein regelmäßig zurückkehrendes Licht eine Ecke nicht erreichte. Die Biegung einer Treppe, die zu einem Zimmer mit einem Tisch und einem leeren Stuhl führte. Sie hatte es ihm erzählt. Sie hatte ihm erzählt, daß sie es gewesen war, die an jenem Septembermorgen die Tür hatte öffnen müssen. So ging das oft. Ein kaltblütiges Kind öffnet die Tür, macht den Eindruck allergrößter Unschuld und gibt den Erwachsenen tief im Innern des Hauses noch etwas Zeit, um ihre geheimen Angelegenheiten zu regeln. Seit Magda von den deutschen Soldaten zur Seite geschoben worden war, fragte sie sich, was – was nun eigentlich genau – die Folge davon war, daß ihre Hand den Türriegel zurückschob. Sie ruft sich den Aufenthaltsort ihres Vaters ins Gedächtnis und will wissen, was er durchgemacht hat.

Er streicht ihr das Haar aus dem Gesicht. Er reibt ganz sanft über ihre Schläfen. Ohne sie zu wecken, legt er seine Hand auf ihren Schädel. So wird sie beruhigt, getröstet, aber ein Traum, den man unterbricht, kehrt fast immer wieder zurück, und der Drache hat wieder einen neuen gräßlichen Kopf. Sie rollt sich auf die Seite, ihr Atem beruhigt sich. Er hat sie an Ort und Stelle ausfindig gemacht und umgestimmt, von jetzt an wird sie ihre blinde Suche einstellen. Er sah, wie sich ihr Gesicht entspannte, sie bewegte ihre Hüften, seufzte und spreizte die Beine. Mit dem Gefühl, einen urzeitlichen, unmenschlichen Kampf geliefert zu haben, stand er auf.

Nicht weit vom Hotel fingen die Klippen an. Im Mondlicht fand er den Weg ohne Gefahr. Es mußte Ebbe sein, die Brandung war kaum zu hören. Dann sah er das

Kap mit dem Leuchtturm. In der Tiefe lag die Bucht. Er stieg hinab und spürte, wie die Unruhe in seinem Körper mit jedem Schritt anstieg. Ein paar Meter über dem Strand glitt er aus. Er machte einen Satz, kam auf beiden Füßen auf und rannte wie ein Verrückter am Strand entlang.

9

Er gewöhnt sich an ihre Abwesenheit. Im Laufe des zweiten Jahres gewöhnt er sich auch daran, in einem Haus zu leben, in einem Bett zu schlafen, in das sie jeden Moment zurückkehren kann, es aber vorläufig noch nicht tut. Es ist eine Mattigkeit über ihn gekommen, die fast an Apathie grenzt. Samstags staubsaugt er morgens jedes Zimmer, erledigt die Einkäufe und kauft sogar – übrigens ohne jegliches Interesse – Blumen ein. Täglich werden alle drei Hunde von ihm gekämmt, gefüttert und ausgeführt. Warum sollten ihn ihre Kleider und Schuhe im Schrank wehmütig stimmen? Sie ist nicht tot.

Sie ist nicht tot. Im Herbst 1981 wird dem Institut, für das sie übersetzt, ein Brief zugestellt. Mit ihrer schönen, sauberen Handschrift teilt sie mit, wie leid es ihr tut, daß sie ihren letzten Auftrag nicht hat zu Ende bringen können, sie entschuldigt sich und schickt herzliche Grüße, der Brief wurde in Paris aufgegeben.

»Nein, ich grübel nicht darüber nach«, sagt er zu seiner Schwester Hélène und lächelt nachgiebig über ihr Erstaunen.

Auch Erik und Nellie können es nicht verstehen. »Warum nicht? Warum nicht?«

Er legt die Ellenbogen auf den Tisch und schließt kurz die Augen. »Wenn du willst, komme ich mit dir«, hört er Erik noch sagen.

Was soll ich jetzt bloß sagen, denkt er und geht einige Möglichkeiten durch. Daß ich davon überzeugt bin, daß Magda nicht oder nicht mehr in Paris ist. Ob sie, Erik und Nellie, mit mir einer Meinung sind, wie albern es wäre, jetzt Hals über Kopf loszufahren und dort über die Boulevards zu irren; nicht, daß Paris im Herbst keine schöne Stadt ist, die Touristen hauen allmählich wieder ab, die Bäume haben noch ihre Blätter, in den Cafés sitzen wie immer prominente Stammgäste und diskutieren, aber seid mal ehrlich, könnt ihr euch das vorstellen? Magda, die an einem kleinen Tisch in der Ecke sitzt, vor sich ein Glas Wein oder einen Café Crème, ihre Augen aufschlägt und ein Strahlen im Gesicht hat, wenn sie uns sieht ...

Er steht entschlossen auf. Oder soll ich ihnen einfach sagen, worum es geht: Ich habe mich an das nagende Gefühl der Ungewißheit gewöhnt. Vielleicht ist das ja meine Vorstellung von Ruhe. Ich habe jedes Bedürfnis, in dieser persönlichen Frage der Aktive zu sein, verloren. Ich gehe oft am Strand entlang. Ich höre nachts oft dem Regen zu. Wenn mir meine Frau in diesen Momenten durch den Kopf schwirrt, dann ist das höchstens, weil ich an unseren Frühstückstisch am Samstagmorgen denke, an ein sauberes weißes Tischtuch, den Geruch von Kaffee und Brot und das warme schlaffe Gewicht der Hundekörper auf unseren Füßen.

»Du bist sehr nett, Nellie, nett und schön, und vielen Dank auch für den Tee.«

Stufe für Stufe steigt er die Düne herunter in den aufkommenden Bodennebel, in die anbrechende Abenddämmerung, es muß etwa fünf Uhr sein. Am Ende des Weges greift der Wind unter seine Jacke. Im violettblauen Licht der Straßenlaterne hat seine Gestalt doch etwas von einem alten Privatdetektiv, den man auf den vollkommen falschen Weg geschickt hat.

Die Tage werden länger. Wenn er morgens das Geschäftszimmer der Noort GmbH betritt, wird es hinter den Fenstern langsam hell. Sein Äußeres wirkt im Dorf vielleicht verknittert, in der Fabrik jedoch sieht er dann streng, mager und äußerst korrekt gekleidet aus, sein Hemd hat Manschetten, die seine Hände halb bedecken. Das Personal ist seine Fachkenntnis gewohnt. Er will die Zahlen sehen, den Wachstumsumsatz, den Stand des Monatsetats; derselbe Mann, der früher mit Hilfe einer feinen, begrenzten Materie – Leinen, Farbe – der Unermeßlichkeit der Dinge zu Leibe ging, will jetzt genau wissen, was beim Personal vor sich geht. Es werden übrigens schon lange keine Leute mehr entlassen.

Sowohl die Mutter- als auch die Tochterfirma, die Alcom GmbH, schlagen einen harten Kurs ein. Auf dem Gelände der Noort GmbH sind neue Gebäude emporgeschossen. Dank der früheren Aktivitäten von Alcom GmbH ist Robert der Schritt in die Autoindustrie gelungen. Jetzt kommen und gehen täglich mehr als achtzig Schlosser durch die Werkstore.

Bei Alcom war es nicht sicher, ob es gelingen würde. Was hinsichtlich der Abnehmer der Gußformen der große Trumpf gewesen wäre – eine schnelle Lieferzeit –, schien kläglich zu mißlingen: die unentbehrliche Frässpindel gab es in Europa nicht zu kaufen. Doch Ingenieur Zijderveldt fliegt zu seinem früheren Arbeitgeber nach Pennsylvania, unterschreibt dort einen Vertrag, der für beide Seiten günstig ist, und legt bei seiner Rückkehr einen kleinen Metallgegenstand mit ungewöhnlich harter Legierung auf Roberts Schreibtisch. Mit den Händen auf dem Rücken betrachten die beiden Männer die ausgetüftelte Form und den tiefblauen Glanz des Stahls. Robert sagt: »Herr Zijderveldt, dieses Ding werden wir selbst produzieren.« Und tatsächlich gelingt es ihnen, mit der amerikanischen Firma zu einer Vereinbarung zu kommen. Das Zusatzgeschäft von Alcom scheint schon bald überraschend zu wachsen.

Von Tag zu Tag ist er noch mehr in sich gekehrt. In seiner Freizeit bleibt er zu Hause. Anstatt sich Magdas

Gesicht vorzustellen, sieht er lieber fern. Manchmal, bei stürmischem Wetter, läuft er mit dem alten Hund am Strand entlang, bis zur Rheinmündung bei Katwijk und wieder zurück. Nur wenn es für den Betrieb ist, ist er bereit, abends noch einmal wegzugehen. Trotzdem nimmt er eines Tages wieder eine Einladung von Zijderveldt an, er weiß selbst nicht warum, während er eigentlich dankend ablehnen will, hört er sich erfreut zusagen.

In einem extravaganten Chevrolet mit perlmuttblauen Raketenflügeln fährt sein Freund ihn hinter den Dünen nach Wassenaar, wo in einer zwischen Bäumen versteckten Villa ein zwölf Mann starkes Saxophonorchester auftritt: Zijderveldt ist Mitglied eines Clubs. Leidenschaftlicher Alkoholgenuß, leidenschaftliche Gespräche mit Gott weiß wem und die belanglose Frage, woher bloß er die Musik kennt: das Orchester spielt Bearbeitungen von Partituren aus dem neunzehnten Jahrhundert.

Nachts verabschieden sie sich ergriffen voneinander. Mitten auf der Oude Zeestraat, während die acht Zylinder leise brummen und beide Wagentüren geöffnet sind, schütteln sie sich die Hände und schlagen einander auf die Schultern.

»Paß gut auf dich auf, alter Junge.«

»Wird schon gutgehen, wird schon gutgehen, sei du aber auch vorsichtig.«

Als Robert ins Haus stolpert, verspürt er nur den Wunsch, daß ihn diese dumpfe, träge Müdigkeit nicht mehr losläßt.

Alles hat ein Ende. Der Bruch mit Agnes kommt von ganz allein. Seit einiger Zeit läßt die rothaarige Schuhverkäuferin ihn völlig gleichgültig, aber wenn er sich zu lange nicht rührt, ruft sie ihn im Büro an, die Sekretärin kennt ihre Stimme, verbindet sie weiter, und er verspricht vorbeizukommen. Worin liegt eigentlich ihr Interesse, bei dem ganzen Getue? Er betrachtet ihr dämmriges Wohnzimmer, das Sofa, die Kissen, den bedrohlich großen Fernsehschrank.

»Wie sehr du als Junge in mich verliebt gewesen sein mußt«, sagt sie einmal, »und wieviel Jahre vergehen mußten, bis ich ein bißchen Gefallen daran finden konnte.«

Der Geruch ihres Parfums treibt auf ihn zu. Sie sitzt wie ein Klotz am Tisch, beschützt von ihren hochgezogenen Schultern, ihren Armen, ihrem dicken offenen Haar. Er gibt keine Antwort und denkt: Das mit dem Verliebtsein wird wahrscheinlich stimmen, nur kann ich mich an nichts erinnern. Genauso wenig, wie ich mich an die paar armseligen Dinge erinnern kann, die ich dir statt dessen geben wollte. Deine monotone Stimme und die Falten um deine Augen haben mir nichts, aber auch wirklich gar nichts mehr zu sagen. Sie schaut auf und fragt ihn, woran er denkt. »An Magda«, sagt er und beginnt einen Bericht, der im Verlauf des Abends umständlicher und vertraulicher wird.

»Wenn du jetzt nicht gehst, bist du gleich zu betrunken, um dein Lenkrad auch nur festzuhalten.«

Sie begleitet ihn bis zum Außengang und klopft ihm freundlich auf den Arm, er hört, wie sie hinter ihm tschüs sagt.

Alte Freunde. Vertraulichkeiten und Streitigkeiten von frühester Jugend an. Eine Einladung, nein, eine Aufforderung, Sonntagmittag zum Essen zu kommen. Die Frau des Hauses war schon immer ein bißchen beeindruckt von dir. Der Herr des Hauses auch. Er steigt die Treppe hinauf, überreicht Nellie ein paar Ginsterzweige aus dem eigenen Garten und nimmt von Erik ein Glas Whisky entgegen. Im vorderen Wohnzimmer sitzt der Sohn Gabriel und liest, er schaut weder auf noch schaut er sich um. Robert fühlt sich leer und gelangweilt, fängt aber, als

Erik seinem Blick nach zwei Glas Whisky nicht mehr ausweicht, lebhaft an, sich zu unterhalten. Themen sind der warme Mai, die Verlegung der Augenklinik, die Musik von Bach, die Ästhetik des Träumens, die Kabbala, die behauptet, daß es die Buchstaben vor den Worten gab, der Gedichtband *Das Gesicht des Auges* und das Gehirn der Walfische. Erik hat gelesen, daß das Gehirn des Tümmlers, relativ gesehen, größer ist als das des Menschen.

»Er ist mit Sicherheit auch intelligenter«, sagt Robert. »Das frage ich mich, das frage ich mich«, sagt Erik. »Wie sieht es denn aus mit ihrem Wissen? Wie sieht es denn aus mit ihrer Mona Lisa?« Robert zieht ein grimmiges Gesicht, während er vortäuscht, sich dafür zu interessieren, bekommt er Lust, folgende Behauptung aufzustellen: Die hochentwickelte Kultur der Walfische ist für uns nicht wahrnehmbar, weil die Logik ihres Verstandes einer vollkommen anderen Ordnung als der unseren angehört. Wir können nur feststellen, daß die Kultur des Walfischs im Gegensatz zu der des Menschen nicht auf das Machen ausgerichtet ist. Wenn man die Auffassung Paul Valérys vertritt, der zufolge das Kunstwerk nur eine Störung des Schöpfungsprozesses darstellt, dann komme ich zu der Schlußfolgerung, daß der Walfisch diese Störungen in materialisierter Form für überflüssig hält.

Sie grinsen einander freundschaftlich an. Als Erik aufspringt, um seiner Frau ein schweres Tablett abzunehmen, steht auch Robert auf. Er schlendert ins vordere Zimmer, zieht einen Stuhl heran, stellt ihn vor Gabriel hin und fragt: »Bekommst du immer noch so viel Post?« Der junge Mann reagiert nicht. Robert betrachtet das Gesicht aus der Nähe, die kleinen dumpfen Augen, die aussehen, als ob sie in ihren Höhlen festsäßen, bei denen das Weiße um die Iris kaum zu erkennen ist, und die sich offenbar nur mühsam bewegen können.

»O ja!« sagt Nellie, als sie mit Blumen und Gläsern in den Händen vorbeisteuert. »Er bekommt Sternenhimmel aus Paris, aus Potsdam, aus Harvard. Vor zwei Wochen hat das Radioteleskop aus Quebec noch einen schönen Prospekt geschickt.«

»Darf ich mal sehen, was du da liest?« flüstert Robert kurz darauf mit erstickter Stimme. Gabriel hat in seiner Mappe eine Seite aufgeschlagen, auf der links eine Schwarzweißfotografie mit Kugeln, Nebeln und Flecken zu sehen ist und rechts ein eingeklebter Notizzettel mit einer fließenden Handschrift, mit Magdas sauberer und klarer Handschrift.

Es ist seltsam, als ihm der Ordner gereicht wird, als er das Sternfoto im ›New Scientist‹ betrachtet, dabei den englischen Untertitel liest und den Zettel rechts lieber vermeidet, ist es der eigentümlich stoßende Atem von Gabriel, der ihm das Gefühl vermittelt, Magda könnte jeden Moment hereinplatzen und sich dafür entschuldigen, daß sie zum Essen mit ihren Freunden spät, aber zum Glück auch wieder nicht zu spät gekommen ist. Ohne auch nur einmal zu stocken, als ob er den Text nur von der Innenseite seiner Augen abzulesen brauchte, sagt Gabriel: »Eta Carinae ist, soweit bekannt, der hellste Stern in unserem Milchstraßensystem. Die Leuchtkraft ist wahrscheinlich zehnmillionenmal so stark wie die der Sonne. Die Masse beträgt in etwa das hundertfache der Sonne. Der Stern ist 7000 Lichtjahre weit von uns entfernt und befindet sich im unbeweglichen Carina-Nebel. Die Oberflächentemperatur beträgt 29000 K. Zwei Nachbarn von Eta Carinae, die Sterne HD 93129 A und HD 93250, haben eine Oberflächentemperatur von wohlgemerkt 52000 ...«

»Wie sieht's aus, kommt ihr jetzt?« läßt sich ein bißchen drängend Nellies Stimme hören.

In der Woche vor Magdas Rückkehr schläft er unruhig und träumt schwer. Am Montag schreckt er kurz vor Sonnenaufgang auf, im Morgenlicht betrachtet er seine geöffneten Fäuste und kriecht wieder unter die Decke, um zu weinen. Aber er kann sich an einen Traum voller Licht und Wärme erinnern, mit einer Magda, die durch ein feuerrotes Tulpenfeld rennt, und ein Hund hinter ihr her. Als sie am Rande eines Grabens stehenbleibt, ruft sie etwas. Ihr Gesicht wird groß, fröhlich und so rund wie auf einem Foto, das aus zu großer Nähe aufgenommen wurde. In dem Moment, als er aufwacht, wird daraus blitzschnell Ratlosigkeit.

Ein paar Nächte darauf taucht in seiner Vorstellung das Totenbett der Gnädigsten auf. Die Zuneigung, die er für sie empfindet, ist sehr groß. Ihr Zustand ist nicht so schlecht, als daß sie sich nicht von ihren Damasttüchern erheben, ihre Jacke anziehen und ihn auf einem Spaziergang durch die Stadt, sie trägt einen weißen Sommerhut mit weißen Straußenfedern, begleiten könnte. Diese Dame, die von allen Passanten mit Respekt gegrüßt wird, macht ihn mit ihrer trotzigen Fröhlichkeit eher ärgerlich. Sie sagt: »Ich schlief ein, während ich die Sterne zählte«, und verfällt darauf in ein Lachen. Er bemerkt, daß ihr Lachen wie ein Vogel daherkommt, und es sieht tatsächlich so aus, als ob sie auf dem Weg zu irgendeiner Frühjahrskirmes wären. »Hör mit dem Lachen auf«, sagt er, »das ist etwas aus vergangenen Zeiten. Jetzt, wo du tot bist, mußt du weinen.« Sie schaut zu ihm auf und schlägt gehorsam die Hände vor Mund und Augen. Aber er läßt sich nicht irreführen: zwischen ihren gespreizten Fingern hindurch sieht er, daß sie sich auf die Lippen beißen muß, um ihre Freude zu bezwingen. »Dann bringe ich dich eben wieder zu deinem Totenbett zurück«, sagt er gelassen. Mit einem unterdrückten Lächeln und heruntergerutschten Kniestrümpfen wie eine Zehnjährige läuft sie hinter ihm her.

Als er Freitag am frühen Abend in die Oude Zeestraat fährt und in der Straßenbiegung sein Haus liegen sieht, fällt ihm auf, daß die blaßrot gestreiften Markisen heruntergelassen sind. Das Speicherfenster ist hochgestellt. Im Vorgarten beschreibt ein Rasensprenger über den Rosen eine durchsichtige Acht. Sie ist zu Hause.

Er parkt seinen Wagen in der Einfahrt, steigt aus und bückt sich, um die kleinen Kläffer zu streicheln, die aus dem Haus auf ihn zugestürmt sind. Den ganzen Tag über war es sehr warm, plötzlich fühlt er die feuchten Flecke an seinem Hemd. Ruhig, Junge, immer mit der Ruhe. Er krault das Fell auf den Köpfen, unter den Schnauzen, zwischen den Pfoten, bis die Tiere schließlich, ungeduldiger als er, wieder davonspringen. Einen Augenblick später steht er auf der Schwelle zur Küche. Und dort ist auch Magda.

Sie sagt: »Was meinst du, sollen wir trotz der vielen Wespen draußen essen?«

Sie steht am Spülbecken und wäscht sich die Hände. Sie lächelt ihm über die Schulter hinweg zu. Sie geht, in einen Dunst aus Knoblauch und angebratenem Fleisch gehüllt, auf ihn zu.

Er gerät nicht in Panik. Er erkennt das Kleid aus grüner Shantungseide wieder und sieht, daß seine Frau nicht einen Zentimeter, aber auch nicht einen einzigen Zentimeter dicker oder dünner geworden ist. Ihm kommt auch ihr Haar, das blond ist wie das eines Fjordpferdes, ganz vertraut vor, wie früher fällt es ihr über die Schulter. Ja, stellt er fest, es ist wirklich alles wie immer, ihre nackten Arme, ihre nackten Beine, die verschossenen Espadrilles, die sie wahrscheinlich ausgeklopft hat, als sie sie heute aus dem Wandschrank gefischt hat. Es gibt eine

Zeit des Gehens und eine Zeit des Kommens. Mir gibt man zu erkennen, daß ich in diesem speziellen Fall der Rebellion die beiden Zeitpunkte lieber kurz hintereinander sehen sollte. Und der zufriedene Ausdruck in ihrem Gesicht, die Unordnung in ihrer Küche und sogar ihr Hund, der wie ein alter schwarzer Lumpen auf seinem vertrauten Platz liegt und atmet, wollen mir weismachen, daß in den vergangenen zwei Jahren mit Magda nichts, so gut wie nichts passiert ist.

Er erwidert ihren Kuß. »Wie du möchtest, wie du möchtest«, sagt er. Nur ganz kurz kreuzen sich unruhig ihre Blicke, es kann sein, daß gleich geheult, gejammert und gewinselt wird: Bewegungen, die die Wahrheit einkreisen. »Aber ich dusche erst noch.«

Mit den Augen von jemandem, der nicht ganz bei Trost ist, betrachtet er sich im Badezimmer im Spiegel. Er hat nirgends einen Koffer entdeckt, nirgends ein Flugticket, eine Bahnkarte oder eine Ansichtskarte mit der Empfangshalle eines Hotels. Eine Reise, die keine Spuren hinterlassen hat, wird wie ein Traum verschwinden, hastig, töricht und chaotisch, ohne für jemanden auch nur das geringste Zeugnis abzulegen.

Anfangs beruhigt ihn die Situation. Magda ist – unverändert – zurück, und alles geht wieder seinen gewohnten Gang.

Auf dem Sekretär im Nebenzimmer stapeln sich wieder die Wörterbücher und Nachschlagewerke. Wenn er früher als gewöhnlich nach Hause kommt, sieht er, wie sie hinter dem Fenster sitzt, raucht und nachdenkt, eine Tasse Tee steht in Reichweite. Manchmal klingelt das Telefon, und sie unterhält sich lebhaft. Wer hat angerufen, fragt er kurz darauf. Morgen mittag werden hier alle Gasgeräte kontrolliert, der Durchlauferhitzer im Bad und in der Küche und der kleine Ofen, erklärt sie ernst.

Er nickt und ist mit seinen Gedanken schon woanders, abgelenkt von dem Geschmack in seinem Mund, der ihn seit kurzem zu den unmöglichsten Gelegenheiten belästigt. Es ist ein zähes, schleimiges Gefühl, vielleicht ist es Durst, vielleicht Angst, es fängt im Unterkiefer an den Seiten an und breitet sich dann vom Gaumen aus auf dem Weg zum Hals und zur Nase über die ganze Mundhöhle aus, oft kann er es nur mit einem Schluck Whisky direkt aus der Flasche stillen.

Im Haus wieder das übliche Treiben. Es klingelt an der Tür. Hier ist ihre saubere Wäsche. Hier sind die Heidepflanzen für ihren Garten. Guten Tag, ich komme von der Glaubensmission. Er versteht nicht ganz, warum ihn die Lieferanten und Leute im Dorf – anfangs – so freundlich grüßen. Es ist beunruhigend. Es ist doch alles ganz normal? Es ist ein normaler schöner Sommer, und oft gehen sie frühmorgens im Meer schwimmen. Komm, sagt Magda und taucht aus dem Wasser neben ihm auf, zum Frühstück bekommst du einen Hering. An der Bude auf dem Boulevard starrt er sie an wie einen Bären auf der Kirmes. Ihre Augenlider, Lippen und Nägel sind vom Salzwasser leuchtend rosa geworden. Ist das vielleicht ein Grund für den Fischverkäufer, ihnen eine Gewürzgurke mit Senf zu schenken? Und was hat es zu bedeuten, daß ihm, nachdem sie auf dem Markt Krebse und bunte Blumen gekauft haben, auf den Arm geklopft wird? Eine Bäuerin bietet ihnen einen kleinen schneeweißen Käse aus eigener Herstellung an. Als die schmuddelige, senile Frau vielsagend auf die Dillspitzen auf dem Käse hinweist und danach – Hand, Ellenbogen – eine obszöne Gebärde macht, fällt ihm nichts anderes ein, als sich bei ihr mit einer Verbeugung zu bedanken.

So wird es für sie Herbst, Winter. Wenn er jetzt mit Magda ein Geschäft betritt, fangen die Gespräche über das eigenartig windstille Wetter wieder an zu stocken, dann redet man nicht mehr über die Temperaturen, die seit Jahren nicht mehr so hoch gewesen sind und dafür sorgen, daß sowohl vom Meer als auch vom Land her ein lauwarmer Dunst ins Dorf zieht, ein Nebel, der mit Salz-, Mist- und Erdpartikeln vermischt ist, die Fassaden angreift und erbarmungslos in die Häuser eindringt und dort in den Kellern zu Algenwuchs führt, es gibt wirklich niemanden, dem das Freude machen könnte.

Insgeheim wundert er sich über Magda. Nichts scheint sie zu stören. Sie schläft, während er mit geöffneten Augen versucht, seine Atmung zu regulieren. Es bietet sich immer an, an die Noort GmbH zu denken: wer die Gabe besitzt, so gelassen einen Betrieb zu leiten, der muß auch in der Lage sein, in der beklemmenden Dunkelheit der Nacht seine Muskeln zu entspannen. Es wäre auch nicht so schlimm, an den Fluß zu denken oder an die Landungsstege oder die Lastwagen oder die Hölle aus Feuer und Krach, wenn er es nur schaffen könnte, das Rätsel in seinem Innern einfach ein Rätsel sein zu lassen: dieses schlafende Wesen neben dir, das eine andere Zigarettenmarke raucht, das in der Abenddämmerung sitzt, ohne etwas Bestimmtes zu sehen, das im Bett über mehr Kraft verfügt – woher kommt eigentlich der Eindruck, daß diese Frau nicht hundertprozentig genau diejenige ist, die du, früher einmal, sehr genau gekannt hast?

Im Februar wird es plötzlich kalt. Das Dorf atmet auf und sprüht eine dünne Wasserschicht über die Tennisplätze des Kasinos. Aber er, Robert, reist geschäftlich nach Algier, führt in der Hitze seine Verhandlungen und ist wieder zu Hause, als, früher und sonniger denn je, die Tulpensaison beginnt. Das Dorf wird von Touristen überschwemmt. Sie laufen scharenweise durch die Felder und bevölkern mit Armen voller Blumen die Gassen um die Kirche.

Kurz nach Ostern ist das Meer schon so warm, daß vor den Strandcafés die Laufplanken ausgelegt werden. Aber ein Wind, der vom Land kommt, lockt wochenlang in grauenhaften Mengen Quallen an die Küste. Als Robert nach der Arbeit über den Astridboulevard fährt, sieht er, daß die Schwimmer im Sand sitzen und fassungslos auf die durchsichtigen bläulichen Kreaturen starren.

Wie viele andere auch, fühlt er sich am Ende des Sommers ausgelaugt. Als Magda und er eines Abends mit ein paar alten Freunden draußen sitzen, ist ihm der Besuch eine Last. Er muß sich sehr zusammenreißen, um auf eine Bemerkung von Erik nicht einfach weiter zu schweigen. Am liebsten würde er sich aus jedem Gespräch heraushalten und jede Gesellschaft meiden, besonders jetzt, da die Hitze immer noch nicht nachgelassen hat und er in der schrägen Mischung aus Mond- und Neonlicht und mit dem Gesumm der Mücken in den Ohren seine Aufmerksamkeit unmöglich etwas anderem widmen kann, als der Abwehr der Frage, die sich ihm jetzt Tag und Nacht wie eine Faust in den Brustkorb drückt und von dort alles beherrscht, was er hört und sieht, den Garten, der nach Fäulnis riecht, die Hündchen, die unter seinem Stuhl nach Luft schnappen, die ermüdeten Gesichter von Erik und Nellie und die distanzierte Haltung von Magda. Er streckt seine Hand aus: sie reicht ihm ein Glas Whisky mit Eis. Er nimmt einen Schluck, nickt, als ob er einem Argument von Erik zustimme, und verzieht sein Gesicht zu einem Lächeln. Ist es denn nicht lächerlich, dieses Gekrieche auf dem Boden, dieses Gejaule wie ein Hund, dieses Händewringen, um sich eine Frage zu verkneifen, die sich Menschen eben oft stellen und auch ganz normal eine Antwort darauf bekommen – einfach so, beim Friseur, auf der Straße, im Kino –, während sich in diesem Fall, im Fall von Magda, die zwei Jahre vom Erdboden verschwunden war, die vier klaren, präzise abgegrenzten Wörter nicht zur Frage formen, sondern zum Hindernis, zum Abgrund, zum Giftpfeil, der bis zum äußersten Punkt gespannt im Bogen ist und dann, endlich, mit der Kraft eines ausbrechenden Pferdes, losgelassen wird … »Wo bist du gewesen?«

Dritter Teil

Ha! Sogar als ich im Bus nach Leiden saß, wußte ich noch nicht, wohin ich eigentlich genau fahren wollte. Das klingt vielleicht seltsam, soll es doch, von mir aus, aber wenn mich an diesem Tag etwas gleichgültig ließ, dann war es der Unterschied zwischen seltsam und nicht seltsam, eine Haltung, die ich seitdem verinnerlicht habe. Gut. Ich stieg an der ersten Haltestelle ein, beim Kreisel zwischen den Dünen. Zu dem gutaussehenden Fahrer mit Schnauzer sagte ich: »Einmal einfach nach Hartebrugkerk«, danach setzte ich mich auf einen Fensterplatz und stellte erschrocken fest, daß ich der einzige Fahrgast war. Ich hatte meine Jacke noch nicht aufgeknöpft, und schon schlossen sich die Türen. Der Motor heulte auf. Trotz des ohrenbetäubenden Lärms muß ich sofort eingeschlafen sein, denn an den Anfang der Fahrt, die Strecke über den Astridboulevard, kann ich mich nicht mehr erinnern, ich kann mich nur an das Pferd erinnern, von dem ich in dem Moment träumte, als der Bus plötzlich bremste: eine Stute mit gutmütigen schwarzen Augen. Ein paar Minuten blieben wir stehen. Weil es mir aus einem unbestimmten Grund schwerfiel, wach zu werden, machte ich keine Anstalten, mich darum zu kümmern, was los war. Aber ganz unabhängig davon setzte sich der Bus wieder in Bewegung. Als ich wieder zu mir kam, schaute ich aus dem Fenster.

Dort, am Ende der graubraunen Fläche, lag das Dorf, in dem ich jahrelang gewohnt hatte, ich befand mich noch in der Nähe meines Zuhauses. In der Nähe der leichten, hellen Welt der Wassertürme und Bunker, des Dünensandes, der sich an den Bürgersteigen sammelt, der Fischer, die jedes Jahr wieder einer neben dem anderen von den Touristen fotografiert werden. Wenn ich wollte, könnte ich sogar noch den Klang meiner Schritte auf den Straßen hören, ein sonores Geräusch, das dröhnt wie ein Zug Soldaten, was legt man in seinem irdischen Leben doch für Strecken zurück. Besonders wenn es regnete, schaute ich mir gerne die Häuser an. Am liebsten waren mir die häßlichen düsteren Fassaden, es reizte mich, mich in den Geruch ihrer verborgenen Treppenhäuser hineinzudenken, in die Treppenabsätze, die Badezimmer aus Terrazzo und die Schlafzimmer mit dunkler Tapete, und dabei zu erschaudern: Wenn es sein müßte, Robert, würde ich es mit dir hier bestimmt aushalten können!

Ich wußte nicht, ob ich ihn verlassen hatte. Ich saß in einem schaukelnden Bus, sah, wie das Dorf und die Dünen aus meinem Augenwinkel verschwanden, und wußte nicht, ob ich meinen Mann verlassen hatte. Wie wäre das möglich gewesen? Wer jahrein, jahraus immer die gleiche Liebe genossen hat, wird früher oder später entdecken, daß er niemals ganz allein in einen Aufzug oder einen Zug steigt, niemals ohne einen Schatten eine Blume oder einen Himmel betrachtet, niemals an den Lippen eines Freundes hängt, ohne zu spüren, daß irgendwo im Dunkeln deine Hand gedrückt wird, nein, ich wußte es nicht. Ich wußte nur, daß ich morgens mit dem festen Vorsatz wach geworden war, meine Sachen zu packen.

Ich werde mein rotes Kleid anziehen, dachte ich, als ich die Vorhänge zurückschob, mal sehen, ob ich einen meiner aprikosenfarbenen Unterröcke wiederfinde. Die Dinger sind vielleicht altmodisch geworden, aber sie sind genau das richtige für einen feuchten Frühlingstag wie diesen, und ich beugte mich über die Fensterbank, um das Fenster zu schließen, das nachts offengestanden hatte. Ich sah, wie sich in der Scheibe kurz ein Frauengesicht mit schläfrigen Augen und fröstelnd lächelndem Mund spiegelte. Das bist du, Magda, Magda, die in einem Leben voller Sonnenschein und Wärme einige außergewöhnliche Augenblicke erlebt hat, aber jetzt, zum Zeitpunkt der Abfahrt, überrascht ist, daß sie eigentlich von kaum etwas Abschied nehmen muß. Und ich drehte mich um, um das Bett zu machen, was nicht viel Arbeit war, denn in den Nächten, in denen Robert nicht da war, lag ich bewegungslos wie ein Stein da. Ich darf nicht vergessen, gleich noch auf die Bank zu gehen, dachte ich unter der heißen Dusche.

Zehn nach neun. Ein bißchen spät dran für die Hunde. Als ich mit nassen Haaren die Treppe herunterkam, erwarteten mich die drei Tiere bereits, ich öffnete mit Schwung die Tür zum Garten, und sie stürmten hinaus. Für einen Augenblick blieb ich auf der Schwelle stehen. Das satte Grün, die Blumen im frisch gemähten Gras waren größtenteils meiner Mühe zu verdanken. Es ist eine elendige Plackerei, wenn man in diesem Dorf den Seewind bezwingen will, man hört viele darüber klagen, und viele geben irgendwann auf: dann eben doch nur Muscheln, Tulpen und Töpfe mit Begonien, die zum Überwintern in den Schuppen kommen! Ich schaute zu den Beeten neben der Auffahrt hinüber. Dank der Buchenhecke von Roberts Mutter würden mir meine Phloxes und Dahlien im August bis zur Hüfte reichen …

Das war vorher ihre Küche, ihr Ofen, ihr rot-gelb gefliester Boden. Ich öffnete den Vorratsschrank und griff in einer urgroßmütterlichen Geruchswolke von Bohnen, Schmalz und Vollkornmehl nach dem Sack mit Hundefutter und dem Brot. Als ich hier vor Jahren die Hausherrin wurde, hatte ich nichts dagegen einzuwenden gehabt, so raffgierig und wählerisch wie meine Schwiegermutter weiterzumachen, nein, ganz und gar nicht, ich kann mich an die fröhliche und verschworene Stimmung dieser Tage noch genau erinnern, an die Schritte auf den Treppen, das Ausräumen der Kommoden, all das gab mir das Gefühl, in etwas Altes und Bleibendes geraten zu sein:

»Wo steckst du denn bloß!« rief Robert, als er unerwartet nach Hause kam. Er hatte noch nicht zu Ende gesprochen, schon hörte er unter dem Flur mein: »Ich komme!«, zu seinen Füßen öffnete sich die Luke, und ich kletterte heraus, eingehüllt in Staub und Spinnweben und den Geruch nach seit Jahren verschwundenen Sternrinetten. »Ah ... Robert! Was für ein wunderbarer Tag, und was für eine Sonne! Sieht ganz so aus, als ob es wieder Sommer würde!«

Hinter mir hörte ich etwas schnaufen, die Tiere waren aus dem klatschnassen Garten zurückgekommen und wollten fressen. Ich tat einen Schritt zur Seite, um den Kläffern, die an mir hochsprangen, auszuweichen. Anatole war brav, der Bouvier stand neben der Küchentür und starrte mich in festem Vertrauen an. Sollte ich sie jetzt, wo es noch möglich war, einmal richtig verwöhnen? Ich zerschnitt das Herz, wärmte die Milch auf und vermischte das Gemüse mit dem Mais. Anatole hat beim Essen mehr Manieren als ein Mensch. Er schnappt vorsichtig mit den Lippen, ruckt kurz mit dem Kopf, kaut ein paarmal mit weit offener Schnauze und macht eine kleine Bewegung mit dem Hals. Schluck und weg. Sein Napf ist im Nu leer. Anschließend leckt er sich gründlich die Nase und die grauschwarzen Haare sauber. Ich kniete neben ihm nieder und streichelte seinen Rücken, als Antwort darauf wedelte er verhalten mit dem Schwanz und warf mir einen verständigen Blick zu. Dieses Tier kannte mich, es kannte mich durch und durch. Was kümmerte ihn schon die Dissonanz zwischen mir und meinem ungewöhnlichen Geruch.

Dann wurde es auch für mich Zeit, zu frühstücken und ein paar Kleinigkeiten in eine Tasche zu packen. An der Garderobe, ich hatte meine Jacke schon an, kam ich kurz ins Zweifeln. O Gott! Was für ein wunderbares Licht durchflutet den Flur, und was für einen Glanz die Holzvertäfelung hat! Ein Haus wie im Traum, ein Leben wie im Traum, wie kann ich es schaffen, wenigstens diesen Moment, dieses klare, nüchterne Staunen festzuhalten? Draußen waren Schritte zu hören. Mit Gewalt wurde ein Stapel Post ins Haus gedrückt. Ein Fächer aus unbekannten Mitteilungen lag auf der Fußmatte. Ich drehte mich auf dem Absatz um. Auf geht's, dachte ich, jetzt mit den Hunden zu Nellie.

Eine Frauenhand mit einem Saphir an einem Finger. Ein Körper, der sich so leicht bewegt, daß das Gewicht über jeden Verdacht erhaben ist. Sie stellte eine schöne Tasse Kaffee vor mich hin und setzte sich mir gegenüber an den Tisch. Ich bemerkte sehr wohl, daß sie mich ein wenig argwöhnisch beobachtete.

»Aber selbstverständlich«, sagte Nellie. »Für wie lange?« Ich zog meine Schultern hoch.

»Weiß ich noch nicht so genau. In ein paar Tagen kommt Robert zurück, er nimmt die Tiere dann wieder mit.«

»Was hast du vor?« fragte sie.

Ich antwortete: »Familienbesuche.« Und weil sie mich noch immer so anschaute, murmelte ich: »Hélène. Mutter … Ich muß erst mal sehen.« Mein Blick glitt an den Keksen, an den Rosen vorbei … sie schob mir einen Kristallaschenbecher hin.

In Gedanken versunken zog ich an meiner Zigarette. Wenn sich der Wind, der auf den Fenstern stand, legte, konnte man das Ticken der Wanduhr hören. Warum muß ich jetzt unbedingt gesprächig sein? Ich kenne Nellie seit sechzehn Jahren, da kann man sicher schon von Freundschaft sprechen. Freundschaft für ihr warmes Haus, ihren verdorrten Garten, für die eingelegten Muscheln, die sie auf ihren Festen anbietet, für den Mann, den sie um ihren Bauernfrauenfinger wickelt, für die sinnliche Wirkung ihrer Armbänder und für das Porzellan in dem Geschäft, in dem sie in einem schwarzen Kostüm zwischen den Vitrinen herumläuft, für den Sohn, der schwachsinnig sein soll. Ich empfinde Freundschaft für die Kraft der Vorstellung, mit der sie dies alles zu einem alltäglichen Leben arrangieren kann. Aber warum haben wir nicht von Zeit zu Zeit zusammen auf dem Bett gelegen und uns ausgeheult? Wir hätten wahrhaftig Grund genug dazu gehabt.

Sie fragte: »Warum grinst du so?«

»Habe ich gegrinst?«

»Du hast gegrinst wie ein Spieler am einarmigen Banditen, bei dem vier Tomaten in der Reihe stehen.«

»Gib mir noch etwas Kaffee.«

»Mit Vergnügen.«

Als sie wieder saß, sagte ich: »Ich denke gerade daran, wie wir uns zum ersten Mal begegnet sind. Kannst du dich daran noch erinnern?«

»Robert kam, um dich uns vorzustellen. Zweiundzwanzigster Januar 1964.«

»Es gab einige Sprachschwierigkeiten ...«, stammelte ich und war bestürzt, weil sie, sehr impulsiv, zweierlei sofort benannte. Meinen Mann. Den Vorabend der Geburt ihres Sohnes.

»Wir konnten kein Wort miteinander wechseln ...«

Sie lachte kurz und drehte ihren Kopf zur Seite. Stimmt. Als ob das etwas ausgemacht hätte! Als ob das nötig gewesen wäre, an diesem Abend war es überflüssig, irgend etwas zu sagen. Was wir uns zu sagen hatten, stand außerhalb von uns. Überdeutliche Zeichen, wie beim Wetter, bei Kriegen, bei Naturkatastrophen. Es stand von Anfang an fest, wie unsere Freundschaft sein würde. Die Leidenschaft, die Unruhe, der Hunger eines

Mannes, der es gewohnt ist zu sagen: komm zu mir! Der fliehende Blick eines Kindes, das denkt: laß mich in Ruhe. Und auf dem Schnittpunkt davon unsere Freundschaft. Ich streckte meine Beine unter dem Tisch aus und wollte gerade sagen: wie geht es Gabriel, als sich die Tür öffnete und der Junge hereinkam, er war damals sechzehn.

»Magda?« sagte er in den regengrauen Himmel hinter meinem Kopf. Er legte mir eine aufgeschlagene Zeitschrift vor die Nase. ›New Scientist‹, zehnter Jahrgang. Daraufhin gab mir Nellie einen Notizblock, und ich fing an zu übersetzen – Das Rätsel von Eta Carinae ... –, und ich wußte, daß meine schreibende Hand, mein Stift und die präzisen Worte, die aus ihm flossen, für den Jungen, der sich schnaufend und seufzend über mich gebeugt hatte, meinen Namen und meine ganze Person ausmachten.

»Bitte«, sagte ich freundlich.

Als er das Zimmer wieder verlassen hatte, ging Nellie zum Fenster. Ich betrachtete ihren Rücken. Sie stand ganz ruhig da und sagte nichts. Ab und zu, wenn die Windböen stärker wurden, klapperten die Fenster in ihren Rahmen. Die Vorhänge wölbten sich und fielen danach wieder schlaff zurück. Manchmal hörte ich den Wind in der Ferne zu- und wieder abnehmen, und dann erinnerte er mich mit einem leisen Pfeifen daran, daß es eine Welt der Berge und Seen, der Kirchen und Boote, der Geschöpfe gab, denen ich nichts schuldig war. Unter diesen Umständen stand es mir vollkommen frei zu gehen.

Sie drehte sich um.

»Also wirklich, jetzt lachst du schon wieder in dich hinein!«

Plötzlich hatte ich es eilig, schob meinen Stuhl zurück und stand auf.

»Weißt du, wann die Busse abfahren?«

»Ja«, sagte sie. »Jede volle Stunde, an der ersten Haltestelle.«

Du hast dich dazu entschlossen zu verreisen. Du bist in einen Bus gestiegen, hast deine Jacke geöffnet und es dir entspannt auf einem Sitz bequem gemacht. Bereits die ersten Meter sind von der normalen Welt weit entfernt. Du siehst, wie alles kleiner wird, aber die Aussicht wird weiter. Freundlich verschwindet eine Fläche, um der nächsten Platz zu machen. Aus Tulpenfeldern werden Treibhäuser. Der Wasserturm: Viehfutterfabrik P. de Jongh und Sohn. An der Ampel vor der Kreuzung siehst du eine Frau auf einem giftgrünen Fahrrad, vor dem Lenker hat sie ein Kind und auf dem Gepäckträger einen Hund, aber sowie der Bus anfährt, verwandelt sich das alles in einen Mann mit einem Spazierstock. Ah! Das Schaukeln eines öffentlichen Verkehrsmittels, das dich weiß Gott wo hinbringt!

Ich war natürlich schon lang nicht mehr allein. Am Ende der Oude Zeestraat hatte der Busfahrer mehrere Fahrgäste einsteigen lassen, unter anderem einen dicken Schüler, eine Fischersfrau und einen Mann, den ich für nicht ganz richtig im Kopf hielt, als er an mir vorbeiging, vertraute er mir an: »Heute nacht kein Auge zubekommen!« Und so ging das dann die ganze Zeit. Als wir uns Rijnsburg näherten, saßen um mich herum zwei Bauern, die jeder für sich mit einem stumpfen Bleistift irgendwelche Berechnungen machten, von denen sie immer wieder aufschauten, um einander »Stimmt's?« und »Stimmt!« zu sagen, ein Ehepaar, das die Köpfe zusammengesteckt hatte, um auf grauem Einpackpapier eine riesige Makrele zu filetieren, und zwei junge Frauen, die hinter meinem Rücken ein Gespräch führten, dessen Vertraulichkeit zweifellos mit dem Singen der dahinsausenden Busreifen zu tun hatte.

»Was sollte ich denn machen?« fragte die eine Stimme. »Ich hab die Strümpfe ausgezogen und bin zu ihm ins Bett gestiegen. Er hat sofort seinen Kopf auf meinen Bauch gelegt, aber mir hat es keinen Spaß mehr gemacht. Frau! Kleiner Sohn, der schon so toll zeichnen kann! Am nächsten Morgen habe ich kein Wort mehr darüber verloren. Während er an der Rezeption bezahlt hat, bin ich aus dem Hotel gerannt und hab mir ein Taxi herangewinkt.«

»Ooh! Ooh!« machte die andere, entweder um zu trösten oder weil sie beeindruckt war.

An der Haltestelle Leidse Buurt stieg eine Frau ein; sie machte einen etwas vernachlässigten Eindruck und war ungefähr sechzig Jahre alt, nachdem sie bezahlt hatte, richtete sie ihre Augen sofort auf den freien Platz neben mir. »Setz dich nur, Mütterchen«, sagte ich leise. Sobald sie saß, beugte sie sich vor, um einen ihrer Einkäufe aus der Tasche zu fischen, dabei warf sie mir einen Blick zu, der sagte: ja, schau ruhig zu ... Wir betrachteten einen funkelnagelneuen Fotorahmen, auf dem noch der Preis stand, zwei Gulden fünfzig, und keinen Cent mehr, und ein Foto, das vom Glas auf wundersame Weise bis auf den Millimeter genau abgedeckt wurde.

»Wie dafür gemacht«, sagte ich hilfsbereit.

»Ja.« Sie nickte. »Ich habe das Foto zur Sicherheit mit zu Blokker genommen.«

Eine verschwommene Aufnahme, mit einer billigen automatischen Kamera gemacht, auf dem Bild zwei billige Menschen in ihrem billigen Wohnzimmer, sie und ihr Mann. Er trägt einen selbstgestrickten Pullover und ein lustiges Hemd, aber wie mager er ist, und wie mager das vom einen bis zum anderen Ohr lachende Gesicht, das er an ihrem Hals verbirgt. Im Hintergrund: eine Blumenvase mit Rosen, ein Kerzenständer und eine Schale mit Äpfeln auf einer geschmacklosen Anrichte.

»Drei Monate ist das jetzt her«, sagte sie und fängt an, mir die ganze Tragödie zu erzählen, von den ersten Zweifeln, es stimme etwas nicht, bis zu seiner Scham ein paar Monate später, ich bin ein dürres Männchen geworden, bis zu dem letzten grauen Nachmittag, an dem seine Grimasse und sein schiefes Lachen sie immer wieder auf etwas schauen ließen, an das sie sich, ehrlich gesagt, viel besser erinnern könne: das Waschbecken, den Handtuchhalter mit den hellgrünen Handtüchern und den schlaff herunterhängenden Vorhang.

Stimmen, Gerüche, das Beweisstück einer Liebe, das demnächst eingerahmt neben einer Vase mit Blumen stehen wird. Auf meinem Gesicht muß ein mitleidiger und zugleich fröhlicher Ausdruck gewesen sein. Von mir aus. Ich war zwar aus meinem Lieblingstraum erwacht, aber diese kleinen Stücke fremden Lebens hielten meine Leidenschaften doch noch in ihrem Bann. Keine Hausherrin mehr sein zu müssen, keine treue Ehefrau mehr, keine alte Freundin, sehr schön, du könntest ruhig etwas gelassener sein. Mittlerweile hatten wir die Stadt erreicht. Ich kann mich erinnern, daß ich nach dem verregneten Himmel schaute, der sich über den Häusern auflockerte, und dachte: Na, das ist aber schon wirklich lange her, daß du dich so vernünftig und großmütig gefühlt hast!

Jetzt, da ich mich selbst auf der Reise befand, konnte ich die durch ihre Fotolinsen blinzelnden Touristen auf dem Astridboulevard verstehen. Es ist eine flache, unberührte Landschaft, die man sucht. Zeit einstellen, Abstand einstellen, Hintergrund bleibt Hintergrund. Ich konnte den Arm meiner Reisegefährtin neben mir spüren. Um uns ein Geruch von flüssiger Schmierseife. Wozu sollte ich wissen, wer sie außerhalb dieser Umgebung war? Reisende haben wie Wilde und Tote kein Auge für früher oder später, die Lehren der Geschichte machen uns keine Sorgen, lach jetzt nur mit, iß jetzt nur mit, du bist den Dingen doch auch sonst zugetan! Wir sehen uns wieder, nicht wahr? Ja ja, natürlich, morgen, übermorgen, niemals ... Auf dem Boulevard Fischer neben Fischer. Hinter den verschlossenen Gesichtern: Wutanfälle, Prahlerei, Widerspenstigkeit. Du streichst ehrfürchtig daran vorbei und bringst Sehen und Wissen geschickt miteinander in Verbindung ... Dicht an der Nasenwurzel bildeten sich Tränen. Ich sah, wie meine Reisegefährtin in großer Eile einen Pullover strickte, gleich würde es zu spät sein. Würde ich für einen Blutsverwandten mehr empfinden können als für sie, die in einer weinroten Jakke mit geplatzten Schulternähten neben mir saß?

Der Bus fuhr langsamer, Haltestelle Harteburg, wir standen beide auf. Während wir am Ausgang hin und her schwankten, fragte sie: »Wo mußt du denn hin?«, und ich antwortete: »Zu meiner Schwiegermutter.« Woraufhin auf unseren Gesichtern ein gelassenes, fröhliches und leicht spöttisches Lächeln erschien. Die Türen klappten auf. Unter einem regnerischen Himmel gingen wir ohne Gruß auseinander.

Ich war sehr schnell. Mit meiner Bahnkarte in der Hand rannte ich die steinerne Treppe hinauf, Bahnsteig fünf, Bahnsteig fünf? Ja! das sei richtig, und tatsächlich: dort tauchte der grüngraue Expreßzug vor meinen Augen auf, ich konnte es eher fühlen als sehen, daß er sich langsam vorwärtsschob, davonglitt, das war der Zug, den ich nehmen mußte: in der geöffneten Tür des Gepäckwagens standen zwei dunkle Männer mit Schnurrbärten, die meine Arme ergriffen und mich bereitwillig hineinschmuggelten, bist du in deinem Leben jemals schneller gerannt? Eine Hand schob die Abteiltür für mich auf, und ich ließ mich in einen weichen roten Plüschsitz fallen, zweite Klasse, und jetzt rauchen. Ah! Ah!

Atemnot. Merkwürdig, wie genau wir Pflanzen und Tiere eingestellt sind: ein Grad Temperaturunterschied, ein Molekül zuwenig, und schon sterben wir aus. Aber nicht sofort. Bevor es soweit ist, kommt erst noch der leichte Sauerstoffmangel, die leichte Benommenheit, die eine klärende und prickelnde Wirkung hat. Wenn ich daran zurückdenke, wie ich in dem Abteil im Sitz hing, muß ich wirklich lachen: keuchende Brust, aufgelöstes Haar, Augen, die trotz des ganzen Trubels die Aussicht in sich aufnahmen, was sich wirklich lohnte. Nachdem wir die Bahnsteigüberdachung hinter uns gelassen hatten, tauchten sofort meine geliebten Kühe und Schafe in der Polderlandschaft auf, die mir durch meine Heirat ganz vertraut geworden war. Fünf Uhr nachmittags. Kappweiden. Gräben mit einem leicht orange gefärbten Film. Es war schade, daß hinter all dem schon bald das schwere und bleiche Gesicht meiner Schwiegermutter auftauchte, mit dem sie an dem Nachmittag die Tür ihrer Wohnung einen Spaltbreit geöffnet hatte, die alte Frau schätzte keinen unerwarteten Besuch, und sie wußte, daß ich das wußte.

»... So ... Magda, schön, schön, nun, gut, warum kommst du ...«

Sie war vor mir her in die Küche gegangen, wo sie ohne ein Wort den Wasserkessel füllte. Sie trug ihr Kaschmirkleid und Goldschmuck, doch ähnelte sie nicht mehr der Frau, deren Blicken ich jahrelang gefolgt war, sondern einer robusten, eisernen alten Dame, deren Appetit etwas Beängstigendes an sich hatte.

Ich verreise, dachte ich, als ich ihr über die Tischplatte eine Tasse dunkelroten Tee zuschob. Ich verreise und nehme Abschied von der sehr aufmerksamen Schwiegertochter, Frau Noort. Von den Telefonanrufen am Montagmorgen, von den weißen Blumensträußen an Fest- und Todestagen und Ihrer Anweisung: »Zwei Gläser Johannisbeer-Genever, bevor wir uns zu Tisch begeben, Robert, wirst schon sehen, wie ihre Augen dann glänzen!« Kann mir bitte jemand erklären, wie diese junge Frau soviel von ihrer Sanftheit und Anhänglichkeit an jemanden verschwenden konnte, der sie nicht mochte?

Heftiges Verliebtsein in den Sohn. Opfer eines lästigen, aufdringlichen Verlangens werden, das einem die Sicherheit und den Atem raubt. Was waren das doch für Grimassen vor dem Spiegel, Zunge rausstrecken, Wangen aufplustern, kleine Schluchzer, kleine Lacher, was war das für ein Gestarre auf die Absätze der roten Schuhe oder auf den Schaum des eingeseiften Bauches, du hattest vollkommen den Kopf verloren, Mädchen. Französisch-Kanada. Der glühendheiße Sommer von 63. Als ich ihn kennenlernte, war ich eine Studentin, die fünfundfünfzig Kilo wog, abgekaute Nägel und einen Liebhaber namens Terence hatte. Von der Natur war er mit der Stirn, der Nase und den azurblauen Augen eines Engels ausgestattet worden, ein männliches Wesen, das es gut mit dir meint und dich vom Rand eines Grabens wegzieht, zu deinem eigenen Besten, und danach deinen Kopf in beide Hände nimmt, um dich nach den Wolken schauen zu lassen … »Woran denkst du«, flüsterte er nachts in dem aufgewühlten Bett unter dem Schein des Mondes. »An dich!« flüstertest du felsenfest zurück. Kann man erblich von der Liebe belastet sein?

1938, in dem Jahr, in dem meine Mutter schwanger war, fiel die Tschechoslowakei bereits auseinander, aber besetzt war das Land noch nicht. Im Süden von Mähren dauerte der Sommer bis weit in den Oktober hinein. Ich stelle mir vor, wie meine Mutter dort, in den Hügeln, zwischen den weißgetünchten Mauern ihres Hauses, in aller Ruhe über die enorme Schwere ihres Körpers staunen kann. Und wie sie am frühen Abend unter dem violettblauen Himmel steht und nach ihrem Mann schaut – er schleppt die vor kurzem gestutzten Äste des zehn Meter hohen weißen Maulbeerbaumes, der im Windschatten der Mauer im Süden steht –, versunken sieht sie, wie er sich bewegt, was er anhat, eine alte Leinenhose? ein elfenbeinfarbenes Hemd?, auf jeden Fall kann ich mich an die Augen erinnern, tiefschwarz, in denen etwas unwiderstehlich Fröhliches funkelte, ich war ein Kind der Liebe. Die Verliebtheit meiner Mutter hatte ich im Blut.

War ich jemals frei davon? Nein, nicht daß ich wüßte, mein ganzes Leben lang nicht. Auch nicht, wenn ich so weit zurückgehe, daß ich mich als Gör wiederentdecke, irgendwo auf der glühendheißen Straße meines Geburtsdorfes, ich esse einen Pfirsich und lasse, Krieg oder nicht Krieg, einen kleinen Zirkuszug an mir vorbeiziehen, gespenstische Wesen tragen Musikinstrumente, die schmettern und dröhnen, Tiere mit Federn auf den Köpfen lassen ihre Köttel fallen, und dann habe ich ihn entdeckt, dort, ganz am Ende, einen Jungen mit bloßen

Füßen, der in seine Träume versunken ist und nichts anderes dabei hat als seine eigene Wärme, sein Hemd und seine Hose ... »Hast du das Pferd gesehen?« ruft meine Mutter, als das Getöse über die Brücke verschwindet, und merkt nicht, daß ich stockend seufze und erst viel später sage: »Er hatte ein Armband ...«

Und später, auf der anderen Seite des Ozeans, gab es andere, immer wieder, ich kann sie mir vor Augen rufen, alle, die mir die kleinen Zeichen gaben, vertraut und gleichzeitig wieder so fremd wie die Sterne über einer nassen Einkaufsstraße, und es war sicher vernünftig, sich umzudrehen, langsamer zu gehen und trotz der Kälte noch kurz zu warten ... Die Lehrerin, die in ihrem Angorapullover vor der Klasse den Takt angibt, der Junge, der mit einem Zigarettenstummel zwischen den Lippen auf dem Fahrrad vorbeifährt, der große, dunkle, gutaussehende Vater einer Freundin und der erste Freund, der erste Mann, der, als ich dreizehn war, auf die Idee kam, mir etwas Interessantes in seinem Zimmer zu zeigen. »Und?« forschte er, nachdem er seine weiße Hose geöffnet hatte. Woraufhin ich mit einem funkelnagelneuen Gefühl antwortete: »Ich finde ihn tatsächlich kolossal« und zum Spiegel lief, um mir meine Haare zu bürsten.

Ach, meine vorehelichen Liebesbeziehungen! Dieses Durcheinander, dieses Schauen nach den Vögeln, die sich gegen den tintenblauen Himmel absetzen, die physischen Komplikationen und die Platte von Aznavour auf dem Plattenspieler ... *Je ne ferai pas mes adieux* ..., es war alles nicht unangenehm, aber ich bin, allmählich, stiller geworden. Bestimmte Liebestriebe waren mir nun mal gegeben. Doch eines ist in der Rückschau unglaublich: genau zu der Zeit, als ich einen netten Jungen hatte, mit dem ich zum Essen ausgehen und ins Bett gehen konnte, einen amourösen Freund, der mich oft genug zum Lachen brachte, mich »sein Kaninchen« nannte und einmal auf einem Lastwagen, der vollbeladen mit Äpfeln war, in die Billardkneipe Mon Plaisir mitnahm, genau in diesem Sommer, sage ich, kam ich dazu, mein ganzes freies rätselhaftes Leben wie ein Kartenspiel in die Hände eines einzigen Mannes zu legen, eines Holländers mit einem verschossenen Schopf. Also bitte, du bietest, du spielst aus, wie findest du mein Blatt? Nicht übel, was?

Und ein prachtvoller, flimmernder Sommer ging vorüber. Anfang Herbst behauptete er: »Alle wahren Maler kommen aus Europa.« Ich nickte und sah hinaus. Am Fuß der Magnolie hockte meine Mutter und verteilte mit den Händen Torfstreu.

Ich saß da wie ein Geist. Ich lächelte, schlug die Beine übereinander und trank Tee in einem kleinen Wohnzimmer, in dem ich nichts zu suchen hatte. Mir gegenüber versuchte eine alte Frau, mich mit ihrem Blick zu kommandieren, ihre Tasse war leer, mußte sie mich etwa bitten, nachzuschenken? Und während meine Hand auf sie zuschwebte, machte der Rest meines Körpers einen Spaziergang durchs Zimmer, von Möbelstück zu Möbelstück, vorbei an Pflanzen und Kram, den Farbfotos mit den Kindern und Enkeln, ihrer heftigen Liebe, ihrer Fortpflanzung, die gerahmt neben einer Uhr mit hin- und herpendelnden Gewichten hing. Angeheiratete waren nicht vorhanden, die eine war wegen schlechten Benehmens verstoßen worden, die andere hatte niemandem das Leben geschenkt. Am Fenster legte ich kurz meine Wange an die Scheibe. Kühl, glatt, der schwache Spiritusgeruch paßte gut zu den Möwen und den Strommasten draußen, ob es regnete, nein, ich glaube nicht.

»Soll ich Ihnen die Tasse abnehmen?«

Und ich setzte mich, um mich ein wenig mit der Frau zu unterhalten, der Mutter, deren Nestinstinkt schon vor

Jahren erloschen war. Ich sagte: »Ich bin heute mittag bei Hélène gewesen.«

Sie nickte zerstreut. »Hélène ...«, wiederholte sie. Ihr Mund zog sich zusammen. Sie sah aus, als ob sie auf irgend etwas in der Ferne horchte. »Wie geht es ihr?« fragte sie dann.

Ich spreizte meine Finger und lachte. Was für eine Frage. Wie immer hatte ich eine große, herzliche Schwägerin angetroffen, die mich umarmte, die mit ihren Locken über meine Wangen strich und mich ins Wohnzimmer schob, der Eßtisch war gedeckt, los, setz dich, die Kinder kommen jeden Moment, hier ist Rosinenbrot, da Milch und: Torte! warte, paß auf, ich habe noch eine halbe Sahnetorte, wie schön, ach wie schön, Magda, bis sie dann endlich dasteht, breitbeinig, um mir ins Gesicht schauen zu können und errötend und mit vor lauter Rührung feuchten Augen zu fragen: »Wie geht es meinem Bruder!?«

Ich nahm eine Gabel und fing an, die Torte zu essen. »Oh, gut«, sagte ich. »Er ist in Wien, auf Geschäftsreise. Weißt du, daß er letzte Woche eine Katze gerettet hat? Er hat noch nicht einmal seine Schuhe ausgezogen, sondern ist so, in seinem schönen Anzug, in den Ententeich gewatet ...«

»Was!«

Sie lachte schallend auf, übertrieben, wahnsinnig vor Glück, könnte man sagen. Ich sah sie neugierig an. Und plötzlich war mir, als könnte ich sehen, wie sich das Bild des geliebten tropfnassen Bruders in den Wirrwarr ihrer tausendundeinen Jugenderinnerungen fügte, sich wie bei einer chemischen Reaktion damit verband, sie umstieß, sie leicht verblassen ließ, sie angriff ... So ist das, es war nichts Ungewöhnliches. Ich mußte mich aufrichten, mir einen festen Punkt vor Augen suchen: der kleine Schuppen im Innenhof leuchtete hellgrün, auf dem Lenker eines Fahrrads saß ein Spatz. Am besten gehe ich, dachte ich. Da erklang ein silberheller Schlag.

Da erklang ein silberheller Schlag.

»Halb vier«, sagte die Frau und runzelte die Stirn, sie ließ durchblicken, daß sie sich ärgerte, und sie hatte recht. Am besten ich gehe, am besten ich haue ab, sonst bekomme ich hier noch Kopfschmerzen. Eine Wahnidee hat mich hier jahrelang festgehalten. Doch diese Lieben, diese Gerüche, diese Straßenbilder würde ich weiter mit mir herumschleppen müssen. So sahen die Geheimnisse aus, die mich umgaben: klein, bleich, und alle von einem Mann abgeleitet, für den ich tiefe, nur leider etwas pathetische Gefühle hegte. Ab heute hebe ich den Abstand zwischen mir und diesen Zufällen auf. Wenn ich mich beeilte, bekam ich den Zug nach Paris vielleicht noch.

Ich stand auf, lief um den Tisch, um die Wangen meiner Schwiegermutter zu küssen.

»Bleib nur sitzen. Ich finde den Weg schon.«

Der Lavendelgeruch an ihrem Hals ließ mich auf einen passenden Satz kommen. Morgen kommt Robert und holt dich zum Essen ab. Aber ich hielt den Mund und verließ das Zimmer mit einem liebreizenden Lächeln.

Zum dritten Mal an diesem Tag zog ich meine Regenjacke an. Ich spreizte die Ärmel ab und betrachtete mich im Spiegel, ein Meter achtundsechzig groß, nicht gerade dünn, gekleidet in ein rotes Kleid und Riemchen-Schuhe. Mein Gesicht verzog sich. Wollte ich vielleicht wissen, was von mir übriggeblieben war? Als ich mir mit den Händen durch die Haare fuhr, fühlte ich, wie das Blutkorallenarmband über mein Handgelenk rutschte. Im nächsten Augenblick riß die alte Schnur, auf der Koralle für Koralle einzeln festgeknotet war.

Erst in Rosendaal wachte ich aus meinen Träumereien auf. Die Abteiltür wurde aufgeschoben, drei Leute suchten das gleiche Unterkommen wie ich. Ein kleiner kahlköpfiger Mann, ein Junge in Militärstiefeln und eine Frau mit einem Gesicht, das makellos war wie Porzellan, nickten mir zu und zogen ihre Jacken aus. Ein Pfeifen und Zischen, dann fuhr der Zug fast geräuschlos ab. Wir sahen die Hinterhöfe von Häusern, ein Werbeplakat mit einem Mann und einem Pferd, ein Fabrikgebäude aus rotem Backstein und danach die Felder, die sich langsam verschoben, ausgeblendet und immer dunkler wurden, der Maitag neigte sich dem Ende zu.

Hinter Brüssel wurde unsere Gesellschaft von einem Kellner zu Tisch gebeten. Im Speisewagen legten wir unsere Arme auf das blendend weiße Tischtuch und ließen unsere Stimmen unter Einfluß des Weines, des Geflügels und des Weines, schon bald vertraulich sinken. Der Kahlköpfige erzählte uns, daß er es schön finde, im Morgengrauen durch den Wald zu rennen und über Gräben zu springen, die Frau lachte und sagte, daß sie, Himmel noch mal, versessen sei auf Rosa, rosa Blumen, rosa Bettücher, rosa Salzstreuer, woraufhin ich ihr erzählte, daß man, wenn man den Astridboulevard hinuntergehe, auf der einen Seite farblose Pensionen sehe und auf der anderen Seeschiffe. Dann fing der junge Mann an zu erzählen, von dem Prozeß, den er gegen seinen Vater geführt, und von der Urteilsverkündung, die an diesem Morgen – gewonnen! – stattgefunden hatte, und von seinem dümmlichen Verhalten gegenüber der Justiz.

»Nein, was habe ich Tränen vergießen müssen!«

Wir füllten sein Glas nach, um uns weiter seine Lebensgeschichte anzuhören, die er dann überraschend mit den Worten abschloß: »Tja, ich habe wirklich alles falsch gemacht, das müssen Sie sich einmal vorstellen, wirklich alles …!«

»Alles, das ist viel«, gab die Frau zu. Sie betrachtete

ihre Fingerspitzen. »Aber gar nichts, nun ja, das ist dann auch wieder ein bißchen zu wenig.«

Nachdem ich preisgegeben hatte, daß ich meine Jugend in Kanada verbracht hatte, weil meine Mutter nichts mehr hatte halten können, nachdem sie ihren Mann verloren hatte, und die Häuser im Dorf, die Einwohner mit ihren Gewohnheiten und Familienmitgliedern, die zu den deutschen Feinden gehörten, ihr nichts mehr bedeuteten, und zwar überhaupt nichts, so etwas kann vorkommen, daß man vom einen auf den anderen Tag dann einfach aus dem Haus geht ... beschlossen wir, wieder in unser Abteil zurückzugehen. Dort machte die Frau das Licht aus, zog den Vorhang vor der Gangtür zu und kuschelte sich in die Polster. Auch die beiden Männer schoben ihre Knie vor. Während sie freundschaftlich schnarchten und ächzten, drehte ich mich dem Fenster zu.

Der Raum, der sich drehte. Der Abendhimmel. Ein Stück Land, das anstieg, blau wie ein Ozean und genauso unbegehbar. Dieses Für-mich-Sein hatte ich seit meiner Jugend nicht mehr gekannt. Vorsichtig suchte ich nach einer Zigarette, ich wollte die anderen schlafen lassen, ich wollte ganz für mich allein eine Zigarette rauchen und wach sein und nach den Wolken schauen, die sich vor den Mond geschoben hatten. Ich war außergewöhnlich ruhig. Ich erinnere mich an meine Ruhe, an meine Leere, bis zum tiefsten Punkt in mir. Bäume ... Äcker ... ein Bauernhof wie ein Boot unter den Sternen ... Plötzlich hatte ich die Idee, daß mein Leben mit Robert ein Gedicht gewesen war. Alles, was mich persönlich betraf, hatte sich im Licht dieser zufälligen Bekanntschaft ein wenig gedreht. Meine Augen, meine Haut: zu anderem Zweck bestimmt. Die vergangenen Tage und die meiner Mutter: in Worte gefaßt. Meine Zukunft: schau: eine sonnenüberflutete Fläche, die wir mit Bergen, Bäumen und Flüssen ausstaffiert haben, die uns gemeinsam gehörten. Ich streckte meine Beine aus. Gerührt schaute ich auf den schlafenden jungen Mann, seine Stirn war im Schein des Lichts, das von draußen einfiel, wachsbleich. Was ich wissen wollte, war folgendes. Würde es möglich sein, dieses Gedicht in die Hände zu nehmen und über einem Steinboden fallen zu lassen? So daß es in Trümmer fiel, wieder zu Staub wurde? ... Jahrelang fischten wir im Fluß. Wir zogen Bergschuhe an, verirrten uns im Gestein und krochen, als wir nach Hause kamen, ins Bett. Es gab Regen, Schnee, Sonne, einmal einen Orkan, der das Dach der Waschküche ins Tal blies, aber was soll man machen, dann gab es die Septembernächte, unstillbare Weinkrämpfe, und vor allem darf ich die Dialoge nicht vergessen, sie waren großartig, diese Gespräche, querköpfig, schlau, über Kunst, Gott, Liebe, die Evolution der Menschheit, die Instandhaltung unseres Hauses und dann wieder über Kunst, wir waren Meister im Verflechten unserer laut geträumten Träume ... Was ich wissen möchte, ist folgendes. Unter all diesen Dingen muß doch etwas zu finden sein, das nicht vereinnahmt werden kann.

Nordfrankreich raste vorbei. Städte und Dörfer wurden zahlreicher. Immer mehr Lichter. Immer mehr kleine Bahnhöfe, an denen die Leute mit ihrem ganzen Wesen neben ihrem Gepäck warteten, sie waren verschwunden, bevor sie es wissen konnten, grau, formlos, verkannt von einer dösenden Gesellschaft, die sich so schnell wie möglich von A nach B bewegen wollte. Der Zug schlängelte sich über einige Weichen, das ganze Abteil wurde durchgerüttelt, und der Mann mir gegenüber wurde wach. »Halb elf«, sagte er nach einem Blick auf seine Uhr. Er hustete schläfrig.

Schön, dachte ich. In einer Dreiviertelstunde kommen wir auf dem Gare du Nord an. Ich weiß, wo dort die

Taxis stehen. Hôtel Gaspard, werde ich vom Rücksitz aus sagen. Dort haben sie Zimmer mit Holzfußböden, Aussicht auf einen alten Metroeingang und ein Bett, das für Robert und mich viel zu weich war, seinerzeit, wir rollten in die Mitte und wurden in den Armen des anderen wach. Hôtel Gaspard. Ich habe vor, ein Bad zu nehmen, wie ein Murmeltier zu schlafen und morgen nach dem Frühstück weiterzufahren in die Cevennen.

Wettlauf mit der Sonne. Richtung Westen reisen und die Nacht zunächst noch ein wenig aufschieben. Sieben Uhr p.m. An einem Abend im August stieg ich vom Flughafen Charles de Gaulle auf, um den Atlantischen Ozean zu überfliegen. Die Temperatur im Flugzeug ließ mich aufatmen, seit Tagen war das Wetter nun schon drückend und sehr schwül, ich wußte, daß es in den Parks und Straßen unter mir noch von Menschen wimmelte, die wegen der Hitze noch nicht daran dachten, sich jetzt schon zu Tisch zu begeben. Nach einer Viertelstunde löste ich meinen Gurt. Ich verstellte die Lehne meines Sitzes. Während wir zwischen Himmel und Erde dahinjagten, gab ich mich der Ruhe meiner Körperglieder und dem Chaos in meinem Kopf hin und der unsichtbaren Besatzung, die diese Kiste auf Grund von exakten Meldungen aus Island, Grönland und Neufundland in genau siebeneinhalb Stunden am selben Abend im August um halb neun p.m. in Quebec landen würde: wenn die frankokanadischen Kinder am Ende eines schönen Tages zum Abendessen hereingerufen würden. Die Sonne würde mir anderthalb Stunden voraus sein.

Ich sah auf. Auf dem Gangläufer war eine junge Frau auf mich zugekommen. Ob ich etwas trinken wolle? Das wollte ich mit Sicherheit. Mit einem Lächeln wurden mir ein Pikkolo, ein durchsichtiger Becher und ein Erfrischungstuch gereicht. Alles in Ordnung? Gleich kommt das Essen. Dunkle, prüfende Augen. Ich nickte und lächelte ebenfalls. Natürlich, natürlich, alles in Ordnung, auf die unerklärlichste Weise in Ordnung, ich trinke, ich höre das Orgelgeräusch dieser vereinfachten Aircondition-Welt und kann jetzt schon nicht mehr nachvollziehen, wie es möglich sein konnte, daß ich fast sechzehn Monate in den Cevennen herumhängen konnte.

Nicht auf die Zeit geachtet. Zum soundsovielten Mal in diesem Dasein schon wieder versäumt, die Zeit im Auge zu behalten. Wie ein Kind, das kein Gefühl für die Zeit hat, aber desto mehr für den Raum, in dem es sich befindet, hatte ich immer wieder angehalten, um mit offenem Mund zu staunen. Blaue Schluchten, gelbe Terrassen mit verwilderten Kastanienbäumen, Gesichter hinter Fenstern, die zugezogen werden, verlassene Eßtische voller Asche, Brotkrümel und Korken, die brennende Hitze der Nachmittage, in der Nacht das plötzlich verstummende Kreischen eines Tieres, das weit entfernt von einem anderen Tier hereingelegt worden ist, die Finger eines Mannes auf der Haut meiner Brüste, sein dunkles Morgengesicht und seine Liebenswürdigkeit ... war es verwunderlich, daß ich meinen Orientierungssinn ein wenig verloren hatte? Ich hatte mich auf die Suche begeben nach vertrauten, notfalls vielleicht auch etwas zerzausten Bildern. Ich brauchte sie im Zusammenhang mit meiner Autobiographie. Aber ich weiß auch nicht: auf die eine oder andere Weise landete ich immer genau neben den paar Punkten und Linien, die ich in meinem früheren Leben markiert hatte. Und anstatt in meinem früheren Haus umherzuirren, unter den Betten nachzuschauen und in den Schränken zu schnüffeln, war ich eines Tages mit einem wildfremden Mann mitgegangen, einem Flüchtling, einem Verbrecher mit einem falschen Namen, der seine Blicke nicht von mir wenden konnte und mich eines Tages nach meiner Arbeit ansprach. Er bewohnte eine Hütte an einer dichtbewachsenen Bergwand des Triballe. Die Cevennen sind gastfreundlich gegenüber allen, die sich verbergen wollen. Er hatte die Wände geweißt und einen Ofen aus feuerfestem Backstein gemauert. In diesem Winter dort ist es mir kein einziges Mal kalt gewesen.

Ich habe festgestellt, daß sich ganz in der Nähe des Lebens, in dem man zufällig gelandet ist, ein anderes befindet, das man seelenruhig genauso gut hätte führen können. Ich lag auf dem Bett im Dienstbotenzimmer des Hôtel Roland. Das Fenster war geöffnet, über einem Stuhl hing mein Kleid, das Bettuch auf der dreigeteilten Matratze fühlte sich seidig weich an, ich hatte mich nach dem Duschen noch kurz ausgestreckt. Aus Gewohnheit verfolgten meine Augen das Perpetuum mobile aus zyklamroten Linien an den Wänden und der Decke. Es war später Vormittag. Ich mußte erst in einer halben Stunde unten sein, um die leichte Kartoffelsuppe und das geschmorte Kaninchen aus dieser Gegend aufzutischen.

St. Martial. Ein Dorf, das drei Kilometer von unserem früheren Bauernhaus entfernt war. Als ich im Mai 1980 ankam, hielt ich sofort Einzug im einzigen Hotel, das in der Gegend zu finden war. In den ruhigen Gassen und zwischen den Häusern hing etwas Bezauberndes in der Luft, etwas Träges, außergewöhnlich Liebenswertes, das bewirkte, daß ich nachts traumlos schlief. Nach einer Woche merkte ich, daß ich bleiben wollte. Ich fragte die Chefin des Hotels, eine Frau in meinem Alter mit dunkel geäderten Beinen, auf denen sie nur schwer laufen konnte.

Sie taxierte mich mit dem Blick eines Bauern auf dem Kuhmarkt.

»Können Sie kochen?«

Sie führte mich an den Forellen in Aspik, der geräucherten Entenbrust, den Einmachgläsern mit blaßrosa und gelbem Inhalt vorbei, zog in der Küche Schubladen auf, zeigte mir die Töpfe und erklärte mir, welches Messer für welchen jeweils genau bestimmten Zweck aus dem Block genommen werden durfte.

»Ein Perlhuhn sollte man übrigens besser hängen als köpfen.«

Schließlich gab sie mir den Schlüssel zu dem Dachzimmer. Mittags sollte ich servieren und abends beim Kochen helfen. Ich durfte, wann immer ich Lust dazu hatte, den grünen Lieferwagen benutzen.

Ein einziges Mal machte ich dann auch tatsächlich davon Gebrauch. Ein einziges Mal fuhr ich an dem Berg vorbei, auf dem ich früher gewohnt hatte, und zögerte, ob ich zurückschalten sollte, um dann mit Vollgas die Steigung zu nehmen. Ich konnte mich an die neuen Bewohner erinnern, einen Architekten mit langem blondem Haar, seine Frau und seine kleine Tochter. Aber ich hielt meinen Blick geradeaus gerichtet, fuhr wieder hinunter zu ein oder zwei Bauernhöfen, um mich mit einer Ladung Ziegenkäse einzudecken, und dann schnurstracks zurück nach St. Martial, wo man tagsüber einen weiten Blick über die Weinberge und die Hügel mit den Schafweiden und Maulbeerbäumen hat und in der Dämmerung mit Hunden und Kindern über Wendeltreppen zum Schotterfeld schlendert, wo ich nachts traumlos schlief und nach dem Erwachen die Fensterläden aufstieß, um mich direkt gegenüber einem kleinen ummauerten Friedhof wiederzufinden, der auf der anderen Seite des Weges lag. Dieser Weg fiel dermaßen steil ab und stieg dann nach ein paar Haarnadelkurven wieder ebenso steil an, daß die Toten, die man zwischen Kiefernbrettern zu Grabe getragen hatte, vollkommen die Orientierung verloren haben mußten und sicherlich erleichtert waren, als sie ihr Ziel auf der Schattenseite des Bergkamms endlich erreicht hatten und von dort aus ihren Blick für mindestens ein paar Jahrhunderte auf ihr Geburtsdorf drüben auf der Sonnenseite richten konnten.

Ich setzte mich im Bett auf. Die Turmglocke schlug. Die lustige Doppelglocke der evangelischen Kirche, hoch-tief, lang-kurz und dumpf, schlug zwölfmal. Ich glitt aus dem Bett, zog mein Kleid an, schminkte die Augen und malte die Lippen feuerrot an.

Als ich den Eßsaal betrat, fielen mir sofort drei Dinge auf. Sechs der acht Tische waren belegt, was für einen Septemberwochentag viel war. Einer der Gäste, ein Mann mit einem scheuen, hochmütigen Gesicht, kam heute schon zum zweiten Mal. Und hinten saß eine Familie, die mich wiedererkannte und mich fröhlich begrüßte: der Architekt mit dem blonden Haar, seine Frau und die kleine Tochter, die groß geworden war, ich schätzte sie auf ungefähr neun.

»Sie müssen bald einmal vorbeischauen.«

Sie hatten mir nach dem Dessert einen Marc de Poire angeboten. Die meisten Gäste waren bereits fort, nur der Mann an dem Tisch in der Ecke hatte noch einen Kaffee bestellt, ich konnte mich ohne weiteres kurz zu ihnen setzen.

Der Architekt richtete seine Brillengläser auf mich. Er beugte sich vor und teilte mir mit, daß es durchaus kein Kinderspiel gewesen sei, die Küchenfenster zu verbreitern, die Decke der Galerie höher zu ziehen, den Badezimmerboden wärmer, die Wände weißer und die Türpfosten blauer zu machen.

»Entschuldigen Sie mich bitte.«

Ich stand auf und lief mit einem Lächeln zu dem Ecktisch.

»Monsieur?«

Doch offenbar hatte ich mich geirrt. Er hatte mir kein Zeichen gegeben. Er sah mir etwas erstaunt in die Augen und bestellte dann, wie es aussah, um mir eine Freude zu machen, einen Cognac einer nicht sehr bekannten Marke. Sein Dialekt hatte mir schon vorher verraten, daß auch er nicht aus dieser Gegend kam.

Als ich mich dann wieder mit interessiertem Gesicht zu der Familie an den Tisch setzte, war ich nicht mehr ganz bei der Sache. Egal, ob im Innenhof der Brunnen saubergemacht worden war, unter dem Dachsims Schwalben nisteten oder die verblichenen blauen Kaninchenställe weggeräumt worden waren: ich fühlte Stecknadelstiche im Rücken. Und während die Frau des Architekten damit beschäftigt war, an ihren ausgestreckten Fingern nachzuzählen, wieviel Blumenbeete sie angelegt hatte – »Lila Dahlien, Japanische Rosen, Aronstab, eine Schaukel und einen Sandkasten ...« –, schnüffelte ich unruhig: quer durch den Speisesaal zog wie durch einen engen Tunnel ein scharfer Tabakgeruch auf mich zu, es stimmte mich fröhlich, fröhlich, was wird noch alles passieren, nicht mehr lange und ich drehe mich unverfroren zu ihm um, dachte ich.

Die Tochter sah mich an.

»Ich habe einen Elefanten an der Wand neben meinem Bett.«

Wir lachten und erhoben uns von unseren Stühlen. Es war schön gewesen, es war genug gegessen und getrunken worden, die Rechnung war bezahlt, und das Siesta-Bett schon vor Augen, wiederholte der Architekt mit schleppender Stimme seine Einladung. Aber komm doch bald einmal vorbei ...

»Oh, bestimmt«, sagte ich und senkte die Stimme, um durchklingen zu lassen, wie neugierig ich auf mein altes Haus war.

»Ich komme bestimmt.«

Ich log das Blaue vom Himmel herunter. Ich wußte genau, daß es dazu vorläufig nicht kommen würde. Ich schüttelte Hände, lachte und wußte, daß ich mit anderen Dingen beschäftigt war, weil ein Mann, der schon viel in seinem Leben mitgemacht hatte, inzwischen im Begriff war, an den Tischen und Stühlen vorbei auf mich zuzukommen, jeden Augenblick konnte es sein, daß ich seine Hand auf meinem Ellenbogen spürte und ihn, ohne daß ich auch nur eine Spur darüber verwundert wäre, sagen hörte: »Darf ich Ihren Namen erfahren?«

Die Schluchten sind wild. Von den höhergelegenen Steinfeldern stürzt Regen- und Schmelzwasser mit großer Geschwindigkeit in die Tiefe, entwurzelt Bäume und reißt Tiere und Häuser mit sich. Der passende Ausdruck für die Cevennen ist: ungastlich. Ich bin nicht die einzige, die es besser weiß. Neben den Adlern und Wölfen bieten die Cevennen zwischen Granit und Kiefern auch den Menschen eine Zuflucht. *Terre de refuge*. Die Bevölkerung ist protestantisch, sehr dickköpfig und der Zentralgewalt abgeneigt. Suchmeldungen werden hier aus Tradition ignoriert.

Ich habe nie gewußt, was für ein Verbrechen dieser Mann begangen hat. Ich habe nicht danach gefragt, und seinen Worten habe ich keinen Hinweis darauf entnehmen können. Daß aber mit diesen schmalen dunklen Händen und dem Geruch von Holz und Rauch und der Hitze der Sonne oder des Ofens auch etwas Entsetzliches über meinen Körper strich, eine unverzeihliche Schuld, wurde mir von dem Zeitpunkt an bewußt, als ich auf dem nackten Rücken liegend meine Augen schloß und mit einer drängenden Stimme murmelte: »Ja … ja …«

Er hatte mich auf dem Moped mitgenommen. Auf dem Moped! Das Bild dieses Mannes und dieser Frau hat etwas unsäglich Komisches an sich; beide in mittlerem Alter, tuckern sie in der Sonne den Hang hinauf und wieder hinunter, sie in einem Servierkleid, er mit einem Hemd, das im Wind flattert, und langem, schon ein wenig dünnem Haar – ab und zu zeigt er ihr sein Profil und sagt ernst: »Nur noch ein kleines Stück … das ist jetzt der letzte Hang ... nun kommt der Weg ... passen Sie auf ...« – unterwegs zu einem harten Feldbett in einer Schutzhütte zwischen den Bäumen.

Er stellte den Motor ab. Der Weg wurde zu steil und zu schmal. Das letzte Stück mußten wir zu Fuß gehen. Ich sah ihm dabei zu, wie er vor mir her mit kleinen Schritten sein Moped schob. Außerdem richtete ich meinen Blick nach oben und zur Seite. Bäume, Farne, tote Äste. Diese grüne Wärme gefiel mir trotz meines Seitenstechens sehr gut.

»Da sind wir«, sagte er, und ich sah das schmutzigweiße Häuschen, das schief am Berghang hing.

Halbdunkel zwischen vier Wänden. Ein Bett, ein Tisch und ein Fenster, auf das ich in meiner Halbblindheit kurz zuging. Schon wieder eine blaue Aussicht. Warum? Warum noch die Zeit hinziehen? An diesem Nachmittag war keine Rede von dem, was mich früher oft genug erstaunt hatte: daß man einen bestimmten Mann nicht berühren darf, daß das undenkbar ist, Punkt aus. Er hat keine gelben Zähne, keine feuchte Aussprache und hängt auch nicht mit einem hohlen, vorgestreckten Kreuz auf einem Dreiersofa. Aber trotzdem steht da eine Mauer aus Beton zwischen dir und dem Mann. Ist er vielleicht noch von Erlebnissen umgeben, die dich abstoßen wie eine Zitrone eine Mücke oder der Holunder eine Fliege? Dieser Verbrecher und ich hatten uns schon vor Stunden geeinigt. Es bestand kein Grund, mich nicht sofort zu ihm umzudrehen, mein Kleid zu öffnen, mich an ihn zu drücken und zu fühlen, wie die vier Wände der armseligen Unterkunft bis ins Unendliche zurückwichen, wie am Rande des Schlafes ... Ah! Sexualität! Versinken, sich einfach so paaren, ohne Gefolge, niemals ist zwischen uns etwas vorgefallen, das jetzt eine heimliche Rolle spielen könnte, kein mieses Getue, keine vorwurfsvollen Blicke, kein vorhergehendes Getuschel, das unsere beiden Geschichten zu etwas Gemeinsamem umschmelzen muß. Warum? Ich konnte trotz meiner Bewegungen mit den Armen und Beinen und der ganzen Geschäftigkeit sehr gut erkennen, wie er war, dieser Mann, ich sah sein Gesicht, seine nackten Schultern und seine Brust, sein aufgerichtetes Geschlecht, das schwarze Haar, das in einer Linie über den Bauch hinaufreichte zur Brust, um sich dort dann reichlich zu verzweigen – er ist gemein, lieb, sinnlich, gleichgültig, treu, gewalttätig, verlogen, arglos ... – und ich konnte all das in meiner prachtvollen Einsamkeit erkennen.

Jetzt, da du zurückgelehnt und mit einer Zeitschrift auf dem Schoß der Dämmerung vorauseilst, ziehen sich die Sommer- und Wintertage des vergangenen Jahres zu einer einzigen farbenfrohen Stunde zusammen, in der für jedes Ereignis genügend Platz ist. Raum, um gedankenverloren ein schneeweißes Tischtuch auszubreiten, um sich, während du den Kopf eines Spanferkels füllst, die Erzählungen der Hotelbesitzerin über die Kriegsjahre anzuhören, um so tief zu schlafen, daß du deine Träume vergißt, um mit ein oder zwei Bewohnern aus dem Dorf Freundschaft zu schließen, mit ihnen beim Feuer zu sitzen, zu trinken und währenddessen zu überlegen: Werde ich gleich den grünen Lieferwagen nehmen und nach de Triballe fahren? Am Anfang des Waldweges gibt es einen Platz, auf dem ich den Wagen ruhig bis morgen früh stehenlassen kann.

Hatte ich doch schon wieder einen Mann, der zeichnete! Ich wußte nicht, wie mir geschah, als ich zum ersten Mal einen Blick auf seinen Tisch warf und zwischen dem Haushaltskram Papier, Tinte und Farbe entdeckte.

»Was!«

Er kam und stellte sich hinter mich, um zu sehen, worüber ich mich wunderte: die detaillierte Zeichnung eines bezaubernd schönen Tieres, eines Insekts mit einem tiefroten Panzer, sechs pechschwarze Beine an einem pechschwarzen Körper, und am Kopf zwei tiefrote Fühler.

»Ein Schnellkäfer«, sagte er und zeigte auf etwas. Auf einem Löschblatt lag das originale Exemplar. Klein, unbeweglich und tot.

An diesem Nachmittag sah er mich im Wald mit einem auf die Lippen gelegten Finger an. Horch. Wir ließen uns auf die Knie nieder. Ein grellgrüner Käfer bog seinen Körper erst vor und dann zurück, um danach mit einem lauten Klacken in die Luft zu schießen.

»Da haben wir ihn.«

Er hielt ihn in seinen Händen gefangen.

Ich schaute. Ich stand mit vorgesetztem linkem Fuß und angehaltenem Atem im Gestrüpp und betrachtete mit größtem Interesse einen anderthalb Zentimeter großen grünen Käfer.

»Dieses Tier gehört zu der Familie der *Elateridae*, die bestimmt achttausend Arten hat.«

Ich nickte. So viele.

»Auf der Hinterseite der Brust haben sie einen Stachel, der in einen Schlitz zwischen ihren Hüften paßt.«

Ein Schmetterling flog im Zickzack an uns vorbei, es war warm, aber dank der vier Glas Rotwein ging es mir gut, richtig gut, ich nahm die äußerst rätselhaften Informationen auf, wenn sich das Insekt zurückbeugt, wird der Stachel aus dem Schlitz gezogen. Ich untersuchte die beiden gefalteten Männerhände, um zu entdecken, woher das Zarte kam, taumelnd bemerkte ich die Form der Fingerglieder, der Nägel, die kleinen Härchen, die natürlich viel dunkler waren als bei Robert. Robert, ich denke an dich. Ich denke an dich, bin aber so vernünftig, mich nicht zu intensiv damit zu beschäftigen. Ich erwähne nur deine unüberlegte Art, Geschäfte abzuwickeln, die mir gefallen hat, deine Angst, verletzt und erniedrigt zu werden, die mir oft Probleme gemacht hat, und deine, wie soll ich es ausdrücken, deine Allgegenwärtigkeit. Ich sitze an meinem Schreibtisch, da fährt dein Wagen in die Auffahrt. Ich liege in der Badewanne, du bringst mir einen Espresso und eine Makrone. Ich gehe in eine Boutique und kaufe ein rotes Kleid mit einem engen Rock und kleinen Knöpfen auf der Vorderseite. Mit einem Stich im Herzen erinnere ich mich daran, wie ich nachts, wenn es stürmte, mit meiner Wange an deiner Schulter im Bett lag und dachte: von mir aus können zehn, zwanzig oder dreißig Jahre vergehen, es ist mir egal. Ich muß bekennen, daß, als ich mich vor sechzehn Jahren mit dir vergaloppierte, die noch nie dagewesene, sehr verlockende Idee von mir Besitz ergriff, daß von jetzt an du mein ganzes Dasein ausmachen würdest. Heute bin ich froh darüber, diesen glühendheißen Nachmittag zwischen dich und mich schieben zu können …

»Der hochgesprungene Käfer fällt oft wieder auf seinen alten Platz zurück, oder er landet ein kleines Stück davon entfernt«, sagte er und warf das Tier über seine Schulter ins Gebüsch.

Wir sahen einander an. Ich zog eine Augenbraue hoch.

»Aber warum tun sie das?«

»Eine Fluchtreaktion.«

Wunderbar unzusammenhängende Tage waren das. Abende, Morgen, Sonne, Regen und Wind wechselten einander leichten Herzens ab. Es war lächerlich, über die Zukunft nachdenken zu wollen. Die Dinge geschahen, riefen ein kurzes Erstaunen hervor und verschwanden wieder. Schnee fiel. Über den Bergen hingen silberne Streifen. Überall das Aroma von Holzfeuer. Wenn es fror, war es manchmal schwierig, die Hütte an der Bergwand zu erreichen.

Er könnte in seinem anderen Leben Entomologe gewesen sein. Nebenbei schnappte ich einiges über Wanzen und Schmetterlinge auf. Der Admiral zieht im Winter gen Süden, der Parnassius hat schillernde, reflektierende Augenflecken. Der Geflohene kam ohne Schwierigkeiten an Geld. Das Gebiet war bekannt für seine Vorzüge. Er verlegte Stromkabel, zweigte Telefonleitungen ab, entdeckte Wasser: die Arme halb ausgestreckt, lief er auf einer gerade erst gemähten Weide kleine Runden ab, ich beobachtete sein leeres, gleichgültiges Gesicht, seine Hände, er bewegte die Daumen und Finger wie jemand, der Münzen zählte. Dann geschah das unmögliche Wunder.

»Wasser«, sagte er. Seine Arme sanken herab. »Ungefähr zwei bis drei Meter tief.«

Daß wir einander gründlich kennenlernten, daran besteht kein Zweifel. Aber unsere Geheimnisse vermischten sich nicht miteinander. Ich legte meine Kleider auf den warmen Ofen. Er kochte auf dem Petroleumkocher Kaffee. Ich lauschte auf den Schrei eines Adlerweibchens. Sein Interesse galt mehr dem Schnee, der bald fallen würde. Ich konnte ihm von meinen intimsten Dingen erzählen, ihn meine Hände festhalten lassen, ihn voller Sympathie mir zuhören lassen, er war nicht dazu in der Lage, etwas über das hinaus aufzunehmen, worin er nicht selbst verstrickt war.

Ich muß dir das erzählen, wie ich gestern, gegen Abend, nach meinem früheren Haus geschaut habe. Es war bitter kalt. Bevor ich losfahren konnte, mußte ich mich eine Viertelstunde mit den Schneeketten abmühen, aber mein Plan stand fest: jetzt besuche ich endlich diese freundlichen Menschen, vielleicht wird es ja ein netter Abend. Und wenn dort noch der Geruch von Holz und Asche hängt, wer weiß, vielleicht ist es ja ganz angenehm, kurz die Augen zusammenzukneifen, um mich auf der Schaukel, hinter der Küchentür, auf der Treppe zum Dachboden wiederzufinden …

Der steile Weg glänzte im Mondlicht. Jemand hatte Schlacke gestreut. Im ersten Gang fuhr ich hinauf, parkte und legte das letzte Stück so zurück, wie ich es bei Frost gewohnt war, mit hangwärts gesetzten Schritten, die Hände stützte ich dabei auf den Knien ab. Dann stockte mir der Atem. Dort war es. Dort, am Rande der Lichtung, neben dem kahlen Maulbeerbaum, lag das Haus, still, die Mauern verschleiert vom aufgewirbelten Schnee, aber hinter allen Fenstern warm erleuchtet. Ich wußte es sofort. Bleib stehen. Gib dich nicht zu erkennen. Du gehörst dort nicht hin. Ich tat ein paar Schritte zur Seite, um mich hinter einer Kiefer zu verstecken, deren Rinde sich wie das Fell eines warmen Tieres anfühlte. So stand ich dort, stell dir vor, in äußerster Konzentration, und heftete meinen Blick auf den Giebel, auf das Dach, die Fenster, als ob jeden Augenblick ich weiß nicht was passieren könnte … bis dann die Haustür aufging.

Ein leuchtendes Viereck im Schnee. Ein blonder Mann, der seine Lodenjoppe zuknöpfte. »Dominique!« In der einen Hand hielt er eine Lampe, in der anderen einen Milcheimer. Das Mädchen kam angelaufen. »Papa!« Meine Augen folgten dem Paar an der Mauer, an dem angebauten Ziegenstall vorbei und durch das Gattertor in der Umzäunung, alles hatte sich hier verändert, ich erkannte nichts wieder, jetzt wurde eine grelle Bogenlampe eingeschaltet, Ziegen kamen heraus, gespenstische schneeweiße Tiere bliesen Dunstwolken in den Nebel, kletterten, meckerten, im Stall wurde gemolken, ich hörte, wie Vater und Tochter miteinander lachten und sich auf die immer gleiche Weise unterhielten. Papa! Dominique! Papa! Dominique! Mein Herzschlag verlangsamte sich. Fror ich hier etwa fest? Meinen Kopf gegen den moosigen Stamm gelehnt, merkte ich, wie das eine Geschehen zurücktrat, um seelenruhig einem anderen Platz zu machen. Blasseres Licht, dumpfere Geräusche, meine Augäpfel drehten sich weg, ich lag im Bett. Ein Gitterbett war einige Minuten zuvor nicht gerade langsam in einen weißen Saal geschoben worden, jemand streichelte sanft meine Wange. Ich schlug die Augen auf. Auf einem Hokker saß Robert neben mir. Er sah erschrocken und verlegen aus und wollte wissen, ob ich Schmerzen hätte. Ich beruhigte ihn – nein, nein, nichts dergleichen, keinerlei Beschwerden, natürlich, eine kleine Enttäuschung –, ich streckte meinen Arm aus, und eine starke Hand umschloß die meine. Und dann?

Dann ein fieser grauer Teufel hinter meiner Stirn. Dann Gläser, die mir in den Händen zersprangen, eine tote Nachtigall im Garten, Träume von Katzen. Dann ein Schmerz, den ich ein Jahr lang schwelen lassen konnte, indem ich mich vor ihm niederkniete und ganz vorsichtig, wie bei einem kleinen Feuer, hineinblies.

Bis mir Robert dann eines Nachmittags den Weg versperrte. »Wo gehst du hin?« Und ich setzte mir gerade einen Landarbeiterstrohhut auf und sagte: »Ins Dorf.«

Ein weiterer Sommer, der verstrich. War es nicht an der Zeit, Abschied zu nehmen? Ich war zurückgekommen, um etwas zu suchen. Ich hatte gedacht, mein Gedächtnis in einigen kleinen, persönlichen Punkten ein wenig korrigieren zu können. Andere Rätsel waren in meinem Gesichtsfeld aufgetaucht. Sie hatten mich amüsiert, beschäftigt, mich lieben lassen. Sie hatten mich – und vor allem das – mit einer Hingabe schlafen lassen, die ich nur aus meiner frühesten Kindheit kannte. Einmal träumte ich von meiner Mutter.

Eines Tages fing ich damit an, an meine Mutter zu denken. Nicht auf die alltägliche Art, die eigentlich mit

Denken nichts zu tun hat, es war eher ein Herumschnüffeln an einem verirrten Stückchen Wissen, nein, ich fing an, sie mir in gestochen scharfen Bildern vorzustellen. Ich sah sie im Erker unseres Hauses in Gaspé stehen, mit einer qualmenden Zigarette vor dem Gesicht; ich sah, wie sie mit geneigtem Kopf einen Stapel Schulhefte in einer Tasche verstaute; mit dem Hund an den Fersen ihrer schwarzen Stiefel lief sie über den Strand von Cap-des-Rosiers, blieb stehen und wies mich auf etwas hin, aber ich muß nur auf ihr Handgelenk und ihre Hand vor dem marmorierten Himmel geschaut haben ...

Immer öfter kam es vor, daß ich nach meiner Arbeit im Restaurant in mein Dachzimmer ging, mich aufs Bett legte und nach einem Blick auf meine Uhr dachte: Gleich ist es vier Uhr. Das war die Zeit, zu der sie und ich aus der Schule zurückkamen, die Gartenpforte öffneten und uns in den rot-weiß gestreiften Liegestühlen ausstreckten. Der Hund rollte sich auf den Rücken und streckte alle viere von sich, die Lefzen glitten zur Seite. Wir schwiegen, wir zankten uns, wir führten Gespräche miteinander: sie schaut mich an und lacht, ihre Melancholie liegt wie ein stilles Feld hinter ihr, sie will mich möglichst nicht damit belästigen. Feste, Freundinnen, eine erste Liebe, die mich erbarmungslos aus den Angeln wirft, sie hielt mich von nichts zurück, und wenn ich nach Hause kam, lagen manchmal lustige Sachen in meinem Zimmer: ein T-Shirt mit einem Bären darauf, ein Buch mit ausklappbaren Reptilien, ein Füller, der unsichtbar schreiben konnte. Solange ich zu Hause wohnte, stand die Fotografie meiner Eltern im Wohnzimmer.

Ich lag halb ausgezogen auf dem Bett. Tastend fand ich meine Zigaretten. Ich hüllte mich in Rauch ein und dachte an das eine Mal, als meine Mutter für einen Monat in die Cevennen herübergekommen war. In der Frühlingssonne, die Ärmel ihres beigen Kleides hochgekrempelt, hatte sie mit ruhigen Augen meinem Plan zugehört, den aus Feldsteinen errichteten Schuppen zu einem richtigen Haus umzubauen. Wie war das noch, brauchte man, um in Kanada einzureisen, ein Visum?

Die Schiffsreise begann in Neapel.

Vom Kai in Neapel legte im Sommer 1947 das schwedische Truppenschiff Goya ab, an Bord befanden sich neben zweitausend weiteren Auswanderern meine Mutter und ich. Wir standen frühmorgens zusammengepfercht in der Menge an der Reling auf dem Vorderdeck, ich kann mich daran erinnern, daß meine Mutter sich keinen Millimeter bewegte und kein Wort sagte und ich mit beiden Armen winkte. Ich winkte, weil ich zum ersten Mal eine Schiffsreise machte, den Hebekränen, den Schiffen, den Möwen, der hellen Küste mit ihren Häusern und Villen, und erschrak mich zu Tode, als die Goya, nachdem wir die offene See erreicht hatten, ihren letzten Gruß ausstieß. Ich war ein mageres, blondes, acht Jahre altes Mädchen.

Wir hatten uns von niemandem verabschieden müssen. In dem Auffanglager Bagnoli, wo wir uns einen Monat lang aufgehalten hatten, war jeder auf der Durchreise. Tschechen, Polen, Griechen, Italiener lebten in nüchternem Einvernehmen auf einem glühendheißen Gelände zwischen ein paar zerbombten Stahlfabriken. Mir gefiel es dort. Vor den Baracken unterhielten sich die Leute bis tief in die Nacht, es wurde gesungen, es wurde zu jeder Tageszeit gekocht, in den Küchen, auf Feuern, Grills, in kleinen Dosen – es war wirklich eine Manie: ununterbrochen war man mit dem Essen beschäftigt –, und es gab Kinder in Hülle und Fülle, die sich nie in feindliche Gruppen aufteilten, denn bevor es dazu kommen konnte, waren sie wieder verschwunden, eingeschifft, auf dem Weg nach Australien oder Kanada.

Das Meer hatte ich noch nie gesehen. Ich sah es erst bei Bagnoli, bei Neapel. Meine Mutter nahm mich mit zum

Strand. Bevor ich meine schweren Lederschuhe und mein Kleidchen auszog und merkte, daß das Meer der Erzählungen und Ansichtskarten aus Wasser war, aber salzig! – salzig wurden meine Haare, Wimpern, Lippen, salzig wurde meine Unterhose, die bis zu den Knien herunterrutschte –, schaute ich mir die Augen aus dem Kopf. Ich fand die blasse Fläche, die an drei Seiten von Land umgeben war, sehr groß. Wochen später dann, als wir aus dem Golf herausfuhren, sah ich, daß sich hinter dem Wasser noch viel mehr Wasser befand, Wasser und Küsten. Sardinien, Nordafrika, die Straße von Gibraltar, Portugal, wo wir den letzten europäischen Hafen passierten. Dann der Ozean. Die Weite. Das Bewußtsein der Weite. Dieser Wellengang, dieses dunkle Grün, diese Schaumkronen würden immer da sein, immer da sein, bis unsere Augen und unsere Köpfe ganz leer wären. Altstädte? Varietétheater? Biedermeier-Ladentische mit Briefen, Puderdosen, Glacéhandschuhen? Europa war zu einem Geruch geworden, und an Gerüche erinnert man sich erst in dem Moment, wenn man wieder auf sie stößt. Meine Mutter muß damals auf dem Ozean für immer Abschied genommen haben.

Sie hatte ihren Mann überall gesucht. Sie hatte alle Listen, alle Instanzen zu Rate gezogen, zunächst in der Tschechoslowakei, später dann in Berlin. Sie ging jedem Hinweis nach. Er sei in diesem oder jenem Lager interniert gewesen, er halte sich, nachdem er den Verstand verloren habe, in dieser oder jener Anstalt auf. Sie machte die Verwaltung des Lagers Theresienstadt ausfindig und starrte eines Morgens in die abgehärmten Gesichter von Männern, die völlig aus der Fassung geraten waren. Später erzählte sie mir, daß sie genau gewußt habe, daß ihr Umherirren sinnlos sei, daß sie aber nicht anders gekonnt habe. Das zwanghafte Suchen habe sie lange vor dem Zusammenbruch bewahrt, und schließlich habe sie von der UNRRA gehört, einer Abteilung der Vereinten Nationen, die den Menschen half, aus Europa wegzukommen.

Wir teilten unsere Kajüte mit vier polnischen Frauen. Ihr krauses Haar breitete sich in alle Richtungen über ihre Schultern aus. Ihre Reisetaschen waren bis oben hin mit Knoblauch und Wodka gefüllt. Beim Licht der Leselampen baumelten ihre blauweißen Waden vor meinem Gesicht hin und her, mein Schlafplatz war das zweite Bett. Meistens verhielten sie sich uns gegenüber völlig gleichgültig, sie gähnten, aßen und tranken, als ob sie sich in ihrem eigenen Bauernstall befänden. Manchmal aber drehte sich eine von ihnen zu uns um und hielt uns eine Wodkaflasche hin, die meine Mutter immer wieder annahm und geschickt an den Mund setzte. Eines Nachts verursachten der Geruch des Knoblauchs, den sie wie Äpfel aßen, die Hitze und das Stockdunkel der Kajüte, das Stöhnen und Zähneknirschen der schlafenden Frauen und das Vibrieren des Schiffes bei mir fast einen Schreikrampf.

Ich zog mich hoch zum Bett meiner Mutter.

»Mama …«

Sie machte sofort das Licht an.

»Was ist denn?«

»Die Hängematte. Wo ist denn die Hängematte? Du hast doch eine Hängematte mitgenommen, oder?«

Sie setzte sich auf. Sie sah mich an und schien sofort zu verstehen, was ich vorhatte.

»Möchtest du an Deck schlafen?«

»Ja.«

»Warte, ich komme …«

Einen Augenblick später lief sie in ihrem Pyjama und auf bloßen Füßen mit mir durch die Gänge und über die schmalen Treppen zum obersten Deck: dort schliefen bereits mehrere Passagiere.

»Hierhin den Kopf«, sagte sie. »Und dorthin deine Füße.«

Zwischen den Verstrebungen eines Mastes knotete sie die Hängematte fest. Sie legte mir eine Decke über und blieb noch kurz stehen, um mich zu betrachten.

»Schlaf gut.«

Ein Kuß.

»Schlaf gut ...«

Und weg war sie und ließ mich in der Kühle zurück, unter einem schwarzen Himmel voller Sterne.

Wer von Quebec zum nordöstlichsten Punkt der Halbinsel Gaspé fahren will, wo in einer Bucht der Granitküste die kleine Stadt Gaspé liegt, kann mit dem Flugzeug fliegen, eine DC-9 der Brewster Airlines bringt einen im Nu dorthin, man kann aber auch mit dem Zug fahren, die Via Rail fährt quer durchs Land an einer Indianerstadt namens Matapédia vorbei zur Endstation, dem Bahnhof von Gaspé mit seiner altmodisch geteerten Überdachung; man kann aber auch den Wasserweg nehmen, ein Schiff besteigen und sich auf eine Fahrt von sechs oder sieben Stunden einlassen, um wieder zu sich selbst zu finden, während man stromaufwärts die Ufer passieren läßt, die Stunde um Stunde weiter zurückweichenden Ufer des Flusses, der von den französischsprachigen Einwohnern Gaspés immer noch der Saint-Laurent genannt wird. Wasser. Land- und Seevögel. Mitreisende. Wie sieht, in Gottes Namen, meine Wirklichkeit aus?

Ich wurde, wie das immer so geht, auf Deck in ein Gespräch verwickelt. Als ich mir eine Zigarette anzünden wollte, wurde mir galant Feuer gegeben von einem ungefähr siebzigjährigen Mann mit schlauen, fröhlichen, hellbraunen Augen hinter der Brille. Er hatte einen Schnurrbart. Ich hörte sofort, daß sein Französisch etwas holprig war. Wo kam er her? Er kam, eigentlich, aus den Niederlanden.

»Alphen«, sagte er. »Hoge Rijndijk 19. Im Erdgeschoß mein Vater in seinem Krankenbett, Kruzifix darüber, weiße Tagesdecke darüber. Im ersten Stockwerk meine Familie, Frau, acht Kinder. Unter dem Dach mein Büro, Bilanzbuchhaltung ...«

Er warf mir einen gutgelaunten Blick zu und kniff dann seine Augen wieder zusammen, um erneut den Horizont abzusuchen.

»Ach, Bilanzbuchhaltung«, murmelte ich.

»Ja, wenn ich das Land nicht verlassen hätte, dann hätten sie mich einkassiert.«

Nach einer Pause merkte ich, daß auch ich etwas aus meinem Leben preisgeben mußte. Also fing ich an, von meiner tschechischen Herkunft zu sprechen und von der Seereise, die meine Mutter und ich gemeinsam von Neapel aus unternommen hatten. Reisen und erzählen, das hatte ich jetzt schon öfter bemerkt, gehörten zusammen. In einer Welt, die sich ständig bewegt, ohne festen Boden unter den Füßen, ordnet man sich ein: betont den Hintergrund eines mitteleuropäischen Landes, erwähnt eine Mutter, Teile eines Schiffes, Masten, Taue, und gesteht, daß man früher einmal mit einem leise klopfenden Herzen unter freiem Himmel wach geworden ist, weil man gespürt hat, daß man von jemandem über den Rand der Hängematte hinweg beobachtet wurde: ein Schiffsoffizier – dunkle Schultern, Augen, die sich dicht unter dem Rand der Mütze befinden – reicht dir einen knallgrünen Apfel.

»Es war bestimmt ein Granny Smith.«

Man kommt auf nebensächliche Details, die vielleicht sogar ein bißchen erfunden sind, aber doch, inmitten all dieser Details, dort bist du. Die polnischen Frauen strekken ihre Köpfe vor und schießen die Knoblauchhäutchen mit der Zunge meterweit in den Raum hinein. Eine Fliegenplage an Bord eines Ozeandampfers, ist das möglich? Du hättest dich vor einem zu niedrig hängenden Fliegenfänger bücken sollen, jetzt klebt dein Haar daran fest, du fühlst den Bauch deiner Mutter an dir, der sich sanft bewegt, und sie sagt: Bleib ruhig stehen, sonst krieg ich es nicht los.

Ich drehte mein Gesicht dem Mann neben mir zu. »Plötzlich frage ich mich, in welcher Sprache meine Mutter und ich uns damals unterhielten.«

»Das wird doch wahrscheinlich Tschechisch gewesen sein.«

Nein. Kein Tschechisch. Es war Deutsch. Meine Mutter muß mit mir in der Sprache gesprochen haben, die sie nicht mehr gerne hörte. Es war nicht nur so, daß sie Tschechisch nie richtig beherrschte, weil mein Vater fließend Deutsch sprach, sondern wir hatten auch vor unserer Abreise aus Europa bei ihren Verwandten in Berlin gewohnt.

Berlin. Ich kann mich an die Stadt erinnern, vor allem an das Haus, es lag im Stadtteil Reinickendorf, ganz in der Nähe der Bahnlinie, in dem von Franzosen besetzten Stadtteil. In diesem Haus war alles rostrot, die rostrote Farbe umschloß dich, sie bewegte sich von dem Teppich, von den Vorhängen, von dem Lack der Türen, die nicht gut schlossen, auf dich zu, sogar das Tageslicht machte mit, in meinen Erinnerungen fiel es im Wohnzimmer von Westen auf den kupfernen Kronleuchter, unter dem, mit dem Rücken zum Fenster, meine wütende Großmutter saß, meine Nazi-Oma, die sich nicht mit der Kapitulation anfreunden konnte. Außer meiner Mutter und mir wohnten auch die ältere Schwester meiner Mutter, Mimi, und ihr Sohn Walter bei meiner Oma. Walter, der schon zehn war, und ich hatten beschlossen, die rostrote Farbe im Haus zu ignorieren. Bei schönem Wetter spielten wir zwischen den versengten Fassaden der Stadt. Buswartehäuschen, Pissoirs, Flure, die sich kurz vorm Einstürzen befanden und voller Putz und Glasscherben waren. Wenn es regnete, lagen wir auf dem Diwan. Friede, Schlummer, vorsichtiges Tasten. Keine der drei Frauen, von denen wir umgeben waren, kam auf die Idee, sich uns in den Weg zu stellen, weil sie alle auf ihre Art abwesend waren; meine Oma, die meistens schwieg, aber manchmal plötzlich losschimpfte: Gott, o Gott, o Gott, was für ein Ärger! Französische Uniformen! Abzeichen! Beleidigungen im Radio!, meine Tante Mimi, die jeden Morgen in dünnen Strümpfen und kurzem Rock zur Arbeit ging, und meine Mutter, wo war meine Mutter, sie war tagelang nicht da, durchforstete die Stadt auf der Suche nach Autoritäten oder streifte in einer verkappten Fluchtbewegung durch die von Militärfahrzeugen zerstörte Jungfernheide. Nachts kroch sie mit kalten Füßen zu mir ins Bett.

Mir ging es ausgezeichnet. Das Schiff, das sich ruhig flußabwärts bewegte. Der Mann, der links neben mir träumte und rauchte. Obwohl der Saint-Laurent hier schon so breit war, daß man das andere Ufer nicht mehr sehen konnte, starrte ich weiter vor mich hin, es war gegen Mittag, September 1981, was haben diese Angaben noch zu bedeuten, jetzt, wo man seinen Blick auf ein Häuflein kleiner Wolken mit hellen Rändern gerichtet hält, das im Stillen langsam mit einem zieht? Der Wind spielte in meinem Haar.

Als ich vor einer Woche auf dem Flughafen von Quebec meinen Paß vorzeigte und meine große gelbe Tasche vom Gepäckband nahm, merkte ich, daß die Reise zu schnell gegangen war. Die Trennungslinie zwischen der Vergangenheit in den Cevennen und der Gegenwart – Quebec, Gaspé: dem Schauplatz meiner Mädchenjahre –

war minimal. Ich beschloß, mich sofort schlafen zu legen. Taxi! rief ich in die Dämmerung. Als ich mich zu einer Pension bringen ließ, deren Name mir aufs Geratewohl eingefallen war, schloß ich die Augen, um nicht die beleuchteten Straßen und Plätze sehen zu müssen, die alten Häuser, die Festungsmauern und das Grand Théâtre der Stadt, in der ich einmal studiert hatte und die ich kannte wie meine Westentasche. Du kannst dort bis spät in die Nacht essen, tanzen, bei Demonstrationen mitgehen, du kannst alles mitmachen, im Winter beim Karneval, bei Kanuwettkämpfen auf dem Fluß, auf dem die Eisschollen treiben ... Morgen, dachte ich und trug mich an der Rezeption ein, nahm den Schlüssel aus den Händen einer schönen braungebrannten Frau entgegen, stieg die gebohnerte Treppe hinauf, öffnete eine Tür und hatte ein aufgedecktes Bett mit weißer Bettwäsche vor mir in einem Zimmer, in dem man die Fensterläden der zwei Fenster mit tiefen Simsen bereits halb zugezogen hatte. Ah! Ich ließ mich mit ausgestreckten Armen und Beinen vornüberfallen.

Am nächsten Tag nahm ich das Telefonbuch zur Hand. Ich wollte sehen, wie es meinen alten Freunden ergangen war. Aber im Laufe von siebzehn Jahren ändern die Menschen Namen und Adressen. Ich versuchte es mit Alette, Jonathan, Lise ... ja, besonders mit Lise, plötzlich war ich ganz versessen darauf, Lise zu sehen, eine Stimme nannte einen Namen, eine andere Stimme einen anderen Namen, nein, eine Lise kenne man nicht, ich wurde hartnäckig: Lise, ein Mädchen mit braunem, lockigem Haar und so sanftmütig wie ein Kamel ... Danach wählte ich eine Nummer, die die von meinem Freund Terence hätte sein können, niemand nahm ab, schließlich bekam ich seine Mutter an den Apparat. Liebe Magda, besuch ihn doch einfach mal, er unterrichtet Französisch, seine Frau ist Psychologin, und seine beiden Söhne, das sind meine Augensterne. Übrigens: er hat heute Geburtstag!

Das Wetter war schön. Ich spazierte durch die verwinkelten Gassen der Stadt aus dem siebzehnten Jahrhundert und aß mittags einen Fischeintopf, zu dem ich einige Gläser Weißwein trank. Danach setzten sich meine Beine wieder in Bewegung, im Park spielten Kinder, und ordentlich gekleidete Frauen mit einem unverwandt geradeaus gerichteten Blick liefen auf dem Weg zur Arbeit vom einen Ausgang zum anderen. Ich stieg die Treppen zur Zitadelle hinauf, schlenderte hinunter zur Holzbrükke der Terrace Dufferin, wo ich mich auf einer der Bänke mit Aussicht auf den Fluß niederließ, um in aller Ruhe kurz die Eigenheiten einer Bewohnerin dieser Stadt anzunehmen, einer Frau mit einer guten Stelle, Ehefrau eines Lehrers für Französisch, den sie wegen seiner dunkelblauen Augen, seines ansteckenden Appetits, seiner Lieder während der Autofahrten und seiner gutmütigen Gebärde, mit der er einmal ihre durchgefrorenen Hände genommen hatte, um sie tief unter seinem Norweger in seine Körperwärme einzuhüllen, sehr geliebt hatte.

Als sie zurückkam, sagte die Pensionsbesitzerin: »Es hat ein Herr für Sie angerufen. Er läßt fragen, ob Sie ihn unter dieser Nummer zurückrufen können.«

Abends um halb zehn. Eine Haustür in der Rue Saint-Jean wurde mit Schwung geöffnet. Terence! Eine Umarmung, und dann sofort das festliche Wohnzimmer, wo ich zwischen Sakkos und Dekolletés die Gesichter von Alette, Jonathan und Lise entdeckte. Hier habt ihr also alle gesteckt! Meine Wange berührte die Wange von Lise, ihre kaffeebraune Hand beklopfte mich sanft ... Lise, du hast dich ja überhaupt nicht verändert ... Und erstaunt stellte ich fest, daß man auch Jonathan, Alette und verschiedenen anderen die Jahre kaum anmerkte, nur Terence schien etwas dicker geworden zu sein, was nicht störte, nein, überhaupt nicht, in einem himmelblauen Hemd stellte er mich seiner Frau vor, die genauso wohlgenährt war wie er und dabei die Liebenswürdigkeit in Person darstellte. Ich nahm ihre Einladung an, noch in derselben Woche zu ihnen zum Abendessen zu kommen, woraufhin sich Mann und Frau mit ernsten Augen ansahen und schon einmal das Menu festlegten. Artischocken würde ich bekommen, Heilbutt in Sahne und herzhafte kleine Törtchen mit Bénédictine.

»Was machen Sie denn beruflich?« fragte ich wie eine Vollidiotin den erstbesten, neben dem ich dann zufällig saß.

»Michel Toussaint«, sagte der Mann, verbeugte sich förmlich und teilte mir dann mit, daß er in dem Laboratorium für Astrophysik arbeite.

Wie bitte? Astrophysik? Sternkunde? Wen hatte ich hier vor mir, einen Mann des Himmels, einen Sternenbeobachter, einen Erforscher der dunkelblauen Schlucht, die tausend Millionen Mal größer ist als unsere Pupillen ... Gabriel!

»Sie arbeiten bei der Sternwarte ...« Und während ich in das Gesicht des Astronomen starrte, tauchte ganz, ganz deutlich eine andere Erscheinung vor mir auf, ein junger Mann mit abstehenden Ohren und Augen, die an flache braune Steine erinnerten.

»Die alte Sternwarte wird von der Universität kaum noch genutzt«, sagte Toussaint.

Ich habe es aufwachsen sehen, dieses Kind, das schaukelt, fummelt und mit seinen Händen flattert, dieses Kind, das immer wegschaut, den Nachtvogel, der Berührungen an seinem Federkörper nicht ertragen kann. Er klebt an dem einen Ende der Dunkelheit und späht durch ein Fernrohr zum anderen, es stört ihn nicht, sein Interesse einzugrenzen: Wie sehen meine Koordinaten in der Ewigkeit aus? Ich halte ihm eine ausgezeichnete Zeitschrift unter die Nase. Kurz gleitet sein unzurechnungsfähiger Blick über mich.

»Und warum nicht?« fragte ich.

»Stellen Sie sich das doch einmal vor. Die Lichter der Stadt, die Luftverschmutzung, die wenigen klaren Nächte in diesem Teil der Welt.« Und er erzählte mir, daß die Kanadier gemeinsam mit den Franzosen eine Sternwarte auf Hawaii gebaut hatten. Einmal hatte er dort geforscht in der kilometerhohen, dünnen Luft auf Mauna Kea, es war eine entsetzliche Erfahrung gewesen. Nachdem er einige Tage mit dem computergesteuerten Teleskop gearbeitet hatte, mit dem kein menschliches Auge mehr mithalten konnte, war er wieder zur Zwischenstation hinuntergestiegen, immer noch weit von der bewohnten Welt entfernt, und hatte einen Tag lang kein Wort herausbringen können, zu wem auch immer.

»Fuchsteufelswild«, sagte er, und ich sah, daß er immer noch bestürzt war. Ein magerer, sympathischer Mann schaute mich mit tiefliegenden Augen an. »Ach, ich hole uns beiden erst einmal etwas zu trinken.«

Kurz darauf versprach er, mir am nächsten Tag die alte Sternwarte zu zeigen. Auch ich würde sicher bestätigen können, daß das 35 cm Spiegelteleskop noch vollkommen in Ordnung sei.

Das Spiegelteleskop noch vollkommen in Ordnung? Er hatte sich bescheiden ausgedrückt. Es war – – mein Gott! Von einem lederbezogenen, vierrädrigen Sessel aus, dessen Rückenlehne durch einen Hebel so zu verstellen war, daß mein Körper in einen Winkel von ungefähr hundert Grad gebracht wurde, schaute ich durch den blaßgrünen Zylinder des 35 cm Schmidtteleskops zum nördlichen Himmel hinauf … das Firmament … die dunkellila Mauer mit den Pünktchen, sehr vertraut, ja, Pünktchen, aber auch ein enormes Schauspiel mit Nebeln, Schleiern, dunklen, flußähnlichen Flecken und sechs blauweißen Flammenwerfern.

»Die Plejaden ...«

Weit nach Mitternacht, es war stockfinster, hatte Michel Toussaint die Tür der Sternwarte für mich aufgeschlossen. Eine totenstille Halle. Ein Pfeiler, der, quer durch alle Etagen hindurch, das Teleskop tragen mußte. Eine Vitrine mit einigen Büchern.

»Oh!«

Ich hatte eine von meinem Gastgeber verfaßte Abhandlung entdeckt.

Als Toussaint mir ein Exemplar von ›Formation of Galaxies‹ zum Geschenk machen wollte, sagte ich ja, ja, schrecklich gern, und bat ihn um etwas. Bitte sagen Sie doch der Universität, daß sie dieses Buch an folgende Adresse schickt. Ich nannte einen Namen, eine Straße und einen Wohnort an der holländischen Küste. Gabriel. Die phonetische Form des Namens setzte sich in meinen Augen fest, war mir unbeschreiblich vertraut und klang in mir auch noch weiter, nachdem ich drei Treppen hinaufgestiegen war und mich in den Lederstuhl legte, während Toussaint, der hinter mir stand, mit Hilfe einer zweirädrigen Mechanik die Kuppel der Sternwarte öffnete und der Himmel sichtbar wurde. Gabriel.

Als wir uns auf halbem Weg über den Ozean befanden, starben in der Woche, als kein Lüftchen wehte, zwei Menschen. Die erste war eine alte Frau, ein Großmütterchen, sie hatte ihre erwachsenen Kinder gesegnet und war danach ganz ruhig entschlafen. Das zweite war ein Baby. Als meine Mutter erzählte, daß man das Baby am nächsten Tag bei Sonnenaufgang ins Meer werfen würde, sagte ich, daß ich zuschauen wolle.

Es war ein sanfter Morgen. Sehr früh. Die Sonne kam gerade mit den ersten Lichtstrahlen über der Wasseroberfläche hervor. Meine Hand in der meiner Mutter, ging ich auf dem untersten Deck vor zum Bug, der geräumig wie eine Tanzfläche war, dort versammelte sich schon bald eine kleine Menge. Passagiere, Offiziere, einige Matrosen in Reih und Glied, vor ihnen, auf einem Tisch, das Baby in einer weißen Pappschachtel. Als ich näher kam, schaute ich genau hin. Es war ein kräftiges, schönes Baby, mit einem ruhigen, sogar ein wenig trotzigen Gesicht. Unter den Augenlidern mit den Wimpern wußte es sehr gut zu verbergen, wie es war, tot zu sein. Mit Zufriedenheit bemerkte ich die dunkelrosa Rosen, mit denen der Körper eingerahmt war.

Sie waren aus Monatsbinden gemacht. Ich hatte am Mittag zuvor gesehen, wie die Frauen damit beschäftigt gewesen waren. Sie hatten die Monatsbinden, die aus einer weißen und einer rosa Schicht bestanden, mit vorsichtigen Fingern auseinandergezogen, nur die rosa Schicht wurde gebraucht, um die künstlichen schönen Rosen daraus zu falten, sie umzudrehen und an der Rückseite mit einer Nadel zusammenzuhalten. Erzähl es mir, bat ich das Baby leise. Stimmt es, daß alles erst grau wird, dann weiß, dann blau, und daß man dann zu den Sternen fliegt? Wie gefallen dir übrigens die Rosen? Ich finde, sie sind das Schönste, das ich je gesehen habe.

Ein Mann sprach ein Gebet. Ein Schrei war zu hören. Zwei Matrosen schlossen die Schachtel und stellten sie auf ein Brett, ein glattes, hellbraunes Brett, das sie dann vom Schiffsdeck in Richtung Wellen schoben. Noch bevor ich es genau mitbekommen hatte, war das Baby aus meinem Blick verschwunden.

Als eine Stimme aus dem Cockpit mitteilte, daß eines der Düsentriebwerke aus Sicherheitsgründen noch eine extra Schubzufuhr bekomme und die Boeing noch nicht starte, sondern für einige Minuten am Flugsteig bleibe, standen in der Kabine sofort fünf oder sechs Fluggäste auf. Sie liefen mit ihrem Handgepäck nach vorne, grüßten die beiden Stewardessen an der Tür und verließen ohne viel Aufhebens die Maschine. Die Mehrzahl der Fluggäste ging allerdings etwas gelassener mit ihrer Todesangst um. Sie blieben sitzen und unterhielten sich leise weiter oder stierten wie die Tiere vor sich hin und überdachten ihr Leben.

Ich hätte in Gaspé bleiben können, ja, wirklich. Ich hätte ohne Probleme wieder in das Leben hinüberwechseln können, das mit dem Geruch und dem Geschmack meiner Jugendjahre so treuherzig auf mich gewartet zu haben schien.

Erstens hatte mir eine alte Bekannte meiner Mutter eine Stelle besorgt. Als ich in der Bibliothèque Gaspéoise zwischen den Büchern umherschlenderte, meine Augen über die Computerbildschirme und meine Finger an den Microfiches vorbeistreichen ließ und durch die kristallklaren Fenster den Marktplatz in der Herbstsonne daliegen sehen konnte, wann immer ich wollte – feuerroten Ahorn, Kinderwagen, eine gegen eine Fassade gelehnte Leiter, Leute, Passanten, die sich wegen eines Brotes oder einer Zeitung aufgemacht hatten –, da dachte ich: Das ist kein Ausflug mehr, das ist ein Leben, das mir genug Raum bietet, um darin mein Dasein zu fristen.

Zweitens wurde um meine Hand angehalten. Im Januar, als wir mit einer ganzen Gruppe in den Laurentides Ski fuhren, nahm Michel Toussaint an einem frostigen

Nachmittag meine Hände. Ich sah ihn erschrocken an. Wir saßen in einer Berghütte unter dem Licht einer gelben Lampe. Wir trugen Norweger und wattierte Jacken, waren aber vielleicht doch etwas zu lange in der grauweißen Abstraktion von Linien und Flächen hängengeblieben, die Kälte hatte mich in eine abwesende Stimmung versetzt. Ich sah die Augen unter den pechschwarzen Augenbrauen. Mein Verhältnis mit dem Astronom war schon seit Monaten so leicht und angenehm wie die Welt draußen. Jetzt machte er diese gutgemeinte Gebärde, und ich schoß erschrocken hoch: diesen Moment habe ich schon einmal erlebt, diese Kombination aus Kälte, Norwegerpullover und rührendem Impuls ist ein Zeitfetzen aus meiner Vergangenheit, vor siebzehn oder achtzehn Jahren, Terence, meine Mutter, meine weißen Schlittschuhe, und noch keine Spur von Robert … ich träume, ich bin tot!

»Ich bin doch schon verheiratet!« rief ich, aber das wußte er natürlich auch. Er schaute über die Schulter, bestellte heißen Tee und fuhr danach fort, wie unproblematisch solch kleine Angelegenheiten heutzutage doch über den Ozean hinweg geregelt werden könnten.

»Sind das hier deine Eltern?« hatte er vor einiger Zeit gefragt. Er beugte sich interessiert vor zu der Fotografie, die links auf meinem Tisch stand, direkt vor der Wand, zwischen einem Aschenbecher und einem Wörterbuch, ich hatte ganz oben in einem Haus am Hafen von Gaspé eine graugestrichene Wohnung gemietet.

Ich antwortete nicht sofort. Mit bloßen Füßen und vom Baden noch feuchten Haaren stand ich da und war damit beschäftigt, einen Pullover in meine Reisetasche zu verstauen. Es war spät. Michel war gekommen, um mich abzuholen, am nächsten Tag würden wir zum Radioteleskop von Greenville fahren. Ich würde mit großem Erstaunen eine Reihe riesiger Schüsseln betrachten, den

Durchmesser schätzen, ungefähr fünfundzwanzig Meter, sie zählen, zehn, zehn elegante Konstruktionen konnten auf einer Schiene durch eine Sandfläche bewegt und auf einer Strecke von drei Kilometern in Beobachtungsposition gebracht werden. Ich würde zum Himmel schauen und kleine Sterne sehen, ich würde hinunterschauen und von einigen fest verankerten Bolzen beruhigt werden, ich würde im Nebengebäude die Bildschirme mit den Radiokarten zu sehen bekommen. Was erforschst du? Sternensysteme. Was möchtest du wissen? Warum sie so unregelmäßig im Weltall verteilt sind. Stimmt das? Alle vierhundert Millionen Lichtjahre stehen sie so nahe beieinander, daß wir von einer Mauer sprechen. Einer Mauer! Ja, einer Mauer mit einer Länge von sechs Milliarden Lichtjahren. Äh ... sollen wir etwas essen gehen? In Ordnung.

Ich schob meine Reisetasche mit dem Fuß zur Seite. »Komm ins Bett«, sagte ich. »Ich habe das Fenster einen Spaltbreit aufgemacht, komm, wir ziehen uns die Steppdecke über den Kopf. Ja, das sind meine Eltern. Sie haben einander zehn Jahre lang vergöttert, und dann war plötzlich alles vorbei. Würde es etwas ausmachen, was meinst du, würde man besser aufpassen, wenn man schon vorher wüßte, daß man zehn Jahre, zehn lange, zehn ganze Jahre und keinen Tag mehr hätte?«

Er stand auf, bückte sich, um im Vorbeigehen mein Haar kurz in seine Hände zu nehmen und wieder fallen zu lassen, und ging leise vor sich hinpfeifend ins Badezimmer.

Warum bin ich in Gottes Namen nicht dort geblieben? Ich habe mich mit Toussaint bestimmt nicht gelangweilt. Es war in seiner Gesellschaft, daß ich mich in der Wildnis bei Black Mount verirrte, es waren seine trockenen Kleider, die ich unter einem Stück Zeltplane anzog, und er war es, der mir mit seinem leidenschaftlichen schmalen

Gesicht im Grand Café Leblanc gegenübersaß, als ich nach einer Portion Austern »Rockefeller« meine Finger ableckte und leicht angetrunken ins Plaudern geriet.

Seine ruhige Frage: »Woran denkst du?«

Ich schüttelte den Kopf, lächelte konfus und fing an, von meiner Jugend zu erzählen. Was ist das für ein Gefühl, mit einer Mutter aufzuwachsen, die nicht begreifen kann, warum die eine Hälfte ihres Lebens ein undurchschaubares Glück war, mit Sonne und schönem blondem Haar, mit Maulbeerbäumen und einem Mann, der wie ein Kosak jagen und reiten kann, und die andere Hälfte ein schwarzweißer Stummfilm, der sich in einer frankokanadischen Küstenstadt abspielt: ein Haus, Rattanmöbel, ein verschneiter Garten und eine Tochter, die als Kind zweimal von einem Auto angefahren wird, aber ansonsten sehr lieb und folgsam ist.

Meine Stimme sank. Ich stellte mein Glas ab.

»Von meinen Schuldgefühlen hat sie gewußt. Als Robert von unserer Zukunft in Europa anfing, gelang es ihr, ein gelassenes, interessiertes Gesicht zu machen, mehr nicht.«

Er schenkte mir nach, reichte mir Brot, gab mir Feuer und fragte ab und zu etwas. Warum hat sie sich nicht wieder verliebt? Und während ich ehrlich antwortete, spürte ich, daß meine Mutter mit ihrer ganzen Vergangenheit weiter mir gehörte – die Landkarte von Europa in ihrem Klassenraum, jedes Jahr wieder während der ersten Septembertage die Melancholie – nichts veränderte sich oder verschwand. Irgendwann einmal war ich soweit, daß ich diese Melancholie mit meinen Worten weitergab. Um mich von meinem Kummer zu befreien, hatte Robert Genaueres erfahren wollen, um es mir dann, aus seinem Blickwinkel betrachtet, wieder zurückzugeben. Jetzt sagte ich: »Das war unmöglich. Sie sah vielleicht zerbrechlich und verträumt aus, sie war aber dickköpfig wie ein Esel!« Und dann konnte ich sie vor mir sehen, so deutlich wie sonst was, mit ihrem zyklamroten Schal, ihren kräftigen Händen, ihrem warmen Atem. Geist von meinem Geiste, und von niemandem sonst.

»Ähnelst du ihr?«

»Ja. Sehr.«

Und ich zog die Schultern hoch und setzte ein ulkiges Gesicht auf. Ich wußte, daß nichts von dem, was ich erzählte, von diesem Mann verschwiegen werden würde, er würde kein Detail weglassen und es hinter meinem Rücken einer Schattenfrau zuspielen, einem du, einer zweiten Person in einem Liebesgedicht. Ich aß und trank mit ihm wie mit einem Kumpel, und später, auf der Straße, nahm ich in der trügerisch frischen Abendluft seinen Arm, an dem ich an einer Reihe grüner und roter Lichter entlang zu ihm nach Hause in ein Zimmer mit Holzboden schwankte, wo ich mit einem Schwips wie im Theater, wie eine Tragödin, eine Königin, auf dem Bettrand meine Strümpfe auszog, den Hals zurückbog und die Beine hob, um dann plötzlich von einem alten Geruch überrumpelt zu werden, einem alten Versprechen, einer schon längst vergangenen Sensation ... Was ist los? Warum schaust du so glücklich drein?

... Robert! Das hier ist kein normales Treffen, das ist ein Twostep in einem Palais, das über dem Boden schwebt!

Der Strand von Cap-des-Rosiers. Ich liege neben einem wundervoll gebauten Holländer mit blauen Augen und einem rätselhaften Charakter. Ich träume und schaue gleichzeitig. Der Himmel verändert seine Farbe, wird matt wie Kupfer, es muß ungefähr sieben Uhr sein, die Strandbesucher ziehen langsam ab. Gerade als ich denke: er liegt hier, als sei er ertrunken, stützt er sich auf seine

Ellbogen. Es fällt mir auf, daß sein Gesicht keine Spur eines Lächelns zeigt. Die Falten neben seinen Augen sind weiß.

... Wir haben gesehen, wie Walfische miteinander spielen, Robert, wir sind mit einem Kabriolett durch den Wind gefahren, wir haben miteinander geschlafen und den Vollmond und den Lichtstreifen auf der Mauer gegenüber angeschaut. Brachte uns das etwas, was wir noch nicht wußten? In großer Eile zogen wir uns an und aus und kämmten die Haare und wuschen die Füße nicht ohne Hintergedanken. Was verlieh zwei feuchten Handtüchern auf dem Badezimmerboden diesen bezaubernden Charakter? Erinnerst du dich an den Ausflug nach Forillon? Die Holzhäuschen, die Villen, das Pferd und das Schwein auf der Weide: Wir fuhren gemächlich daran vorbei und dann plötzlich mit gleicher Geschwindigkeit neben den Tieren her, es war, als ob mit einem Buntstift eine Linie um uns gezogen würde, wodurch wir etwas Putziges bekamen, etwas, das einer Kinderzeichnung ähnelte. Wir lagen auf dem Strand von Cap-des-Rosiers. Die Flut kam. Die Sandfläche wurde kleiner und kleiner. Ich fing an zu lachen und zeigte auf etwas. »Siehst du den Hund?« Du schautest mit mir kurz zu dem Hund hinüber, der mit seinen schwarzen Vorderpfoten ein Loch buddelte, der ganze Körper bewegte sich, immer wieder kam das Meerwasser und zerstörte die Kuhle, ich kenne das. Dann hast du mich an den Handgelenken gehalten. Deine Augenbrauen zogen sich zusammen, ich wußte, daß du dir wegen meiner Gedanken Sorgen machtest. Ein großer Junge mit Seemannsaugen starrte mich an, als ob er durch mich hindurch am Horizont ein Schiff entdeckt hätte. »Es war reiner Zufall ...«, murmeltest du. O.k., ich war also in dich verliebt. Aber was für eine Unruhe! Wo sind meine Ferientage im Haus meiner Mutter geblieben? Ich muß weg, sagte ich zu ihr, ich bin jung und frei, ich habe eine wichtige Verabredung, ich ließ den Kaffee stehen, um schnell auf mein Zimmer zu gehen und meine geschwollenen Lippen im Spiegel zu betrachten. Brachte ich auf diese Art und Weise etwa die Welt in Ordnung? Scheinbar glaubte ich das. Im Zimmer des Motels Les Mouettes lag ich auf dem Bauch flach auf dem Bett. Während du in den Ort gegangen warst, um Tintenfisch und Zitronen einzukaufen, dachte ich nach. Du bist nicht der erste, Robert, der sein Bein zwischen die meinen zwängt, mein Kleid aufknöpft und mein Herz plattdrückt, und Gott allein weiß, daß es seltsam zugehen müßte, wenn du auch der letzte gewesen wärest. Mit fieberhaftem Eifer fummele ich an deiner Kleidung herum, ich nehme dich in meine Arme und zwischen meine Knie, ich umschließe dich mit kleinen Bewegungen und Gegenbewegungen, du bist nicht der erste. Aber wenn du gleich zurückkommst, werde ich dich erschrocken anschauen: Wir können zusammenbleiben, einander verraten oder verlassen, aber nach meinem Gefühl ist das hier für immer. Ich hob meinen Kopf. Der Sommernachmittag war fast vorüber. Im Motel warf jemand eine Tür zu. Überall rauschte das Wasser der Duschen. Die Tränen liefen mir in zwei Linien zum Mund hinunter.

Der orange Riesenvogel war repariert. Die Sachverständigen hatten Starterlaubnis gegeben. Flieg nur, die Sache ist in Ordnung, wie es aussieht, wird kein Fluggast sein Leben vor der Zeit lassen. Die Stewardessen liefen durch die Gänge. Die Maschine rollte los, ich sah auf meine Uhr: 18.30, eine Stunde später als geplant.

Mein Blick kreuzte den des Passagiers neben mir. Der kleine grauhaarige Mann hatte meine Armbewegung registriert.

»Über dem Ozean herrscht Westwind«, sagte er. »Das

macht oft eine ganze Stunde aus. Es ist gut möglich, daß wir deswegen pünktlich auf der anderen Seite ankommen.«

Ich lachte ihm zu. Eine komische, eine lustige Beruhigung. Diese Verzögerung ist keine Verzögerung. Du hast eine Stunde nachdenken können, du hast, der Form halber, mit dem Gedanken spielen können, doch noch wieder umzukehren, aber dabei bleibt es dann auch. Alles unter Kontrolle. Und in der Abflughalle wartet bestimmt niemand mehr. Wir hatten auf zärtlichste Art Abschied voneinander genommen.

»Das Leben ist lächerlich«, sagte Michel.

»Ja«, gab ich zu. »Da hast du recht. Es ist lächerlich und unbegreiflich. Ein Mischmasch aus Angst und Freude, womit kein Mensch etwas anfangen kann. Laß uns noch ein Glas Bier trinken, dort in der Ecke.«

An der Bar der Abflughalle standen noch mehr Paare von unserer Sorte: einer von beiden in leichter Reisekleidung, einer, der die Zeit im Auge behält, einer, der weggeht. Du kommst doch wieder zurück, oder? Schreibst du mir? Rufst du mal an? Versprich mir, daß du gut auf dich aufpaßt.

Ich streckte meinen Kopf drohend vor.

»He, fängst du schon wieder damit an?«

Wir hatten alles besprochen. Ich reise nirgendwo hin und von nirgendwo weg. Ich recherchiere, ich sammle und ich komponiere. Wenn ich an meiner Autobiographie schreibe, überfallen mich öfters weiß Gott welche Erlebnisse. Und ich mache weiter, indem ich korrigiere und hinzufüge.

»Du siehst fabelhaft aus in diesem Kleid.«

»Wirklich?«

»Ich werde dich schrecklich vermissen.«

»Ich dich auch.«

Er begleitete mich bis zur Paßkontrolle. Dort wartete eine lange Schlange. Erspar dir das Gedränge, sagte ich.

Kurz bevor ich den Schalter erreichte, drehte ich mich um. In der Menge fand ich sofort seine Augen. Wir winkten uns noch einmal zu, und da ging er dann durch die Glastür in den anbrechenden Maiabend hinein, und erst als er zwischen den parkenden Autos war, sah ich, daß jemand an seinem Arm hing, ein weibliches Wesen, eine lächerliche, lernwillige Abspaltung von mir, der nichts fehlte, aber mit einer Schicksalslinie, die nach nichts aussah. Sie überquerten eine Straße und verschwanden hinter einem sprühenden Springbrunnen.

Ich warf einen Blick aus dem kleinen Fenster. Wir flogen über Ostkanada. Ich sah den St.-Lorenz-Strom, die Lorenzbucht, und ich sah die langgestreckte Form von Gaspé, der Halbinsel, von der ich mich jetzt zum zweiten Mal verabschiedete. Damals hatte ich in einer DC-10 neben einem jungen Mann gesessen, dessen Stimme und Körperhaltung mich keinen Moment gleichgültig gelassen hatten. Jetzt öffneten ein kleiner grauer Mann und ich unsere Sicherheitsgurte, und ich bemerkte, daß die Boeing 747 keineswegs ausgebucht war, die restlichen Sitze in unserer Reihe waren leer. Schließlich mußte ich, als ich von Zeit zu Zeit aus meiner erotischen Umnachtung erwachte, dann doch einmal an meine Mutter gedacht haben, sie hatte sich am Bahnhof von Gaspé von uns verabschiedet, den Kopf schräg gehalten, das blonde Haar hatte ihre Schulter bedeckt, auf ihrem Gesicht lag der Ausdruck schmerzhaften Erstaunens, den ich im Schlaf nachbuchstabieren konnte. Hellwach fragte ich mich jetzt, was von ihr ich eigentlich vorgefunden hatte.

Ich war mit Blumen auf dem Friedhof umhergeirrt. Ihr rosaroter Granitstein stand plötzlich vor mir, mitten in einer Reihe. Ich hatte mit einer Freundin, mit einer Nachbarin und mit ihrem früheren Schulleiter gesprochen. Meine Mutter ist neunundfünfzig Jahre alt geworden. Bis sie krank wurde, stand sie vor der Klasse. Sie mochte ihren Beruf. Sie war immer lange vor Unterrichtsbeginn in ihrer Klasse, um die blühenden Pflanzen auf den Fensterbänken zu versorgen, Kalender an die Tafel zu malen, Landkarten auszurollen. Die Kinder kamen in einen Raum, der bewohnt war. Ihr gefiel Gaspé. Das Heimatmuseum besuchte sie nicht nur wegen der historischen Ausstellungen, sondern auch, um dort Tee zu trinken und durch die Bogenfenster auf den Strand zu schauen. Sie las viel und hielt ihre Gewohnheit aufrecht, abends um zehn ein Bad zu nehmen, einen schönen Kimono anzuziehen und dann noch stundenlang mit einem Glas Whisky in Reichweite auf dem Bett zu liegen und zu lesen, zu rauchen: wenn sie ins Bett ging, brachte sie den Aschenbecher weg und öffnete die Fenster. Nachdem unser Labrador gestorben war, hatte sie keinen neuen Hund haben wollen. Trotzdem wurde sie bei ihren Strandwanderungen von einem fröhlichen, verspielten Tier begleitet, der Spanielmischung unserer Nachbarn: Mickey! Mickey!, aber da ging das Scheusal schon auf Möwen los, die sich reglos im stahlglatten Sand am Rand der Flutlinie spiegelten. Ihre Tochter war nach Europa zurückgekehrt. Sie muß es als unvermeidlich akzeptiert haben. Sie rief an, schrieb und freute sich wie ein Kind, wenn sie einen Brief mit ein paar Bildern bekam. Aber warum habe ich nach ihrem Tod keinen Brief, kein einziges Foto, kein einziges Fotoalbum aus meiner Jugendzeit im Haus finden können? Niemand konnte mir etwas dazu sagen. Meine Mutter sei, sagten sie, ihrer Meinung nach keine unglückliche Frau gewesen, nur eben sehr zerstreut. Sie habe, immer mit einer Falte zwischen den Augenbrauen, zugehört und gesprochen, als ob sie konzentriert in sich hineinschaute, und wie eine Erblindete ausgesehen, die ihr Gedächtnis trainierte.

Eine Falte zwischen den Augenbrauen. Ja, so sehe ich sie vor mir. Wir haben Februar, und es ist kalt, so kalt, wie es nur sein kann, wenn man sich als Sechzehnjährige von der Schule durch einen Schneesturm nach Hause kämpfen muß. Mein Gesicht ist verheult, sie und ich, wir haben miteinander gestritten und uns danach großmütig wieder versöhnt. Ich folge ihrer Bewegung, mit der sie das Feuer im Ofen anfacht, sie hockt, mir halb zugewendet, davor, ein dicker Wollrock umhüllt wie eine Kutte ihre Beine, plötzlich fange ich vor Hitze an zu glühen. Ich betrachte ihr Gesicht, die Haut bewegt sich im Rhythmus der Flammen, und dann fühle ich, als ob ich meine Hände auf mein eigenes Gesicht gelegt hätte, die Form ihrer Nase, ihrer Stirn, ihrer Wangen ... ich halte bestürzt inne, bis der Moment vorüber ist, der Moment, in dem ich bis auf den Grund meines Blutes fühle, was mich mit dieser Deutschen verbindet, mit dieser Emigrantin, dieser Ausgestoßenen in einer kleinen Stadt ...

»Mama ...«, sage ich langsam und sehr nachdenklich. »Wie es wohl Walter und Tante Mimi geht. Warum besuchen wir sie nicht bald einmal?«

Als sie mich ansieht, ist die Falte da. Ich weiß, daß sie denkt: Kind, was gehen die mich jetzt noch an? Aber das sagt sie nicht. Sie lächelt ihrer Tochter, die plötzlich an ihre Verwandtschaft gedacht hat, sehr liebevoll zu und sagt: »Ja, vielleicht machen wir das wirklich noch einmal.«

Neunhundertfünfzig Stundenkilometer und Rückenwind. Die Dunkelheit schob sich uns doppelt schnell entgegen. Als es dämmerte, wurde den Fluggästen der Boeing ein Aperitif angeboten, sie konnten gerade noch ihre Zigarette ausdrücken, um am späten Abend mit dem Essen anzufangen. Sie hatten Hunger, und nichts verstand ich besser. Was kann einen mehr beruhigen, als das eigene, erprobte Tempo im Wechsel von Hunger und Durst? Ich beugte mich vor und gab dem Steward ein Zeichen, wobei ich meinem Mitreisenden kurz zulächelte. Er war offenbar jünger, als ich wegen seines zurückgekämmten grauen, welligen Haars zunächst gedacht hatte. Wir stellten uns einander vor. Er war Arzt, hatte sich auf Gefäßtransplantationen spezialisiert und war auf dem Weg zu einem Kongreß in Istanbul. Ich war Biographin und Übersetzerin auf dem Weg zur Verwandtschaft in Berlin. Wir fingen an, uns unverbindlich miteinander zu unterhalten.

Ich zählte auf: Meine glücklichsten Momente ... das Debakel meines Lebens ... der Genuß des Umherziehens ... mein anderes, freieres Ich ...

Ich aß mildgewürztes Lammfleisch mit Reis.

Ich sah auf einer Leinwand, die mitten im Flugzeug ausgefahren worden war, Filmbilder. Eine Wüstenlandschaft. Zwei Frauen, die miteinander lachten. Einen kleinen Esel.

Und ich dachte an den Orkan hinter dem kleinen Fenster neben meinem Kopf, an die gräßliche, wassergefüllte Kuhle unter mir, und an die absolut irreale Welt, die es draußen irgendwo, abgetrieben in die Zeit, geben mußte: mein Haus in der Oude Zeestraat, meinen Mann und meine drei Hunde.

Mir brach der Schweiß aus allen Poren.

»Ich bekomme keine Luft mehr«, stammelte ich zu dem grauen Mann neben mir. »Meine Güte, was ist bloß los ...«

Er sah mich freundlich an. »Einen Augenblick, Madame, ich werde dafür sorgen, daß Sie wieder atmen können.«

Er griff nach oben und stellte die Frischluftdüse über meinem Kopf so ein, daß mir eine Brise ins Gesicht blies, Luft, richtige Luft von draußen. Oh, der Mädchentraum! Der Arztroman! Die heilenden Augen und Hände. Ich beruhigte mich. Ich beruhigte mich und legte meinen Kopf an seine Schulter und kurz darauf in seinen Schoß, auf das weiche Flanell. Die Arzthände, die das Haar aus meinen Schläfen strichen. Das Flugzeug, das von Zeit zu Zeit wie ein Schiff ruckte und dröhnte. »Wie spät mag es sein ...«, murmelte ich schlaftrunken.

So reiste ich zurück nach Europa, mit dem Kopf im Schoß eines wildfremden Mannes. Vor einer halben Stunde hätte ich vielleicht noch gedacht, daß ich hinsichtlich meines Lebens Entscheidungen treffen, daß ich demnächst ein Telegramm aufgeben müßte. Jetzt sah ich verschwommen ein, daß jeder Mensch ein blaues, mediterranes Gebiet ist, in dem die Ereignisse des Lebens kreuz und quer durcheinanderlaufen wie Hühner auf staksigen Beinen, sie picken und schauen sich um, ohne einander zu verletzen. Ich bewegte meine Hüften. Mit offenem Haar und aufgeknöpfter Bluse ließ ich mich auf den Rhythmus der Nacht ein.

Halbschlaf. Abstraktionen. Kurze, glasklare Argumente.

Nachdem ich seit nun bald zwei Jahren über den Erdball geschwirrt war, kannte ich zwar sehr wohl meine Route, aber keineswegs meinen Platz. Ich war immer noch neugierig. Kann man die Vergangenheit berichtigen? Ja, das geht. Ist es möglich, aus dem eigenen Bild herauszutreten? Ich habe Städte gesehen, Berge bestiegen, bin mehr als einmal in einen Fluß gestiegen. Und es ist mir gelungen, nicht mehr dieselbe zu sein. Nicht mehr dieselbe wie wer?

Bevor ich in einem unendlich heißen Sommer Robert in die Arme lief, war es mir schon öfter passiert, daß ich Salzgefäße umstieß und man mir alles mehrmals sagen mußte. Trotzdem war es diesmal anders. Meine Schönheit war unübertroffen, meine Worte schwer wie Gold, außer mir setzte ich meine Unterschrift unter den schamlosen Vertrag der großen Liebe. Nun mußte ich mich vollständig hingeben, falls das noch nicht deutlich geworden sein sollte. Noch ganz unter dem Eindruck des Zustandes, in dem ich mich jetzt befand, erzählte ich von meinen Vorlieben und Abneigungen, meinen Urlaubserlebnissen, Kinderkrankheiten und geheimen Mädchenwünschen, und als ich richtig in Fahrt gekommen war, kam ich dann auch noch auf meine Jugendfreunde und -freundinnen, die vergangenen Lieben, den Hund, meine Mutter und meinen Vater zu sprechen.

Aber was war das? Alles verblaßte und verflüchtigte sich. Einige Dinge wurden größer, andere wiederum viel kleiner. Eine einzige Sache verschwand. Der Alptraum verschwand. Der Alptraum, der mich seit meiner Jugend mit Gängen, Treppen und kaum beleuchteten Räumen verfolgt hatte, wurde aus meinem Bewußtsein gefegt. Ein paar Nächte, nachdem ich Robert erzählt hatte, daß ich ihn in allen Gefängnissen dieser Welt, in allen Innenhöfen und kleinen Zimmern mit Betonwänden suchte, meinen Vater, träumte ich:

Ich gehe an der Hand eines Mannes durch eine Felslandschaft. Ich bin ein Kind. Meine Hand ist ganz in der des Mannes verborgen, des Mannes, von dem mir mein Traum nicht mehr zeigt als diese Hand und ein Stück des Armes, der in einem weißen Hemdsärmel aus Baumwolle steckt. Trotzdem weiß ich, wer er ist. Es ist mein Vater. Und zugleich auch Robert. Während wir zwischen den Felsbrocken bergan klettern, fange ich an, den Grund für diese Tour zu begreifen. Ich muß mit dem Suchen aufhören. Ich muß damit aufhören, durch Hecken zu spähen, durch Gänge zu streifen und in Türöffnungen aufzutauchen. Deine Zukunft liegt vor dir, nicht hinter dir, merk dir das. Dann bleiben wir stehen. Plötzlich ein Panorama. Die Hand läßt mich los, weist auf etwas hin, und sofort kann auch ich es erkennen. Auf dem Felsvorsprung einer weit entfernten Felswand liegt, ohne jegliche Dramatik, ein Messer, wir betrachten es schweigend. In aller Ruhe schauen wir uns die elegante Form und das metallische Glänzen des Gegenstandes genau an, der uns an ein langes schlankes Blatt einer exotischen Pflanze erinnert, das vom Wind hierhergetragen und unter der Sonne niedergelegt wurde.

Ich öffnete die Augen. Um mich herum eine Atmosphäre der Ruhe und gleichzeitig ein schnelles Vibrieren, das ich nicht sofort zuordnen konnte. Dann erkannte ich das Dröhnen des Flugzeugs wieder. Und ich merkte, wie mich jemand im typisch grauen Licht eines noch nicht lange angebrochenen Tages betrachtete und mir zulächelte.

Ich hob meinen Kopf aus dem Schoß. Etwas verdutzt richtete ich mich auf.

»Hoffentlich habe ich Sie nicht zu sehr gestört.«

Er saß noch genauso ruhig wie am Anfang der Nacht da.

»Keineswegs«, sagte er. »Mir hat es gefallen, Sie an mich zu drücken.« Er zögerte einen Moment und sagte dann: »Es ist schon lange her, daß ich eine Frau in meinen Armen gehalten habe.«

Wir lachten und fingen ohne Umschweife mit einigen Liebkosungen an – Küsse auf die Wangen, Nasenflügel, Ober- und Unterlippe, Nase verstecken, leises Schnaufen –, bis ich mich schließlich aufsetzte und mich umsah. Der Morgen nach einer nächtlichen Reise. Zerknitterte, gähnende Gesichter. Wenn ich jetzt zur Toilette gehe, wartet dort bestimmt noch keine Schlange. Ich nahm meine Tasche – »Pardon!« – und schob mich an ihm vorbei.

Vor dem Spiegel prüfte ich mein Gesicht. Ich gab mir

einen Klaps auf die Wangen und massierte mein Kinn. Bist du noch dieselbe? Du warst acht oder neun Jahre alt, hattest durchsichtig grüne Augen und Flachshaar. Ob es sehr weh tun wird, wenn sie dich sehen, wenn sie die Frau sehen, die jetzt im Spiegel ihre Lippen nachzieht? Walter wird, mal eben überlegen, um die Vierzig sein, eine vollkommen imaginäre Gestalt, hinter der sich ein seit dem letzten Kriegsjahr abgemagerter, dunkelhaariger Knirps verbirgt, der mir Grimassen schneidet und mir zuwinkt, ich solle doch auch auf den in die Ecke geschobenen dunkelroten Diwan kommen. Ich streckte meine Zunge heraus. Meine Tante wird, wenn sie mich sieht, bestimmt sagen, daß ich meiner Mutter ähnlich sehe. Was soll's, ich werde jetzt ein wenig Parfum auflegen und dann zu meinem Platz zurückkehren.

Während des Frühstücks sagte er: »Komm mit mir nach Istanbul.«

Wir sahen einander vollkommen ernst an, als ich dann aber anfing zu lachen und entschuldigend meinen Kopf schüttelte, sah ich, daß auch er sich mit dem Verlauf unserer Begegnung abgefunden hatte an diesem Maimorgen, zwischen all den Kaffeetassen, Zuckertütchen, übriggebliebenem Toast und den Warnleuchten, die gleich am Ende dieser erst zäh, dann aber sehr angenehm verlaufenen Flugreise in roten Buchstaben in der Meter um Meter an Höhe verlierenden Maschine aufleuchten würden: *No smoking, fasten your seatbelts.*

»Das ist Nummer eins«, sagte Mimi.

Sie hatte sich neben mir auf dem Rücksitz niedergelassen und langte nach der Wagentür, die noch offenstand.

»Das ist Nummer zwei«, sagte sie, als Walter im strömenden Regen die Tür an ihrer Seite zugeworfen hatte.

»Und …« Sie zog ihre Kapuze vom Kopf und machte ihre Jacke auf. »… das …« Sie strich sich mit ihrer alten aderndurchzogenen Hand die Vorderseite der Jacke glatt. »… ist …« Sie stellte die Füße nebeneinander und streckte den Rücken. »… Nummer drei!« Sie sah mich zufrieden an.

Birgit, die hinter dem Steuer saß, wartete darauf, daß ihre Großmutter endlich mit dem ganzen Hin und Her fertig war und ihr Vater, der mittlerweile ebenfalls eingestiegen war, seine Tasche mit den Fotoapparaten zwischen Sitz und Füßen verstaut hatte. Wegen des Regens ließ sie den Motor schon seit einer Weile laufen, aber das Gebläse verströmte immer noch kalte Luft, und für einen Moment waren wir alle vier damit beschäftigt, die beschlagenen Scheiben zu wischen.

»Auf geht's«, sagte Birgit.

Im Spiegel konnte ich ihre Augen sehen. Die Augen eines ernsthaften, neunzehnjährigen Mädchens, die wie ihr Haar die Farbe und den überwältigenden Glanz einer Kastanie hatten, deren Hülse gerade eben entfernt worden war. Birgit, die, seit sie den Führerschein hatte, so oft wie möglich mit dem Wagen ihres Vaters übte, hatte vorgeschlagen, mich zum Bahnhof Zoo zu bringen. Der Zug nach Prag würde am späten Nachmittag abfahren.

»Den ersten«, murmelte Mimi. »Blinker raus, hoppla, jetzt fahren wir, und nun in den zweiten …«

Wir verließen die Wolffstraße. Mit dem Gefühl, mich

wirklich zu verabschieden, schaute ich noch einmal zurück zu den grauweißen Wohnblöcken mit den kleinen Fenstern. Hinter dreien dieser Fensteröffnungen war ich zu Hause gewesen, und einer Verwandtschaft wegen wußte ich, wo das Telefon stand, kannte ich die Launen des Durchlauferhitzers, hatte ich mit dem Hausherrn und seiner mit einem rosa Bademantel bekleideten Tochter am Küchentisch Bier getrunken, hatte die alte Frau aus dem ersten Stock bei meiner Ankunft – vor drei Wochen – mein Gesicht in die Hände genommen, es sehr lange betrachtet und dann gestammelt: »Jetzt werde ich aber erst einmal einen Kaffee aufsetzen und den Cognac holen, und dann wird geredet, geredet ...«

Es war unglaublich! Als wir in die Straße am Viktoriapark vorbei einbogen, wurde die Luft gelb, mitten am Tag gingen in den Häusern die Lichter an, und auf den Bürgersteigen beeilten sich die Menschen.

»Das wird gleich ganz schön krachen«, sagte Walter.

Er hielt sich an die Abmachung, sich nicht um das Autofahren seiner Tochter zu kümmern, hing halb über dem Vordersitz und schaute gutmütig abwechselnd zu seiner Mutter und mir. Genau in dem Augenblick, als wir die Yorckstraße erreichten, bekam er recht. Ein Blitz durchschnitt den Himmel, ein unheimlicher Donner, bei dem einem das Herz stehenbleibt, folgte unmittelbar darauf, und dann hatte man das Gefühl, als hinge über der Stadt ein Hubschrauber in der Luft, ein monströser Gegenstand, der Menschen und Hunde von den Bürgersteigen fegte und Zeitungen auf die Fahrbahnen wehte; die Bäume am Bürgersteigrand bogen sich in alle Richtungen. Gespannt verfolgten wir das Spektakel. Der Wagen schaukelte ein wenig, was uns jedoch nicht weiter störte.

Mimi stieß mich an, zog die Augenbrauen hoch und machte mit dem Kopf eine Bewegung zur Seite.

»Paß auf, Magda, gleich kommt die Brücke. Na ja, Brücke, es ist eine rostige Ruine, über die nur noch die S-Bahn fährt.« Sie hob drei Finger und zählte auf: »Eine große, häßliche, rostige Ruine.«

Walter und ich sahen uns an. Sie ist nicht ganz in Ordnung, sagte er mir mit seinen Augen. Ich nickte. Ja, das weiß ich. Sie findet es schlimm, daß ich weggehe. Tja, antwortete er, ich finde das auch nicht gerade gut.

»Sie hat viel mitgemacht«, hatte er einige Tage zuvor halb zu mir, halb vor sich hin gemurmelt. Wir waren in seiner Dunkelkammer und betrachteten eine Serie von Fotos, die er gerade entwickelt und zum Trocknen an einer Leine aufgehängt hatte. Gebannt beugte ich mich zu dem Gesicht der alten Frau vor, denn, ja, so kannte ich sie. Ein Gesicht, das lächelte und dich anschaute, das dir ruhig zuhörte und auf deine Fragen sogar ehrlich antwortete: Ihre Jugendzeit war idyllisch, voller Puppenstuben und Sommerabende; welche Kleidung die jüngere Schwester auch anzog, alles stand ihr gut; als die russischen Truppen in Berlin einmarschierten, waren die Frauen allen erdenklichen Furchtbarkeiten ausgesetzt. Ich kannte meine Tante als jemanden, der leidenschaftlich gerne Karten spielte, kochte, auf dem Markt Gemüse einkaufte und manchmal eine Ungereimtheit, eine dunkle Stimmung in Ordnung bringen wollte, indem sie mit einem Blick, aus dem jegliche Ruhe verschwunden war, zählte, maß, auflistete …

»Ja«, hatte ich gesagt. »Das ist typisch sie.«

Als wir die S-Bahn-Brücke passiert hatten, fing der Regen erst richtig an. »Aber wirklich«, murrte Birgit und stellte die Scheibenwischer auf die schnellste Geschwindigkeit. Innerhalb weniger Sekunden verwandelte sich die Straße in einen See, in dem das Licht zitterte und aufspritzte. Wir bogen in die Bülowstraße ein, zuckelten anfahrend und bremsend über diverse Ampelkreuzungen und hingen schließlich in einem verzwickten Knoten aus Pkws, beigen Taxis und Bussen fest, es war ein Auffahrunfall passiert, die Bülowstraße war restlos verstopft.

Birgit blieb vollkommen ruhig. Im Kielwasser eines Taxis gelang es ihr, von der Kreuzung wegzukommen und zügig und völlig ab vom Weg in die Potsdamer Straße einzubiegen. Eine trostlose Gegend. Peepshowreklamen, Bars, Müllcontainer und ein vernageltes Restaurant, das Souvlaki-Johnny hieß.

Sie sah mich im Spiegel an.

»Mach dir keine Sorgen. Du kriegst deinen Zug.«

Nein, Sorgen machte ich mir nicht. Mimis Nerven zuliebe waren wir über eine Stunde zu früh abgefahren. Von mir aus hätten wir bis zur Mauer weiterfahren können. Ich spürte, daß ich immer gelassener wurde. Der Zug fuhr vom Bahnhof Zoo ab. Und wenn er ohne mich fuhr, was machte das schon? Kein Zug ist jemals der letzte. Eingehüllt in die Wärme, in die Gesellschaft meiner Tante und meines Vetters, die wie ich kein Wort mehr sagten, und meiner Nichte, die als einzige hellwach zu sein schien, gefiel mir alles – schon seit langem – richtig gut.

Ich sah das Mädchen hinter dem Lenkrad an. Ihr Nakken. Die kleinen weißen Ohren, die mit einer eigentümlichen Bedeutsamkeit unter dem hochgesteckten Haar hervorschauen. Birgit studiert Biologie und hat letzte Woche schweren Herzens eine Liebesbeziehung abgebrochen, über die sie mir alles erzählt hat. Samtige Augenbrauen, schrägstehende Augen. Mehr als jedes intime Gespräch weihen mich ihr Äußeres und ihr Verhalten in ihre Geheimnisse ein. Jetzt nimmt sie eine Hand vom Lenkrad, streicht sich kurz über ihre Wange, betätigt mit drei Fingern den Blinker und wirft einen Blick über die linke Schulter, ich finde sie einfach reizend.

Wir bogen nach links ab. Dann wieder nach rechts. Ein

kleiner Platz. Ein Baum, der Stamm von einer Hecke eingefaßt. Der Regen trommelte monoton auf das Autodach. Meine Augenlider wurden schwer. Ich lehnte mich mit dem Ellbogen gegen die Fenstereinfassung, um meinen immer wieder auf die Brust sinkenden Kopf zu stützen. Ein Rettungswagen holte uns mit lautem Geheul ein, wir hielten kurz an, ich starrte auf ein Buswartehäuschen, in dem in einer Ecke zusammengedrängt dunkel, verschwommen und unstofflich wie gespenstische Erscheinungen einige Menschen und Hunde standen. Als wir schließlich einen Meter vorankamen, machten die Gestalten einer Mauer mit fluoreszierenden Parolen Platz: Yankees raus! Chinesen raus! Türken unerwünscht! Ungerührt ließ ich meine Augen darüberschweifen. Meinetwegen konnte diese Stadt genausogut jede andere sein, eine Katakombe, eine Kloake, die ihren eigenen Gestank aushalten mußte, ich hatte damit nichts zu tun. Das einzige, was auf dieser Welt zählte, war das Brummen des Motors und das tiefe Ein- und Ausatmen meiner Verwandten ... ich merkte, wie sich meine Muskeln entspannten.

»Wir sind schon fast am Nollendorfplatz«, ließ sich plötzlich Birgits Stimme vernehmen.

Ich hob den Kopf. Die klare Mitteilung brachte mich von einem Augenblick auf den anderen wieder zu mir zurück. Wo immer ich mich auch hatte hinschleppen lassen und wie lange, jetzt setzte ich mich energisch auf und bemerkte, daß das bleiche Licht der Nachmittagssonne ins Auto fiel. Ich schaute hinaus. Da waren auch schon das Theater, die U-Bahn-Station und rund um den Platz, der auf unserem Weg zum Bahnhof lag, die Häuserfassaden, die von schmiedeeisernen Balkonen verziert wurden. Aha, hier bin ich. Und der Platzregen hat offenbar auch aufgehört. Die anderen drei schienen ebenfalls wieder frischer zu sein. Mimi klopfte mit der Spitze einer

Zigarette auf ihren Daumennagel, Walter gab ihr Feuer, und Birgit sagte: »Das müßt ihr euch einmal ansehen ...«

Bis zu den Knöcheln stand eine Gruppe Jesus-People in einem überfluteten Rinnstein und sang. Eine Stadtstreicherin, der der Rocksaum an den Waden klebte, versuchte etwas aus ihrer Tasche zu fischen, jetzt hatte sie es: ein ledernes Reisenecessaire. An der Theke eines rotgestrichenen Schnellimbisses tranken Männer Bier und aßen Wurst mit Ketchup, eine Horde klatschnasser Schäferhunde ließ sie dabei nicht aus den Augen. Ein Taxi hielt am Bordstein und ließ einen Jungen aussteigen, der ein geheimnisvolles dunkellila Etui an sich drückte.

Schweigend sahen wir vier den Gewohnheiten von Menschen zu, die nicht wie wir vor sich hin gedöst und geträumt hatten, sondern eine überaus lebhafte Auseinandersetzung führten. Wir waren stets einer Meinung, vollkommen und hundertprozentig, und wenn philosophiert, gegrollt, gewettert oder gelacht werden mußte, würden wir das entweder einträchtig tun oder gar nicht. Wie spät war es? Wir fuhren an einem Uhrengeschäft vorbei und warfen einen Blick auf die Fassade. Fünf vor fünf.

Die Kleiststraße. Das Café Jenseits. In dem neonbeleuchteten Raum hatten Walter und ich mehr als einmal etwas getrunken. Da das Lokal die ganze Nacht über geöffnet war, traf man dort alles: Journalisten, Alkoholiker, Platzanweiserinnen, Friseure, Wirte, Schaffnerinnen. Vorgestern hatte sich ein Dichter zu uns an den Tisch gesetzt und uns, nachdem er dankend einen Kaffee mit Weinbrand angenommen hatte, aus seinem Werk vorgelesen.

»Ich fand, er war ein reizender Kerl«, sagte Walter plötzlich. Er hatte meine Gedanken erraten.

Später am Abend waren dann zwei Musikanten aus dem Publikum aufgestanden, niemand hatte sie hereinkommen sehen, sie waren einfach da. Nachdem man die Jukebox abgestellt hatte – für einen Augenblick war es unangenehm still –, wurde Musik gemacht, ein Akkordeon und ein Banjo, die Leute erhoben sich von ihren Stühlen, hielten sich gutgelaunt aneinander fest und stapften durchs Lokal, um auf die langgezogene, auserlesen sentimentale Melodie eines aus der Vergangenheit hervorgekramten Schlagers offenbar einen Walzer zu tanzen .... Walter ist ein Mann in den Vierzigern, der mit schleppenden Schritten tanzt. Er hat dann den verschleierten Blick eines Berufsfotografen. Zu seiner Ausrüstung gehören auch ein Schurrbart und eine Lederjacke.

»Magda ...«

Mimi starrte mich an und biß sich dabei auf die Lippe. Sie zeigte auf die Finger ihrer linken Hand, konnte sich aber offenbar nicht entschließen, mit welcher Aufzählung sie jetzt anfangen sollte. Ich machte eine Gebärde nach draußen.

»Schau. Das Europa-Center. Wir sind fast da.«

Für einen Moment schauten wir beide auf den hellblauen Mercedes-Stern, der sich auf dem Betonturm drehte.

Wir parkten. Wir stiegen aus. Die Bahnhofshalle und die Treppe. Mimi zählte Stufe für Stufe nach: es waren acht. Der Zug, der mich in den Ostblock bringen würde, stand abfahrbereit auf Gleis 1. Mit Tränen in den Augen verabschiedete ich mich. Als das Signal zur Abfahrt gegeben worden war, die Menge langsam davonglitt und Mimi klein, blond und mit einer falsch zugeknöpften Jacke ein Stück mitrannte und mir alles mögliche zurief, drang plötzlich zu mir durch, wie täuschend ähnlich sie meiner Mutter war.

Es mußte etwas passiert sein. Wieder blieb der Zug stehen. Ich zögerte. Die Vorstellung, zum soundsovielten Mal aus meinem Leinenschlafsack zu kriechen, fand ich nicht gerade erheiternd.

Wir hatten stundenlang an der Grenze gestanden. Mein Paß war mehrmals kontrolliert worden. Eine Frau mit einer offenstehenden Uniformjacke hatte ohne auch nur den Hauch einer Gemeinsamkeit mein Bett, meine bloßen Füße und mein von Unmut und Müdigkeit gezeichnetes Gesicht inspiziert. Als sich der Zug nach dem Abgang dieser Person wieder in Bewegung setzte, hatte ich die Tür meines Abteils abgeschlossen. Das wäre geschafft, auf geht's in die Niederlande, mit ein bißchen Glück kann ich bis Nürnberg schlafen. Ich hatte mein Kleid ausgezogen und mich wieder schlafen gelegt. Zwei Uhr nachts. Der Katzensprung von Prag zur westdeutschen Grenze schien eine Strecke zu sein, mit der nicht zu spaßen war.

Dann hörte ich die Geräusche. Sie kamen von weit weg, träge, leise und überaus bedrohlich, es waren Geräusche, die jeder sofort wiedererkennt, und auch wer die Geheimsprache einer blinden Mauer oder einer Tür ohne Klinke noch nie gehört hat, wird unruhig. Das Dröhnen von Stiefeln. Das Hecheln von Tieren, die in Schach gehalten werden. Ich sprang zum Fenster und ließ das Rollo hochschießen.

Es war neblig. Der Zug stand auf einem Gleis, das eine sanfte Kurve machte, und hatte so viele Waggons, daß ich weder den ersten noch den letzten sehen konnte. Sehr wohl aber sah ich in einer Entfernung von ungefähr hundert Metern ein von Scheinwerfern angestrahltes Gebäude mit dem Namen des Grenzpostens über der Tür.

Pomezí. Und ich sah auch, wie eine Gruppe uniformierter Männer und Frauen mit Hunden, die an einer Kette kurzgehalten wurden, im Nebel auf den Zug zumarschierten. Ich zog Schuhe, Kleid und Jacke an.

Ich will nach Hause, dachte ich. Das Dröhnen kam näher. Ich wollte mich von nichts und niemandem aufhalten lassen. Aus dem Abteil nebenan hörte ich Befehle in meiner Vatersprache, die ich kaum verstehen konnte. Jetzt, wo ich einmal beschlossen habe, nach Hause zurückzukehren, habe ich es eilig. Die Abteiltür wurde aufgerissen.

Eigentlich war es lächerlich. Sie suchten jemanden, einen Verbrecher, ein staatsfeindliches Individuum. Glaubten sie wirklich, daß sich dieser Jemand hinter den Brettern der Holzverkleidung verkrochen haben könnte? Sie stießen mit ihren Gewehrkolben gegen die Decke, klopften den leeren Schlafplatz über meinem Bett ab und suchten auf Knien den Boden ab. Als sie gingen, erkannte ich die Frau wieder, sie gönnte mir einen leeren Blick, und mir fiel auf, daß ihre Uniformjacke zugeknöpft war.

Ich stand hellwach am Zugfenster. Das Niemandsland zog vorbei. Ich sah einen Aussichtsturm, grelle Bogenlampen, eine mit Stacheldrahtrollen an den Seiten gesicherte Fußgängerbrücke. Am Ende eines kleinen Waldes tauchte erneut ein Bahnhof auf, Schirnding, las ich, das war Deutschland. Wie muß ich für den einsamen Beamten auf dem Bahnsteig ausgesehen haben! Ein Schreckgespenst mit zusammengekniffenen Lippen. Eine Frau, die nach Hause zurückkehrte, nachdem sie einige Tage zuvor eine unbestimmte Anwandlung beschlichen hatte – wird es nicht langsam mal Zeit … –, jetzt aber, nach diesem Grenzzwischenfall, mit der Dickköpfigkeit von jemandem, der fast von seinem Vorhaben abgehalten worden war, von einem – blinden – Gedanken beherrscht wurde: Du gehst jetzt verdammt noch mal nach Hause!

Deine Augen glitten über Laub- und Nadelbäume, über Täler in der Sonne und von Mauern eingefaßte Bauernhöfe. Trotz des schönen Juniwetters waren nur wenige Tiere draußen. Du warst auf dem Weg zu deinem Geburtshaus. Von Prag bist du mit dem Zug weitergefahren. Dann hat dich ein Bus bis weit nach Mähren hineingebracht. Je näher du kommst, desto klarer wird die Erinnerung an die Farbe und das Licht deines Dorfes. Besonders an das erste Licht, frühmorgens, wenn die Sonne hinter den Hügeln aufsteigt, erinnerst du dich noch dunkel, du mußt fünf oder sechs gewesen sein. Der Weg steigt an. Du merkst, daß du nicht zu genau auf die Hainbuchen, die Maisfelder und die riesigen Haufen mit Landwirtschaftsabfall achtest, vielleicht willst du vom Stand der Dinge lieber noch nichts wissen. Kehr jetzt erst mal in den Gasthof ein, von dem du genau weißt, daß er auf dem höchsten Punkt des Dorfes liegt, wo drei Landstraßen zusammenlaufen und im Sommer auf dem Vorplatz ein Feuer gemacht und Feste veranstaltet werden, bei denen du unter einem knallrosa Himmel kein Auge von den Gockeln abwenden kannst, die unter den Klängen der Dudelsäcke mit geschwellter Brust um die mit Bändern verzierten Tische stolzieren …

Der Bus hielt an der höchsten Stelle. Ich war die letzte Stufe noch nicht heruntergesprungen, und, jawohl, sieh an: dort war der Gasthof, Hostinec Na Výhledech. Selbst die Worte, die ich nicht aussprechen konnte, versetzten etwas in meinem Hirn in Aufruhr. Ich sah mich um und fing an zu lachen. Gasthof zu den Aussichten … Gasthof zu den Aussichten … Ist das nicht verrückt? Auf der Vorderseite ein von Schutt eingerahmter Betonsilo, auf der Seite eine Tankstelle. Als ich die Tür öffnen wollte – verschlossen –, entdeckte ich eine handschriftliche Mitteilung. Geöffnet von 16 bis 18 Uhr. So war das also. Hier trank man nach der Arbeit ein Gläschen. Hier aß man nicht, und sicherlich gab es auch keine Übernachtungsmöglichkeiten. Na ja. Ob ich erst einmal den Asphaltweg hinuntergehen sollte? Dort drüben, auf der anderen Seite der Böschung, mußten das Haus, die Schaukel und der zehn Meter hohe Maulbeerbaum aus meiner frühesten Kindheit sein. Was ist los mit dir? Nimm diesen versteckten Als-ob-du-jeden-Moment-einen-Lachanfall-bekommen-könntest-Ausdruck aus deinem Gesicht.

Warum ist es hier überhaupt so still?

Ja, wie still es war. Ich stieg über den blumenbewachsenen Grünstreifen und ging den Weg hinunter. Ich hatte bereits gemerkt, daß die Autos mit voller Geschwindigkeit und ohne auch nur einen Zoll auszuweichen an mir vorbeifuhren. Auf der Hügelseite lagen Felder, einige waren bewirtschaftet, Mais, Hopfen, ich hörte das weit entfernte Tuckern eines Traktors, es war ein bißchen windig, über einem Abfallhaufen kreischten Möwen, ich sah, wie sie vor dem blauen Himmel glitzerten. Wie hoch sie hier die Scheunen bauten. Wieso arbeitete niemand auf den Feldern. War das dort drüben mit dem hohen schmalen Schornstein nicht das Gut von Baron Šebek mit der hochprozentigsten Pflaumenschnapsbrennerei der Gegend? Ich betrat den Hof, kein Hund, der mich anbellte, bestürzt sah ich den Kahlschlag. Die Mauern waren mürbe, die Nebengebäude eingefallen, eine Etage des Herrenhauses war offenbar bewohnt. Ich folgte dem Geruch und fand die Ställe, ein weißes Pferd schaute mich aus einer halben Tür an und schnappte nach mir, als ich seine Nüstern streicheln wollte, und dort standen auch die Kühe mit ihren warmen geduldigen Augen, warum steht ihr nicht auf der Weide? Platz genug, Gras genug, und warum habt ihr überall dicke Krusten aus Scheiße?

Auf der Dorfstraße gingen ein paar Leute. Ein kleiner Junge mit einem Rucksack grüßte mich freundlich. Unser Haus lag ein Stück weiter weg, nicht mehr lange, und ich würde es sehen. Es ist ein schönes, ziemlich großes Haus, wir sind wohlhabend. Im Wohnzimmer haben wir Tischdecken mit wundervoll verschlungenen Mustern, überall stehen Blumen, und am Flügel sitzt meine Mutter, sie beißt sich auf die Lippen und läßt die eine Hand, eine Hand, die plötzlich große Ähnlichkeit mit einem niedlichen, wuselnden Tier hat, von oben nach unten über die Tasten krabbeln. Sie schaut auf, schneidet eine Grimasse und sagt: »Ob ich das jemals lerne? Komm, laß uns in den Garten gehen.« Der Hund – ein wildes Tier, halb Wolf, halb Hund – hat sie verstanden und erhebt sich sofort. Im Garten ist es schön. Hier ein kleiner Weingarten, dort Maulbeerbäume, neben einer Reihe Spalieräpfel sind die Ställe für die Hühner und das Schwein. Hinten die Scheune ist ein Ort voller Ungestüm und Leben: links ist der Stall eines arabischen Vollbluts, rechts in der Garage steht ein dunkelblaues Motorrad mit einem Beiwagen. Mein Vater, der Direktor einer Zuckerfabrik in Oslavany ist, nimmt für den Weg zur Arbeit entweder das Motorrad oder das Pferd, es ist nicht allzu weit, ungefähr fünf Kilometer, glaube ich, immer am Fluß entlang. Immer noch kann ich mich daran erinnern …

Ich war angekommen. Ja, wirklich, ich stand vor dem Haus, was für eine Aufregung! Mir stiegen tatsächlich Tränen in die Augen: Wie genau ich die Mauern und das Dach noch kannte. Merkwürdig nur, daß im Erdgeschoß ein Geschäft aufgemacht hatte. Ich werde mal zum Schaufenster schweben, einen Moment ruhig und gelassen einen Blick hineinwerfen – Zucker, Bohnen, Marmelade, Kekse, Toilettenpapier – und die weißen Buchstaben auf der Scheibe lesen, Smíšene Zboží, was wahrscheinlich so viel heißt wie: Alles Mögliche. Dann schaue ich mir den Garten an. Er ist kleiner geworden, bestimmt, und der alte Maulbeerbaum ist weg, und die Spalierapfelbäume auch, aber den Bock, der mit hellblauen Schlitzaugen auf mich zuläuft, finde ich süß. Ich drückte meine Faust gegen den harten Kopf. Das Tier drückt ordentlich dagegen. Hast du Lust zu kämpfen, Kleiner?

Dann hörte ich plötzlich ein: »Ahoj!«

Ich drehte mich um.

Ein paar Schritte von mir entfernt stand eine blonde Frau.

Ihr Lachen galt mir.

»Ahoj!« sagte sie nochmals und streckte ihren Hals ein wenig vor. Sie hatte die Hände voll, an der einen hielt sie ein ungefähr vier Jahre altes Mädchen, die andere lag auf der Zugstange einer Karre, mit der sie einen großen Jutesack Kartoffeln transportierte.

Sie fing an, etwas zu erklären. Sie fragte mich etwas. Sie zeigte auf das Haus. Ich beobachtete genau ihr schönes breites Gesicht – sie mußte etwa in meinem Alter sein –, wovon sie wohl sprach?

»Ich habe hier gewohnt«, sagte ich schließlich, instinktiv auf englisch. »Ich bin im Sommer 46 mit meiner Mutter von hier weggegangen.«

Dann passierte das Unglaubliche – die grauen Augen wurden aufgerissen – ich wurde wiedererkannt.

»Magda!«

Sie ließ auf der Stelle Karre und Kind los und benützte beide Arme dazu, um sie um mich zu schlingen, mir auf den Rücken zu klopfen, meine Schultern zu packen und mich mit armlangem Abstand noch einmal anzuschauen und mich keinesfalls wegrennen zu lassen.

»Magda … Magda Rezková!«

Milena Cepová war wie ich in diesem Dorf geboren. Wir müßten als Kinder miteinander gespielt haben, unsere

Mütter waren befreundet. Es dauerte eine Weile, bis ich aus ihrem Englisch klug wurde.

»Komm mit«, beschloß sie vergnügt. »Schau. Mein Haus befindet sich hundert Meter weiter um die Ecke. Du ißt und bleibst.« Sie bückte sich, um das Kind wieder an die Hand zu nehmen.

Wir zogen die Karre durch die Dorfstraße, es war Viertel nach zwölf, und kamen zu einem Haus mit einem Satteldach und einer schönen, einzeln stehenden Scheune, der Wind wehte durch die Kirsch- und Maulbeerbäume im Garten, unter der Veranda stand ein Sofa.

Milena zeigte auf das Haus und die Scheune.

»Schmiede«, sagte sie strahlend. »Dieses Haus war eine Schmiede.«

Wir schleppten die Kartoffeln die kleine Grasböschung hinunter zur Waschküche, die vierjährige Eli sah mich scheu an. Milena öffnete die Tür und führte mich ins Wohnzimmer – die Fenster standen offen, und die Sonne schien herein – und zu zwei Jungen, von denen der eine, der siebenjährige Kuba, einen kugelrunden Kopf und so lange Wimpern und zarte Wangen hatte, daß man ihn für ein Elfenkind halten konnte, und der andere, der neunjährige Matěj, das Mikadospiel in seiner Faust auf den Tisch stellte, es vor meiner Nase auseinanderfallen ließ und mich mit funkelnden schwarzen Augen ansah. Ich streckte die Hand aus, ließ sie schweben, hielt den Atem an und hob in absoluter Stille mit tadelloser Präzision das oberste Stäbchen ab.

Dann wurden wir zu Tisch gerufen, die Kinder und ich. Es gab Brot mit Quark und Zwiebeln, Tee und warme Zwetschgenknödel.

»Du probieren, Magda«, sagte Milena und schob die Schüssel mit den dampfenden weißen Kugeln vor mich hin. »Schau. Das sind švestkové knedlíky! Dir schmeckt!«

Milena und ihr Mann sprachen gerne Englisch. Als ich den herzlichen jüdischen Juristen am Nachmittag kennenlernte, verstand ich warum. Jiří hatte in Amsterdam und London gelebt. Das Tag- und Nachtleben der bürgerlichen Gesellschaft hatte ihn verführt. Der Besitz von teuren Autos, Freiheit und Zeitungen ist nicht grundsätzlich kriminell.

»Oh, dieses Land! Es ist eine Tragödie!« war eine ständige Redewendung, mit der mich Jiří über die Felder und am Fluß entlang durch die Umgegend meines Geburtsortes begleitete und mir Zugang zu den Häusern, den Höfen und den Menschen des Dorfes verschaffte.

»Wer ist sie?« wollte man von ihm wissen.

Eine Bauernwitwe ließ mich mitgehen, als sie ihrem Schwein einen Eimer Suppe brachte. Sie sprach mit dem Tier, das seine blaßrosa Schnauze aus dem flüssigen Futter hob, um zuzuhören und zurückzubrummen. Ein Lehrer zeigte mir seine Tauben, die jede für sich einen schönen Schlag an der Scheunenwand bewohnte. Der Verwalter der Wassermühle, der damit beschäftigt war, dem idyllischen Bau, der ursprünglich seiner Familie gehört hatte, einen Anstrich zu verpassen, unterbrach seine Arbeit, um eine Flasche Sekt zu öffnen. Jiří erklärte, wer ich sei. Da öffneten sich noch mehr Türen, wieder wurden Flaschen entkorkt, viele strahlten, einige wenige weinten, man konnte sich an meinen Vater, meine Mutter und ihre kleine blonde Tochter noch sehr gut erinnern.

»Was für eine Tragödie«, rief Jiří wieder, als wir durch einen verwahrlosten Wald nach Hause gingen und nicht einen einzigen Pfifferling fürs Abendessen fanden.

Milena begleitete uns nie auf diesen Touren. Diese schöne Frau, die erst zehn Jahre nach ihrer Heirat Mutter geworden war, hatte ihre Wahl getroffen. Frühmorgens, wenn ich hinter dem steinernen Ofen noch unter der Bettdecke lag, hörte ich, wie sie in der Küche die Kinder versorgte. Um ihre häusliche Routine nicht zu stören, und auch um meiner selbst willen, ließ ich mich erst blicken, wenn das Radio leise spielte, das noch taunasse Gemüse aus dem Garten auf der Anrichte lag und Milena sich im hellen Sonnenlicht zu mir drehte, während sie die beiden Hälften der Kaffeemaschine ineinanderschraubte. Zuckerbrötchen. Mein Kleid auf der Wäscheleine. Eine Frau, die sich um meine Sicherheit und mein Glück kümmert. Milena ist meine Freundin und meine Mutter und vor allem meine Schwester: am erstbesten Abend, als wir uns vors Haus setzten, den Rücken an die warme Außenwand lehnten und uns voneinander erzählten, hatten wir bald herausgefunden, daß wir uns im Frühling 1945 im selben Keller versteckt gehalten hatten.

Wir hatten die Hühner freigelassen. Die Bombardierungen rückten näher und näher, die Russen, hieß es, marschierten vor nach Brünn, unser Dorf lag auf dem Weg zu einem Flughafen, falls es einen Volltreffer abbekam, war es besser, wenn die Hühner nach Gutdünken fliehen konnten.

Meine Mutter und ich fanden im Keller eines befreundeten Weinbauern Zuflucht, Hrubec hieß er. Auch unser Wolfshund kam mit. Zusammen mit drei oder vier Familien lagen wir auf Matratzen zwischen den riesigen Holzfässern und horchten dem Krieg nach, der über unseren Köpfen ausgefochten wurde. Jeder versuchte aus dem Pfeifen, den Explosionen und dem Maschinengewehrrattern herauszuhören, wer auf der Siegerseite stand. Man spekulierte, was die Bemerkung des deutschen Funkers bedeuten sollte, der, als wir auf dem Bauernhof ankamen, gerade seine Sachen packte. Wartet nur ab. Wenn gleich die Russen kommen, gibt's für euch nichts mehr zu lachen.

Am Ende des fünften Tages wurde es totenstill. Fragende Blicke im Licht der Karbidlampe. Am besten blieb man ruhig sitzen. Ein Baby bekam einen Tropfen Honig auf die Lippen. Besser, wenn es nicht weinte. Dann hörten wir Stiefel, sie dröhnten über den Weg, und Wörter in einer fremden Sprache wurden immer deutlicher und lauter. Getrampel die Treppe herunter, wir schauten alle auf die Tür. Klopfen, einer von uns machte sofort auf.

Noch nie in meinem Leben hatte ich solche Menschen gesehen. Die beiden Soldaten hatten breite Gesichter, platte Nasen und schrägstehende, pechschwarze Augen, es waren Mongolen. Sie kamen in den Keller und sahen uns ohne ein Lächeln oder einen Gruß an. Einer der beiden schien Interesse für meine schöne blonde Mutter zu haben. Er ging auf sie zu. Als sein Kamerad jedoch eine Gebärde mit seiner Maschinenpistole machte – die Treppe hinauf, alle! –, konnten wir unbehelligt abziehen.

Draußen die Abenddämmerung schmerzte in den Augen. Es war eine Luft, die nach Eisen schmeckte und die man nicht aus dem Hals wegschlucken konnte. Ich sah Militärfahrzeuge, Motorräder, mongolische Soldaten zu Pferd und Frauen, Frauen, die ihre Patronengürtel kreuzweise über ihre in Uniformjacken gesteckten Brüste trugen, sich mit einem unbeirrbaren Blick umschauten und Befehle wie zankende Hunde gaben.

Wir gingen im Dunkeln nach Hause: meine Mutter, der Hund, zwei kleine Jungen, die aus irgendeinem Grund meiner Mutter anvertraut worden waren, und ich. Obwohl die Entfernung kaum anderthalb Kilometer betrug, brauchten wir bestimmt eine Stunde. Mehr als einmal glaubte ich am zerstörten Wegesrand eine graue, zusammengerollte Gestalt liegen zu sehen. Dort war unser Haus. Und dort war der Garten, in dem auf dem Rasen zwei von einem lodernden Feuer erhellte Panzerwagen standen. Stumm und schweigend gingen wir auf den Hof. Überall lagen die Körper russischer Soldaten. Wir zählten acht. Dann kam aus dem Haus ein Offizier auf uns zu. Er begrüßte meine Mutter auf französisch, entschuldigte sich für seine Mannschaft, die sich heftig betrunken hatte, und erklärte, daß uns, falls wir das obere Geschoß belegten, kein Haar gekrümmt würde.

Sein Blick wanderte von meiner Mutter zu uns, den Kindern. Ich sah, daß er anfing zu lächeln und den Kopf schüttelte. Auf seinem Gesicht erschien der Ausdruck eines Onkels, der etwas im Schilde führt. Er ging in die Küche, kam mit einer Taschenlampe zurück und winkte uns, ihm zu folgen. In der Scheunenecke lagen im weichen Heu Dutzende von Eiern.

Es gibt Ereignisse, die nicht in der Vergangenheit verschwinden. Sie ereignen sich nicht nur einmal und nicht wiederholt, sie besitzen die ungeheure Eigenschaft, Jahre hindurch weiterzuexistieren. Nicht als Bewegung, sondern als Lähmung. Nicht als Zeit, die fließt, sondern als Augenblick, der zum Stillstand kommt. Als ich eines Morgens im September die Haustür meines Elternhauses öffnete, war ich noch klein. Ich wurde in ein paar Monaten sechs. Ich schob mit einer Hand den Riegel zur Seite und drückte mit der anderen, da ich wußte, daß die Tür klemmte, gegen den kupfernen Mantel des Schlosses. Ich war nervös. Das Geschrei und das Poltern mit den Gewehrkolben draußen und der geflüsterte Befehl meiner Mutter, die sich mit offenen Haaren zu mir herunterbeugte, hatten mich in Unruhe versetzt. Die Tür flog auf, das Ereignis hatte angefangen.

Mein Vater wurde im September 1944 verraten. Bis dahin hatten ihn die Deutschen mehr oder weniger in Ruhe gelassen, vielleicht wegen seiner Heirat mit einer Arierin. Wenn er morgens zur Arbeit kam, fing er an, die

BBC-Rundfunkmeldungen zu tippen, die er am Abend zuvor abgehört hatte. Er ließ sie zu den Partisanen in den Hügeln bringen. Obwohl er dem Titel nach kein Direktor mehr war, leitete er immer noch die Fabrik. An diesem Morgen schien alles seinen gewohnten Gang zu gehen. Ich war ins Bett meiner Eltern gekrochen und hatte aus den warmen Federkissen heraus meinen Vater beobachtet, der sich gerade rasierte. Der Schaum reichte bis zu den Ohren, die Lippen waren eigenartig rot, er zwinkerte mir aus dem Spiegel zu und sang von Zeit zu Zeit ein Stückchen von einem lustigen Lied über ein Tierorchester, »Ptačí kapela«. Als die Lastwagen vor unserem Haus hielten, war ich alleine unten. In meinem flauschigen Bademantel saß ich in der Küche und hatte die Hände um eine Schale Ersatzkakao gelegt. Ich horchte. Von draußen hörte ich Geschrei. Wagen ließen ihre Motoren an, fuhren aber nicht los. Ich rannte zur Treppe und sah meine Mutter sich über das Geländer beugen.

Ich stehe in der Türöffnung. Ohne mich zu rühren oder mit den Augen zu zwinkern, schaue ich auf die Gestapomänner. Sie wollen in unser Haus. Ich fühle nichts. Ich sehe die Stiefel, die Ledergurte und Waffen und kümmere mich nicht darum, daß ich ihnen den Weg versperre. Dann schiebt mich eine Hand zur Seite. Die Bewegung ist kraftvoll und bewirkt, daß ich zwischen den Jacken an der Garderobe lande. In einem Geruch aus Gras und Regen verfolge ich die unglaublichen Geräusche, mit denen die Verhaftung meines Vaters verbunden ist. Es dauert nicht lange. Die Gruppe kommt eilig die Treppe herunter, mein Vater in der Mitte. Sein Haar ist etwas durcheinander, er trägt die alte Jacke, ich kann seinen Gesichtsausdruck nicht genau erkennen, weil er ein Taschentuch gegen den Mund drückt. Ohne aufzusehen oder sich umzuschauen geht er direkt vor mir an mir vorbei aus dem Haus.

Ich habe Junitage erlebt, die ewig anhalten. Ich hatte keinerlei Verantwortlichkeiten oder Pflichten. Auf das Gras schauen. Auf den Kirschbaum, der die Hälfte des Himmels füllte. Das ruhige, fast zeitlose Familienleben von Milena grenzte meine Sicht auf die Welt ein – dort sind Matěj, Kuba und ihr Vater, die einer nach dem anderen mit nassen Haaren und in einem sauberen T-Shirt herauskommen, da die Katze, dort die Tomatenpflanzen, da der Sprenger –, und wenn ich die vierjährige Eli ansah, die schon groß war, aber von ihrer Mutter hin und wieder noch die Flasche mit Zuckermilch bekam, dann dachte ich: Ich unterscheide mich kaum von dem Kind. Ich habe das Mißverständnis meiner Kindheit wiedergefunden, ja wirklich, die Dinge sind unendlich. Alles ist so, wie es sein muß. Und ich rollte mich auf die Seite, um nach meinen Zigaretten zu greifen.

Es war angenehm, ab und zu für etwas eingespannt zu werden. Ich trocknete ab. Ich ging zum Bäcker. Je öfter ich mit dem an mich gedrückten Brot an meinem früheren Elternhaus vorbeischlenderte, desto herzlicher schien es mich willkommen zu heißen. Manchmal sah ich im ersten Stock ein geöffnetes Fenster, einen Vorhang, der über der Fensterbank hin und her wehte. Ich fing an zu begreifen, daß weder das Haus noch ich für das blöde Geschäft und den geschmacklosen Garten verantwortlich waren. Es war nichts, das zählte. Was zählte, war die Sommerluft, die durch die Fenster ins Haus strömte und nicht nur unverändert war und ganz und gar dieselbe, sondern mir auch nie abhanden gekommen war, immer dagewesen war wie die blaue Vase mit dem feuerroten Klatschmohn vor dem Spiegel im Flur oder der ungeheuer weiße Mond im Winter über den Hügeln. Ich blieb mitten auf dem Weg stehen. Und gerade als ich dachte: ich bin leer, ich habe mich von meiner Vergangenheit gelöst, erinnerte ich mich mit traumhafter Klarheit an die

Aufregung, wenn ich mit meinem Vater in die Fabrik mitdurfte. Es kam manchmal vor, daß wir an einem Sommermorgen im Trab den von Erlengebüsch gesäumten Weg an der Oslava entlangritten – und das alles erschien und verschwand, die Sträucher, der Fluß, die Sträucher, der Fluß. Nur mein Vater, die Stute und ich verschwanden nicht, wir kamen schon bald bei der Zukkerfabrik an, die Stute wurde auf der Weide ausgeschirrt, und mein Vater und ich ließen uns in einem Zimmer mit hohen Fenstern nieder, er, um mit einem dunklen, schmalen, heiteren Gesicht zu telefonieren und zu schreiben, und ich, um in einem großen Buch alle schwarzumrandeten Bären und Giraffen rot und grün anzumalen ...

»Weißt du«, sagte ich zu Milena, die sich neben mich ins Gras gelegt hatte. »Ich denke darüber nach, allmählich wieder nach Hause zu fahren.«

Da ich am nächsten Morgen abreisen wollte, ging ich los, um eine Abschiedsrunde zu machen, eine Tour über die Dörfer. Ich nahm Milenas Fahrrad und radelte in äußerst sportlicher Haltung schnell den Asphaltweg hinunter. Wind, der an meinen Ohren vorbeisauste, ein Schmetterling, der in meine Bluse wollte, es ist lächerlich, daß ich weggehe, diese mit Weinreben bewachsenen Hügelseiten langweilen mich noch lange nicht.

An der Kreuzung hörte ich plötzlich jemanden rufen: »Teto!« Ich schaute mich um und sah einen mageren Knirps, der in den Pedalen stand und hinter mir hergerast kam. »Teto!« rief er nochmals, als er mich eingeholt hatte, »Tante!« Matěj wollte mich auf meiner Tour begleiten.

Wir kamen ins Gespräch, das tschechische Kind und ich. Nachdem wir eine Zeitlang still nebeneinander hergefahren waren, fand Matěj eine großartige Lösung unseres Sprachproblems. Was machte es für einen Unterschied, daß ich mich mit seinen Eltern in vollkommen unbegreiflichen Lauten verständigte? Ich war doch keine verrückte, sondern eine nette Tante. Er fuhr etwas langsamer, warf kurz einen Blick auf mich, zeigte in die Ferne und fing an, mir auf eine nicht mißzuverstehende Weise etwas zu erklären. Sprechen, Verlangsamung, Beschleunigung, stirnrunzelndes Nachdenken, Stocken, eine Schlußfolgerung, ein Lächeln. Punkt aus, er sah mich an.

Auch ich lachte kurz und voller Zustimmung und dachte: Das Tschechische ist eine klar artikulierende Sprache, mit vielen, vielen A-Lauten.

Der Weg stieg nicht nur an, er wurde auch schlechter. An einigen Stellen war der Asphalt aufgebrochen. Für eine Weile mußten wir beide mächtig kämpfen, nicht schmachvoll absteigen zu müssen. Vor uns die höchste Stelle, dann Erleichterung, übertriebenes Ausschnaufen, Lachen. Er ergriff wieder das Wort. Ich hörte zu. Dieses Mal verlangte sein Thema einen entschiedenen, überredenden Tonfall. Ab und zu drehte er den Kopf zur Seite und fuhr erst nach meinem Nicken fort. Sprechen. Sprechen ist nicht enthüllen, was man weiß, sondern was man bedeuten möchte.

Sein Schlußsatz lautete: »... staravranakolatsj!«

Um etwas zu erwidern, wiederholte ich einfach das letzte Wort.

»Kolatsj!«, sagte ich.

Er schüttelte ernst den Kopf und verbesserte mich.

»Kolatsj!« Das l mußte viel, viel runder sein.

»Kolatsj!« sagte ich.

Richtig. Er nickte zufrieden, dieses Wort konnte so bleiben. Ob er übrigens nicht mal einen niedrigeren Gang einlegen könne? Wir fuhren auf einem Weg, der mitten durch ein Blumenfeld führte. Die Luft fühlte sich an wie Rosenblätter und roch auch so. In welcher Sprache sollte ich ihm wenigstens die wichtigsten Dinge sagen? Das exotische Niederländische würde es mit dem Tschechischen schon aufnehmen können. Ich überlegte kurz, räusperte mich und fing, als er mich aufmerksam ansah, von meinem Mann, meinen Hunden und meinem Wohnort an der südholländischen Küste an. Ich weiß nicht, was alles ich mir vom Herzen redete, aber es muß amüsant gewesen sein, denn ich sehe immer noch das Gesicht von Matěj vor mir, der mir mit komplizenhafter Fröhlichkeit zugrinst.

»Am schönsten ist die Tulpenzeit«, schloß ich. »Dann riecht das ganze Dorf wie ein Schrank Wäsche mit Seife.«

Die mährischen Hügel. Der Fluß Oslava. Abschied und Comeback. Ich denke an Matěj, einen neunjährigen Jungen im blauen Trainingsanzug. Wenn er Tempo zulegen, ein bißchen schneller fahren wollte als ich, stellte er sich in die Pedale. Ich sah seinen mageren, kleinen Körper mal auf der linken, mal auf der rechten Seite des Fahrrads, wenn ich mir das Fahrrad wegdachte, vollführte er einen lustigen, übernatürlichen Tanz in der Luft.

Als wir wieder zu Hause waren, fragte ich Milena, was »Kolatsj« bedeutete.

»Koláč!« wiederholte sie und lachte. »Das ist Kuchen!« Woraufhin Matěj prompt auf das Thema zurückkam. Er wollte einen Kirschkuchen für mich backen. Damit ich morgen im Zug nicht vor Hunger sterben würde. Seine Mutter durfte nicht mehr tun, als das Mehl abzuwiegen und den Ofen anzumachen.

Sie waren einige Zeit damit beschäftigt.

Kurz nach Tagesanbruch erreichte der Zug Nürnberg. Die malträtierten Reisenden machten sich auf die Suche nach einem Wurststand und einem Zeitungskiosk. Alles hatte noch geschlossen. Ich ließ mich im Strom der Fahrgäste auf Durchreise mitziehen, schlenderte über ein oder zwei Bahnsteige, sah das noch leere Gleis und stellte mich in der Schlange vor dem Kaffeeautomaten an. Als der Zug einfuhr, drängte sich jeder nach vorn. Zusammen mit drei Slowaken und zwei Zigeunerinnen mit einem Baby suchte ich in einem Waggon, in dem noch matt der Schwefelgeruch irgendeiner Nachtstrecke hing, nach einem freien Abteil. Mit Mühe fanden wir eines, stellten unsere Taschen zwischen unsere Füße, verschränkten die Arme und warteten auf die Abfahrt.

Alles ging gut, bis in die Gegend von Würzburg. Wir hielten in einem Vorstadtbahnhof, und ein Bahnbeamter wie ein Baum, mit blondem Haar und dickem rotem Nacken, zog die Tür unseres Abteils auf. Der Mann schien verärgert zu sein. Er klopfte mit einem Fingernagel auf die Papierstreifen, die an der Außenseite der Scheibe aufgeklebt waren und fragte, ob wir nicht lesen könnten. Niemand antwortete. Daraufhin streckte er seine Brust heraus und überschüttete uns mit dem vollen Inhalt seiner Dienstanweisung. Dies sei ein Mutter-Kind-Abteil. »Raus!« faßte er die Situation zusammen, »Alle: raus!« Und während die Slowaken, die Zigeunerinnen, das Baby und ich noch damit beschäftigt waren, die Räumlichkeiten zu verlassen, kam auch schon die Mutter mit Kind. Eine schöne junge Frau drängte sich mit nichts sehenden Augen und an sich gedrücktem Kind an uns vorbei, um sich trotz der Qual der Reise ihrer Mutterschaft zu widmen. Der Beamte zog die Tür hinter ihr zu.

Ich stand auf dem Gang. Einer der Slowaken gab mir eine dünne schwarze Zigarette. Der Rauch biß mir in die Augen und stach mir in die Lunge, tat mir aber dermaßen gut, daß ich fast Lust bekam zu heulen. Ich lehnte mich mit dem Rücken zur Landschaft gegen das Fenster, setzte mich über Müdigkeit, Schlaf, Angst, Widerwillen, über alles hinweg und spürte nur noch meine vollkommene Einsamkeit, die mir wie eine Decke um die Schultern lag. Neben mir saß die Zigeunerin mit dem schlafenden Baby auf einem Klappsitz. Ihr Gesicht sah dumpf und verschlossen aus, so daß sie trotz ihres langen Rokkes und der ausgebeulten Tasche zu ihren Füßen nicht richtig anwesend war. Der Zug ruckte an. Das Klingeln eines Bahnüberganges, das gleich wieder verhallte. Direkt mir gegenüber, hinter der Glastür, küßte die Mutter ihr Kind und nahm aus einem Wärmegerät eine Flasche Milch. Als der Erfrischungswagen vorbeikam, mußten wir uns auf die Zehenspitzen stellen, um dem Gefährt Platz zu machen. Der in eine Leinenjacke gesteckte Bedienstete zog eine Abteiltür nach der anderen auf und setzte mit größter Leichtigkeit seine Ware ab – auch die Mutter orderte Kaffee und ein Brötchen –, nur bei uns wurde er nichts los. Wir waren ein anderer Schlag. Die Slowaken holten ein dunkles Brot zum Vorschein, die Zigeunerin legte ihr Baby unter den roten Schal, der ihre Brust bedeckte, und ich packte den in Vierecke geschnittenen, in weiße Papiertaschentücher gewickelten Kirschkuchen aus.

Auf dem Weg nach Hause. Mein Blick war auf die kleine Oase, auf die Fata Morgana hinter Glas gerichtet, und ich dachte: Haus, Adresse, Wohnort, was bedeutet das. Ich wußte es nicht mehr so genau. Dort, auf dem Gang, unter lauter Schuften, die es wagten, ihren eigenen Weg zu gehen, erinnerte ich mich – es mußte in einer unendlich grauen Vergangenheit gewesen sein – an die Geringschätzung, mit der die Nomaden die Dorfbewohner und den armseligen Halt betrachteten, den diese wenn schon nicht in der Zeit, dann wenigstens in einem Ort fanden, den man auf dieser Welt festhalten und anfassen konnte. Der Zug ratterte über eine Brücke. Ich verlagerte mein Gewicht von einem Fuß auf den anderen. Müde war ich immer noch nicht. Mit Vergnügen verfolgte ich eine winzige Zigarettenwolke, die wie ein Seepferdchen vor meinen Augen davontrieb, sich ausdehnte und sich im Licht der Sonne auflöste.

Es war eine lange Reise gewesen. Eine Aneinanderreihung von Ereignissen, Zeichen, Hinweisen, die zusammen, jetzt, hinterher, zu einer logischen und rätselhaften Geschichte wurden. Erklärt wurde damit – selbstverständlich – nichts. Nicht denken, sondern handeln. Nicht sprechen, sondern sehen. Gleich bist du wieder an deinem Ausgangspunkt angekommen. Die Bushaltestelle in den Dünen. In Gedanken läufst du bereits durch den salzigen Wind, schreibst Briefe, telefonierst, gehst an die Arbeit und jemanden besuchen, du bist wieder ganz die Frau, die du warst – ich komme gleich, Robert! – und streichst mit beiden Händen über die Laken des großen Bettes, die Fenster zum Garten stehen offen. Hatte ich mich verändert? Älter geworden? Ach, eigentlich nicht. Jeder wird mich wiedererkennen, meinen Körper, meine Kleidung, meinen Tonfall ... niemand wird aus meinem Verhalten schließen können, daß meine Augen klarer sehen, daß ich Entfernungen einschätzen und im Dunkeln sehen kann. Und wenn ich gleich dasitze und die Zeitung lese oder Freunde zum Essen kommen: Wen wird es stören, daß ich zwischendurch auf eine Landschaft schaue, die niemand außer mir kennt, und mir Dinge ins Gedächtnis rufe, an die zu denken angenehm ist, stolze, barbarische, persönliche Dinge, die ich nie, mit wem auch immer, teilen können werde ...

Ich drehte mich um zum Fenster. Der Zug fuhr durch eine hügelige Gegend. Morgen würde ich zu Hause sein.

Vierter Teil

I

Es ist Freitagmorgen. Nellie liegt im Bett und denkt: Was soll ich heute anziehen? Etwas Blaues, etwas Graues, muß ich einen Hut aufsetzen? Sie spürt einen schwachen Luftzug über ihrem Gesicht. In den Vorhängen steht der Wind. Wenn es regnen wird, ziehe ich mein Cape an. Ihre Ohren verfolgen ein vorbeifahrendes Moped. Eine Haustür wird geöffnet und wieder zugezogen. Normalerweise hätte ihr dieses Dösen Kopfschmerzen gemacht, Nellie ist nicht der Typ, mit dem man Ausschlafen und Frühstück in den Kissen in Verbindung bringt. Normalerweise hätte sie auch sehr genau gewußt, was sie anziehen würde. Die Hose und die Bluse, und heute nachmittag, wenn ich in den Laden gehe, das schwarze Leinenkostüm, bei dem die Jacke bis über die Hüften fällt.

Umständehalber bleibt ihr Geschäft an diesem Freitag geschlossen. Wie alle anderen Geschäfte auch. Das Dorf bewahrt Haltung. Seit die Dinge Anfang der Woche diese schreckliche Wendung genommen und die angestaute Wut, der Groll und das Stickige des Sommers Platz für eine graue Wolkendecke gemacht haben, öffnet man einander die Türen, wartet an der Kasse und läßt Hunden und Kindern den Vortritt, man könnte fast meinen, die Menschen seien Heilige geworden, Heilige oder Mitschuldige, man sieht einander mit Arglosigkeit an, nicht zu Ende gesprochene Sätze bleiben in der Luft hängen … arme Magda … Nellie dreht sich auf die Seite. Aus Gewohnheit streckt sie einen Arm aus.

Ihr Mann ist schon auf. Natürlich geht auch Erik heute

nicht zur Arbeit, die Augenpatienten müssen sich eben gedulden, es kann ihn jedoch nichts davon abhalten, den Rhythmus beizubehalten, für den er sich nun einmal entschieden hat, Sommer oder Winter, Drama oder kein Drama, um halb sieben macht die Nacht dem Tag Platz. In aller Frühe hat sie ihn in der Badezimmertür stehen sehen, er hat ein weißes Hemd und einen grauen Anzug an, reckt den Hals und verrückt den Knoten seiner Krawatte. Ein angenehmer Mann. Ein Mann, der langsam eine schöne Glatze bekommt und ein Gesicht hat, das Ruhe ausstrahlt. Hat sie ihn jemals die Stimme erheben hören? Er hat sich seine Welt eingerichtet, die Dinge stehen fest, warum sollte er sich aus dem Gleichgewicht bringen lassen? Ich bin seine Frau, er wird mir bis an sein Lebensende treu bleiben. Eine angenehme Ehe. Nellie betrachtet sie als gelungen. Ihr Ehemann: ein geschätzter Augenspezialist. Ihr Bauerntochtervermögen: in einem Gold- und Porzellangeschäft angelegt. Ihr Sexualleben: ausreichend Weihrauch und hehre Worte, um in äußerst wohlwollende Stimmungen versetzt zu werden. Ihr Sohn:

Ihr Sohn. Manchmal spürt sie den jetzt neunzehnjährigen Jungen, der stockend spricht, schlurfend läuft und trotz seiner Hirnstörung gut lesen kann, dem aber andererseits schwer beizubringen ist, daß er nicht nur bei Albert Heijn warten muß, bis er an der Reihe ist – ja, das begreift er, er nickt bereitwillig, das wird er demnächst so machen –, sondern auch auf der Post, an der Bushaltestelle, beim Eiswagen und im Kino, manchmal spürt sie diesen Jungen wie eine kleine, eingefleischte Anwesenheit in ihrem Blut und ihrer Haut. Seine Körpertemperatur ist höher als die ihre. Sein Durst ist manchmal kaum zu stillen. Wenn sie Gemüse einkauft, spürt sie, daß er beim Essen wieder jede Möhre und jede Kartoffel kurz mit der Zunge berühren wird, bevor er die Gabel in den

Mund schiebt. Normalerweise ist ihr Sohn das erste, woran sie nach einer Nacht voller unbedeutender Träume beim Aufwachen denkt. Nur an diesem Morgen ist es anders. Sie hört seine Schritte auf dem Fußboden über ihr. Für einen Augenblick hält alles in ihrem Kopf inne. Dann der Gedanke: Heute wird Magda begraben.

Was soll ich anziehen? Ich habe gesehen, daß es heutzutage nicht mehr selbstverständlich ist, in Schwarz zur Beerdigung zu gehen. Vielleicht ärgert sich die Tote ja auch über das ganze Getrauere und hätte es lieber, wenn Freunde und Bekannte daherkämen wie sonst auch, offene Haare, bunte Kleider, Akkordeonmusik, ich kann mich an eine besonders tragische Beerdigung mit einem Witwer in Gummistiefeln erinnern.

Ich war ihre erste Freundin in diesem Dorf. Daß sie anfangs in Frankreich gewohnt hat und ich sie nur sporadisch gesehen habe, heißt nicht, daß ich nicht trotzdem von ihrer hoffnungslosen Serie von Fehlgeburten gewußt hätte und trotz des ziemlich großen Elends in meinem eigenen Kopf während eines Besuchs im Urlaub auf ihrem Bauernhof nicht sehr gut hätte nachempfinden können, wie tröstlich es für sie war, abends mit meinem herzerschütternden Liebling auf der Schaukel zu sitzen. Später, als sie und Robert hierher gezogen sind, wurde unsere Freundschaft enger. Ich war diejenige, die ihr dabei behilflich war, den mondsteinfarbenen Samt auszusuchen, mit dem wir an einem Sommernachmittag den Diwan in ihrem Arbeitszimmer bezogen. Wir tranken ein Gläschen darauf und sahen durch das geöffnete Fenster plötzlich die Sonne auf dem Rasen. Komm, sagte Magda, wir legen uns nackt raus und lassen uns braten. Aber ich schüttelte den Kopf. Um fünf Uhr, sagte ich, wird Gabriel mit dem Taxi nach Hause gebracht. Trotzdem streckte ich mich noch kurz hinter einer Taubnesselhecke neben ihr aus, fühlte mich unbehaglich und plump und dachte nicht daran, mein Kleid und den verstärkten Bügel-BH aus weißem Satin auszuziehen.

Mein Gott, was war ich sauer auf sie! Jetzt, jetzt, wo meine Wut weg ist, offenbar in eine Leere weggesackt ist, in eine sozusagen verständnislose Leere, die einen auch überkommt, wenn man am hellichten Tag im Kino gewesen ist, jetzt kann ich es mir eingestehen: Ich konnte sie nicht ausstehen. Zunächst fand ich ihre Schweigsamkeit ja ganz nett. Als die meisten Leute schon anfingen, sich darüber zu ärgern und dachten, Mädel, was spielst du dich auf, hatte ich noch Freude an der Sache. Magda wartet ruhig ab, bis wir unter vier Augen sprechen können. Als wir einmal mitten im dicksten Möwengeflatter am Strand entlanggingen, ließ ich unser Gespräch verstummen. Warf von der Seite einen Blick auf sie und räusperte mich. Dann brachte ich das Thema Eine-Reise-Machen zur Sprache. Sie gab nicht nach. Aalglatt fragte sie mich über die Agentur aus, bei der wir einmal ein Ferienhäuschen in Belgien gemietet hatten.

Weitere Gelegenheiten folgten. Sie nimmt ihre Besuche bei Gabriel wieder auf: Bleib noch auf eine Tasse Tee, bitte ich sie. Wir schauen auf einen Sprung beieinander herein, um uns Dinge auszuleihen und ein bißchen zu plaudern: Ich lehne am Türpfosten und schaue sie begierig an, sie hat gesagt: Ich brauche deinen Rat, Nellie. Als sie dann von ein paar goldenen Manschettenknöpfen anfängt, die sie in meinem Geschäft hat liegen sehen, senke ich meine Augenlider und gerate in Versuchung, ihr einen Hieb in den Magen zu verpassen. Im September, Magda war damals ungefähr seit drei Monaten zurück, lud ich sie und Robert zum Essen ein.

Es war ein warmer Abend bei offenen Fenstern und Türen. Es war spät. Nach einer Atempause, die mit Zigarettenrauch gefüllt wurde, waren Erik und Robert mit schweren Zungen wieder ins Gespräch gekommen. Plötzlich sank meine Stimmung. Mir gegenüber saß Magda und zeichnete mit dem Zeigefinger seelenruhig ein Muster auf die Tischdecke, ein rautenförmiges Muster, immer dasselbe, ihr Gesicht sah vollkommen unberührt aus. Und während ich fast darauf wartete, daß sie jeden Augenblick anfangen würde, mit dem Oberkörper hin und her zu wiegen, merkte ich, daß in mir eine wütende Ungeduld aufkam: Laß es bitte nicht zu lange dauern, bis sie den Kopf hebt, auf die Uhr schaut und sagt: Es ist schon spät, Robert, komm, wir gehen nach Hause!

Je mehr die Wochen und Monate vergingen, desto weniger gefiel mir ihr Umgang mit Gabriel, ich wußte nicht warum.

2

Sie hört, wie er über ihrem Kopf hin und her geht. Er ist fertig angezogen, sie hört die Schuhe. Der von Kopf bis Fuß in Schwarz gekleidete junge Mann bezwingt seine Unruhe, indem er mit rhythmischen Schritten über den Speicher geht. Mit nach innen gedrehten Schultern und Armen bewegt er sich nur schwer fort. Er tritt mit den Ballen auf, die Knie sind vorgestreckt, als stieße ihm etwas Unsichtbares in die Kniekehlen, als würde er gleich fallen und halte sich nur dadurch im Gleichgewicht, daß er ständig den einen Fuß vor den anderen setze. Wenn er zum Nordfenster kommt, wird das Geräusch seiner Schritte gedämpft. Dort steht auf einem Teppich das dreibeinige Stativ mit dem 68 mm Teleskop. Nellie weiß, daß er das Instrument kurz berühren wird. Er wird die Spitzen seiner Finger kurz über die Metallarbeit gleiten lassen, irgend etwas verschieben, eine Schraube oder einen Hebel, aber sich vornüberbeugen, um sein Auge an das Okular zu legen, das wird er nicht. Er ist zu unruhig. Die Zeremonie, die ihm heute bevorsteht, nimmt seine ganze Anteilnahme in Anspruch.

»Sie wird der Erde übergeben?« war das erste, was er sagte, nachdem sie ihn am Dienstag, vorsichtig, eingeweiht hatte.

Weder seine steife Formulierung noch seine monotone Stimme trafen sie. Es war seine Art zu sprechen.

»Ja.«

Sie stellte einen Becher Tee mit Milch vor ihn hin. Es war sechs Uhr. Er war gerade nach Hause gekommen. Er hatte ihr zugehört, sich dabei über den Tisch gebeugt und die Hände aufgestützt. Wie immer, wenn er von seiner Arbeit kam, sah er aschgrau aus. Er stierte auf die Tischdecke und sagte: »Sie lebt nicht mehr.«

»Nein.«

»Sie hat keine Stimme mehr.«

»Nein.«

»Wie soll das jetzt mit den Artikeln aus dem ›New Scientist‹ gehen?«

»Papa wird sie dir übersetzen.«

»Sie hat keine Handschrift mehr. Ihre Handschrift verschwindet auch mit ins Dunkel.«

Er fing langsam an zu schaukeln; ohne die Hände vom Tisch zu nehmen, schob er seinen Körper vor und zurück. Nellie ließ ihn gewähren. Als seine Bewegungen heftiger und ungestümer wurden, nahm sie seine Hände, das war eine Gebärde, die er kannte, willig wich er zurück, machte ein paar unbestimmte Schritte und ließ sich in den Sessel fallen, der seit Jahr und Tag mit der Rückenlehne zu den Fenstern für ihn bereitstand.

Sie lächelte ihm zu, seinem Kopf mit dem Zottelhaar, das in alle Richtungen stand. Wenn er Kummer hatte, würde sie ihn trösten. Aber zwischen dem Gleis seines Kummers und dem ihres Trostes war eine Weiche verstellt. Worum geht es hier, kam die Frage – gleichzeitig – von zwei Seiten. Sie reichte ihm seinen Tee. Er tastete nach dem Löffelchen und fing schnell und leicht an zu rühren, so daß ein Strudel entstand, um den sich wie immer seine ganze Aufmerksamkeit drehte. Dann stellte er die Fragen, auf die Nellie bereits gewartet hatte. Die üblichen Fragen, die unausbleiblich waren, wenn man sich von einer fremden, sich immer wieder entziehenden Welt abwandte.

»Wann ist es?«

»Freitag.«

»Wie spät?«

»Um halb elf.«

»Wo?«

»Das Seelenamt ist in der Jeroenskirche. Das Begräbnis auf dem Zuidvliet.«

Nachdem er kurz und schnell seine Zunge in den Tee gesteckt hatte, trank er den Becher in einem Zug aus. Nach Luft schnappend, sagte er: »Dann brauche ich schwarze Kleidung.«

Sie weiß nicht, was in ihm vorgeht. Sie beobachtet sein Verhalten, nimmt Äußerungen wahr, die ihr keineswegs fremd sind – Weinen, Starren, Stammeln, in Schweigen verfallen –, aber er stellt andere Zusammenhänge her als sie. Plötzlich gibt es für ihn ein Sprechverbot. Plötzlich vergrößern sich seine Pupillen. Mitten an einem warmen Sommertag geht ihm ein Schaudern über den Körper, und er bekommt an Armen und Beinen eine Gänsehaut.

Die schwarze Kleidung gefiel ihm. Weil die Kollektionen der Modegeschäfte im Dorf noch ganz auf die Badesaison abgestimmt waren, war sie mit ihm nach Leiden gefahren. In die Shops für Jugendliche brauchte sie nicht zu gehen, eine Jeans kam nicht in Frage, nicht nur, daß seine Haut den harten Stoff nicht ertragen würde, sondern das Schwarz wäre auch nicht schwarz genug. Im Modehaus De Faam fanden sie, was sie suchten. Ja, der Verkäufer zog ihm eine weiche, tiefschwarze Flanellhose über die Beine und machte fast unmerklich den Hosenbund zu. Gabriel schloß die Augen. Er stand ganz still da. Als der Verkäufer der Mutter kurz zulächelte, lächelte sie schwach zurück. Sie hatte das Gefühl, als ob der Junge dastünde und horchte, oder er horchte mit einem Sinnesorgan, das um einiges mehr geschärft war als ihr gesunder Verstand, dem gedämpften, bezaubernden Geräusch von Schwarz, von Wollstoff, von tiefem Frieden und von Magda nach, die tot war und am Freitag auf dem Zuidvliet begraben werden würde. Nicht zum ersten Mal dachte sie: Ich glaube, daß er sich darauf freut.

Gabriel öffnete die Augen.

»Ich nehme sie …«, sagte er.

Nellie sah den Verkäufer wohlwollend an. Der noch junge, aber schon leicht ergraute Mann kannte ihren Sohn. Er würde ihm nie vorschlagen, sich doch einmal umzudrehen, um sich und die schönen neuen Sachen im Spiegel zu bewundern.

»Jetzt noch eine Jacke«, sagte sie. »Eine Jacke, Socken und ein Hemd, alles schwarz.«

Am späten Vormittag fuhren Nellie und Gabriel zurück nach Hause. Sie saßen in den Ledersitzen und schwiegen vor sich hin. Als Nellie sich eine Zigarette anzündete, zog Gabriel zu ihrer Überraschung den Aschenbecher heraus. Sie lächelte. Mit Sicherheit verspürte er eine Art Genugtuung, eine Genugtuung, die diesmal vollkommen mit der ihren Schritt hielt, denn, ja, sie waren erfolgreich gewesen. Sie nahm die Abzweigung nach Rijnsburg. Auf der Straße war es ruhig. Ihr Blick ging über die Felder und die Figuren, die unter dem grauweißen Himmel gebeugt in den Blumen standen. Es bebte etwas in ihr, ein Glück, absurd, primitiv, aber klar wie Kristall. Sie streifte die Asche der Zigarette ab und stellte sich vor, ihr Junge säße in der Warmherzigkeit dieses Augenblicks neben ihr und plauderte.

Manchmal kann ich mich einfach nicht mehr halten. Die Masse der Gegenstände ist beängstigend groß. Muß ich mir etwa die Ohren zuhalten? Nase und Mund zukneifen? Immer eine Sonnenbrille, das schätzt die Umgebung nicht. Also sehe und höre ich die fernen Dinge. Ich rieche. Wenn etwas sehr nah ist, strecke ich Finger und Zunge aus, ich befühle und probiere, die nahen Dinge lerne ich kennen. Manchmal habe ich Widerwillen, manchmal bekomme ich einen Lachanfall. Essen esse ich auf. Übelkeit. Besonders seitdem ich laufe, werde ich von morgens bis abends belästigt. Die kalten und fernen Gegenstände werden größer und kleiner, kleiner und größer, sie ändern ihren Schatten und verzehnfachen sich. Versuche zur Aufnahme von Beziehungen. Damit kann ich nichts anfangen. Meine Hirnzellen sagen nein. Ich schaukle, ich wiege mich hin und her, ich schlage mit dem Kopf gegen den Holzrahmen des Bettes, ich weine mit ganzer Kraft: es klappt. Die brutale Bande läßt von mir ab und rutscht weg.

Zuerst wollte ich lieber nicht laufen. Ich konnte liegen, sitzen und stehen und habe mich nie gelangweilt. Eines Tages rollte mir ein blauer Ball vor die Füße. Er kam von hinten und rollte an meinen Füßen vorbei nach vorne. Ich dachte an das sich drehende blaue Auge eines Riesen. Seit dem Tag, an dem ein Ball vor meinen Füßen hergerollt ist, laufe ich, und seit ich laufe, weiß ich, daß ich nicht fliegen kann, und seit ich das weiß, vermisse ich nicht das Flügelschlagen, sondern die Schwerelosigkeit. Du fliegst und hast keinen Körper. Du fällst rücksichtslos durch die Dunkelheit. Es ist nichts da. Nichts berührt dich. Was für ein Raum. Was für ein weiches Gefühl.

Von allen Gegenständen befinden sich die Menschen am ehesten mal hier und mal dort. Ihre Gesichter sprechen und lachen. Sie strecken die Arme aus und berühren dich, auch wenn du denkst: ich will nicht, auch wenn du denkst: die Haut berühren, das mache ich lieber selbst. Dann fragen sie dich Sachen, die du nicht verstehen kannst. Ich gehe dem aus dem Weg. Ich wiederhole ihre Worte und frage, wie sie heißen. Das reicht. Zuerst wollte ich lieber nicht sprechen, lieber nicht. Ich nehme einen Metallaschenbecher, stelle ihn hochkant und versetze ihm mit den Fingern und dem Daumen einen Stoß.

Er dreht sich und verrät sein Geheimnis. Wozu noch Worte? Wozu noch ein Wörter-System?

Zuerst habe ich Mamas Worte benutzt. Ich sprach. Sie lachte und streckte die Arme aus. Ich sprach ihr nach. Meine Stimme war da. Jetzt wecken andere Worte mein Interesse, Seite zweihunderteinundsiebzig, rechte Spalte, ich lese und behalte Fluorescein, Fluoreszenz, fluoreszieren, Fluorid, fluorieren, Fluorisierung, fluorgen, Fluor, Fluse ... ich bekomme einen Lachanfall.

Ich ziehe die Nacht vor. In der Nacht, in der alle Gegenstände verdreht und ungewöhnlich sind, träume ich, oder ich steige aus dem Bett. Ich stelle meine Füße links und rechts auf den Teppich und lege mein Auge an den 68 mm Refraktor. In der unbewölkten Finsternis sehe ich schon bald die zusammengeballten weißen Funken. Ich schaue und schaue immer weiter und kann nicht mehr aufhören, auch wenn ich nach nicht allzu langer Zeit genausogut die Hände und die Zunge ausstrecken könnte, weil sie so nah sind. In der Schwärze und der Stille spüre ich den Lachanfall. Ich spüre ganz stark den Gedanken, daß ich trotz meines Organismus und meiner Augen vielleicht noch nicht geboren bin.

3

Schwangerschaft und Geburt verliefen in jeder Hinsicht normal. Im Juni bemerkte sie, daß die Blutung zum zweiten Mal ausblieb. Sie kam vom Strand und ging ins Schlafzimmer, um sich im Spiegel in aller Ruhe anzusehen, wie die Farbe ihrer Arme, Beine und Schultern mit dem Bereich kontrastierte, der durch den Schnitt ihres Badeanzuges ausgespart war. Bleiche Haut, die im Lichteinfall des Sommernachmittages glänzte, Nabel, Brüste, man konnte noch nichts sehen. Sie legte die Hände auf ihren Bauch, dachte daran, was sich darunter in gesetzmäßigem Tempo teilte und vervielfachte, und fing ein bißchen ungenau an, im Kopf nachzurechnen.

»Januar«, sagte sie leise. »Januar, Ende Januar.«

Dann die Mutterliebe. Ihre Mutterliebe fing nicht wie bei manchen Frauen schon bei der Idee der Zeugung an oder, wie bei den meisten, ungefähr einen Tag nach der Geburt. Nellie fing an, sich etwas aus ihrem Kind zu machen, als sie gedankenlos in ein Brötchen biß und einen kleinen Zitteraal in ihrem Inneren zappeln fühlte. Sie hielt den Atem an – da war es wieder – und brach in schallendes Gelächter aus. Auf dieses Ereignis, das regelgerecht im vierten Monat stattfand, folgten schon bald eine Reihe gutartiger Körperveränderungen. Dicker Bauch, große Brüste, was ist dagegen einzuwenden? Nellie, die nicht mehr rauchte, kaum noch trank und zweimal in der Woche zusammen mit zehn anderen Schwangeren in schwarzen Trikots in einem kleinen Saal ihre Beckenmuskulatur trainierte, hatte sich noch nie so gut gefühlt. Kleine Nickipullover, Moltons, geblümte Tücher, allmählich wurde es Herbst, der Winter kam näher. Wenn sie in einem weiten Mantel durch den Regen oder mit unbewegtem Gesicht durch den Schnee ging, dachte sie gerne darüber nach, wie das Ungeborene dort unten in der Tiefe, in ihrer vom Schambein bis zum Brustkorb ausgedehnten Gebärmutter sein Leben führte, wie es jetzt, da ihr verstärkter Herzschlag das Blut mit voller Energie schneller denn je durch ihren Körper pumpte, bestens zum Zuge kam. Ein kleiner hölzerner Behälter wurde vor ihre Bauchwand gestellt, ein Arzt schüttelte den Kopf und lächelte. Salzarm ist nicht nötig. Er wies die zukünftige Mutter auf ihre schlanken Hand- und Fußgelenke hin.

In einer Nacht im Januar legt Nellie ihre Hände gegen die Innenseiten ihrer hochgezogenen und weit gespreizten Schenkel. Sie krallt sich fest. Nachdem sie den ganzen Abend Gäste gehabt hat, mit Sahne und Kuchengabeln hin- und hergelaufen ist und sich glücklich geschätzt hat, daß sich Erik und Robert unterhalten haben und die neue Freundin kein Wort Niederländisch verstand, hat sie sich auf dem Rücken aufs Bett gelegt. Hinter den Fenstern wirbelt ein Schneesturm, aber durch die kleine Villa schwebt der Geruch von glühendem Holz. Nachdem sie gehorsam Stunde um Stunde über sich hat ergehen lassen, eine Krankenschwester und einen Arzt mit Schneeflocken auf den Haaren begrüßt, die Hand ihres Mannes akzeptiert und mit einem unterdrückten Protest gegen einen Schmerz, von dem sie hinterher gesagt hätte: Der war ja nur halb so schlimm!, Augen und Kehle zusammengekniffen hat, macht sie den Rücken krumm und legt los. Dann begreift sie, daß ihr Kind geboren ist.

Erstaunt schaut sie auf die kleinen Händchen.

»Aber diese Händchen …«, brachte sie hervor.

Sie hatten ihr das Baby in die Armbeuge gelegt. Sie hatten den verschmierten kleinen Leib abgewischt, in ein

Tuch gewickelt und ihr gebracht: ein Sohn, ein tolles Kind, das kräftig geweint hatte und über zehn kleine Zehen und Finger verfügte.

Die Schwester drehte sich mit einer Waschschüssel in den Händen halb um. »Na«, sagte sie, »das habe ich wirklich noch nie gesehen, daß das einer gemacht hat.« Sie machte ein gerührtes Gesicht.

Nellie suchte die Augen ihres Mannes.

»Erik ...?«

Erik saß auf einem Stuhl neben dem Bett. Seinem verlorenen Blick entnahm sie, daß die vergangenen Stunden noch nicht hinter ihm lagen. Sie selbst war ganz und gar da. Während der Arzt zwischen ihren Beinen mit dem letzten Faden beschäftigt war und sie nicht mehr den geringsten Schmerz verspürte, auch keine Erschöpfung, bemerkte sie überrascht, daß das ruhig schlafende Baby die Hände mit solcher Kraft ineinander verschlungen hielt, daß die Finger vom zusammengepreßten Blut schon ganz blau geworden waren. »Erik?« wiederholte sie.

Er stand auf. Unbeholfen und wie aus einem Traum erwacht, reckte er sich und schnaubte kurz, sie wußte, daß er sich sammelte. Dann beugte er sich vor und fing an, die kleinen Finger seines Sohnes zu entwirren und jeden einzeln so zu biegen, daß sich die Händchen voneinander lösen und er sie in seine Hände nehmen und so lange reiben und kneten konnte, bis sie die normale grauweiße Babyfarbe hatten.

»So ist es besser«, sagte er und legte die Händchen auf die Umschlagwindel zurück. »So ist es viel besser, findest du nicht auch, kleiner Mann?«

Für einige Augenblicke schauten Nellie und er auf die gespreizten Seesterne. Doch bevor sie es richtig begriffen, sahen sie sie wieder hochkommen, einander kurz suchen, sich mit der Kraft von Magneten finden und einklinken.

»Damit hört er in den nächsten Tagen bestimmt auf«,

sagte der Arzt, der seine Arbeit beendet hatte und sich den sonderbaren Fall kurz ansah.

Aber er hörte nicht damit auf. Das Baby, kräftig, dunkelhaarig und so süß wie ein Engel, der sogar beim Baden durchschlief, ließ sich nicht aus seinem Halt befreien. Nachts nicht, tagsüber nicht, auf der Waage nicht, während des Fütterns nicht; wenn er es beim Anziehen doch ertragen mußte, daß die Kette mit sich selbst für einen Augenblick unterbrochen wurde, bog er den Kopf zurück und drückte das Rückgrat durch. Er verkrampfte sich auch, als er nach einem Tag an die Brust gelegt wurde. Er verweigerte oder verstand es nicht. Schwitzend und zunehmend mutloser drückte Nellie das Kind an sich, die Milch fing an zu rinnen. Wir versuchen es mit der Flasche, beschloß sie nach zwei Tagen. Er lag neben ihr, lag getrennt von ihr, sie drückte seine Lippen auf, er nahm den großen steifen Sauger mit Gummigeruch an, trank aber nicht. Sie vergrößerte die Sauglöcher. Bleich vor Erleichterung sah sie, daß er begriffen hatte, daß er jetzt trinken konnte, daß er die gesäuerte Kuhmilch, die ganz von allein in seinen Mund lief, herunterschlucken konnte. Jetzt geht alles gut, dachte sie, jetzt fängt das Wachsen, jetzt fängt sein Leben an. Sie wickelte stramm ein Tuch um ihre Brüste, und es gelang ihr, sechs-, fünfmal am Tag das Trinken des Babys, das blaue Badehandtuch, den Pudergeruch, das Winterlicht und die selige Hast zu genießen, mit der es schluckte, während es seine dunklen, glasigen Augen unbeweglich auf einen festen Punkt über ihrem Kopf gerichtet hielt. »Ob er vielleicht blind ist«, flüsterte sie eines Tages zu ihrem Mann.

Erik – er glaubte nicht daran – untersuchte auf ihr Drängen hin die Augen. Er legte das Baby auf die Kommode und konstatierte, daß keinerlei Anomalien festzustellen seien. Die Iris reagiert auf Licht, erzählte er ihr, und von einer Hornhauttrübung kann nicht die Rede sein. Nellie hörte zu. Sie hörte zu und sah mit wißbegieriger Dankbarkeit auf ihren Mann, dem es mitten im Schlafzimmer auf einmal zu gefallen schien, ihr die verblüffende Funktion der Lichtabsorption auf der Netzhaut zu erklären und dabei einen Unterschied zwischen Licht und Bild zu machen, »Licht«, sagte er, »sieht man mit den Augen. Bilder mit der Intelligenz.« Schließlich sah er mit einem geduldigen, berufsmäßigen Lächeln von ihr auf das Kind und sagte: »Was er jetzt genau wahrnimmt, Nellie, wissen wir nicht. Augen sind Leitmechanismen. Sie geben alles weiter, was dem Bewußtsein die Mühe wert ist.«

Ein Löffel. Ein Schuhkarton. Ein Tennisschläger. Die Ecke eines Wäscheschranks. Die Ecke eines Kaminsimses. Lichtspiegelungen an der Decke. Gabriel war nicht blind, er verdrehte die Augen. Es wird ungefähr nach drei Monaten gewesen sein, daß sie sich über die Wiege beugte, um nach ihrem Kind mit den immer abgewandten Augen zu sehen, als es zum ersten Mal in seinem Leben anfing zu lachen. Es verzog die kleinen Lippen und das ganze Gesicht und girrte sogar. Ungläubig und erschrocken sah sie, worauf es schaute. Der verchromte Fön in ihrer linken Hand glänzte im Mittagslicht.

Eines Tages kam sie an einem Spielzeuggeschäft vorbei. Clowns, Kuscheltiere, bunte Rasseln, sie hatte alles schon einmal ausprobiert, aber nein, seine Hände waren nun einmal besetzt. Plötzlich fiel ihr Blick auf zwei kleine, absolut identische weiße Bärchen, die so niedlich und flauschig aussahen, daß sie, ehe sie wußte, wie ihr geschah, vor dem Ladentisch stand.

»Soll es ein Geschenk werden?« fragte die junge Verkäuferin.

Nellie nickte.

»Für einen Jungen oder für ein Mädchen?«

»Einen Jungen.«

Die Bärchen wurden eingepackt. Zuerst in Seidenpapier, dann in Blumenpapier, und schließlich mit blauen Bändern verziert. Nellie kam nach Hause. Sie machte Tee und setzte sich an den Tisch. Es dauerte eine ganze Weile, bis sie das Päckchen öffnete, die Bärchen herausnahm und ins Zimmer ging, in dem Gabriel wie eine Rose seinen Mittagsschlaf hielt. Sie rüttelte die Hände auseinander. Starre, Abwehr, gekrümmter Rücken. Sie faltete die Hände um die Bärchen und hielt sie so lange fest, bis sie merkte, daß er anfing, seine Abscheu gegen das Unbekannte, die Leere, die Freiheit zu überwinden. Sie trat zurück und sah ein prächtiges kleines Kerlchen, das in jeder seiner erhobenen winkenden Hände ein Spielzeug hielt.

Er ließ die Bärchen nicht mehr los. Was für eine gelungene Idee! Das Baby wuchs mit den Bärchen zusammen, vom einen Augenblick auf den anderen verwuchs seine Haut mit den weißen Kunstpelzen, erkannte sie als Wärme, Weichheit und Tatsache an und befand sie für gut. Was für ein Fund! Wie rührend, das fünf Monate alte Baby, das im Laufstall auf dem Rücken lag und seine Bärchen mit merkwürdigen Freudenjuchzern bedachte! Und wie gerührt waren die Bekannten auf der Straße und in den Geschäften von dem schönen Kind, das im Sportwagen halb aufgerichtet seine Bärchen an sich drückte, in das Ansichdrücken oder wer weiß was versunken zu sein schien und sich von keinem Fingerpiekser in den Bauch, keinem Kniff in die Wange und keinem Bonbon oder Keks von der extremen Konzentration abbringen ließ, mit der es am liebsten dasaß und vor sich hin starrte.

Auch der Arzt lachte. Der Arzt, bei dem sich Nellie nach anderthalb Jahren, als ihr Sohn immer noch nicht krabbelte, lief oder sprach, zu einer Beratung angemeldet hatte, lachte väterlich. Nachdem er sofort herausgespürt hatte, daß die Mutter ziemlich unerfahren und ziemlich übertrieben besorgt war, sagte er: »Manche Kinder gehen es nun einmal etwas gemächlicher an.«

Sie hatte das Kind auf dem Schoß, nickte und sah hinaus. Die Fenster des Sprechzimmers standen offen. Sie sah einen sonnendurchfluteten Garten mit Kieswegen, Jasminsträuchern und Pfauen, die ihre halb gespreizten Schwänze hinter sich herzogen.

Im Haus, in den Zimmern, ja, auch in ihren Armen: ein kleiner Fremder, der den Unterschied zwischen sich und der Welt nicht wahrnimmt. Er sitzt auf dem Boden und spielt, die Tür geht auf, alles ist auf einmal durcheinander, er fängt wie ein Hund an zu jaulen. Sie trägt ihn die Treppe hinunter, an das Wegsacken der Wände und das Drehen des Raumes in der Kurve des Flurs unten hat er sich bereits gewöhnt. Dann wird er auf den Boden gesetzt und losgelassen, und die Mutter geht weg: Zitternd vor Angst sieht er, wie seine Beine und sein Körper mit dem hellblauen Anzug aus dem Blick verschwinden. Was muß das für ein Gefühl sein, wenn du mit deinen empfindlichen Fühlern zwar die Tischbeine, den Teppich, den Papierkorb und das spiegelnde Kamingitter aufnimmst, nicht aber den festen Punkt in diesem Chaos, dich selbst?

Also gut, sie sorgt dafür, daß in diesem Haus nichts, nichts, nicht einmal eine Blumenvase verrückt wird. Die Erdrutsche, denen er sich fügen muß, sind auch so noch groß genug. Die Bewegungen des Lichts und der Menschen, die Geräusche des Windes und des Staubsaugers, die Milchmahlzeit, die sich in Liga-Milchpulver, eingeweichtes Brot und zermanschte Bananen verändert. Das Haareschneiden bringt ihn für Stunden zur Verzweiflung. Nellie murmelt seinen Namen, müdegebrüllt liegt er in seinem Bettchen und schläft, wobei er wimmert und mit den Zähnen knirscht.

Dennoch entwickelt er sich. Er ist fast drei und kann aufrecht sitzen und manchmal, mit großer Anstrengung, auch stehen. Sie kniet sich neben ihn und reicht ihm ein paar Holzklötze, die er mit den Händen und der Zunge befühlt, er hat sich getraut, die Bärchen loszulassen, sie liegen in Reichweite. Sie sieht den Glanz in seinem Gesicht, er ist von dem Spiel besessen – greifen, lecken, weglegen, greifen … –, er hat vor, bis in alle Ewigkeit damit weiterzumachen. Zeit, das Dauern der Zeit, das sagt ihm nichts. Daß auf das eine das andere folgt, ist ihm noch nie aufgefallen. Warum sollte er merken lassen, daß er Hunger hat? Weinen? Seine Hände ausstrecken?

Nicht lange, nachdem er laufen gelernt hatte, fing er an zu sprechen. Eines Tages mündete das Durcheinander seiner Kehllaute plötzlich in zwei sehr deutlich artikulierte Wörter.

»Ein Quartal«, sagte Gabriel.

Nellie saß am Tisch. Ohne ihren Ellbogen von der Zeitung zu nehmen, sah sie auf, er stand mitten im Zimmer, ein reizender Fratz mit neuen Schuhen, ließ sich, nachdem er nochmals ruhig »ein Quartal« gesagt hatte, auf sein Hinterteil fallen, wiegte sich vor und zurück und fing an, mit erhobenem Gesichtchen Silben zu stammeln, die nichts mit der Sprache seines Vaters oder seiner Mutter zu tun hatten, Nellie glaubte, sie habe sich das alles nur eingebildet.

Als sie am Nachmittag mit ihm spielte, sagte er: »Nich tun.«

Sie hatte einen Ball in den Händen und starrte ihn an.

Ohne ihr auch nur die geringste Aufmerksamkeit zu schenken, steuerte er auf die Ecke des Zimmers zu und fiel von einem Schritt in den anderen.

»Nich nich tun ja«, sagte er und lachte eine Kristallvase an.

Von nun an ging es schnell. Innerhalb einiger Wochen konnte er alles mögliche sagen. Guten Tag, Gabriel. Bitte, Gabriel. Will Gabriel raus? Er sprach ihr rasch nach. Nicht tun, ja. Sieh mich an. Sie gewöhnte sich an seine Papageienstimme. Manchmal, wenn er teilnahmslos dasaß und vor sich hinstarrte, hörte sie auf einmal: »Eine Gravur.« Oder: »Pünktlich.« »Die Operation.« »Schlammig ...« Ob ihm das Spaß macht, dachte sie, amüsieren ihn die Worte, oder nimmt er sie so hin, wie er alles hinnimmt, die Gestalten und Formen, die sich nun mal in der Welt aufhalten?

Es wurde Sommer. Er wollte nicht in die Sonne, er weinte und machte die Augen zu. Im Wohnzimmer, das von Markisen verdunkelt war, sah sie, wie er den Weg von der Tür zur Wand zurücklegte. Sie sah seine mühsamen Schritte und dachte, vielleicht ist es so: Er hat angefangen zu sprechen, weil er angefangen hat zu laufen. Das muß es sein. Das Laufen hat sein Hirn angeregt. Wie schnell es auf einmal geht! Er holt seinen Rückstand auf, laufen, sprechen, wegen des Raums – der schließlich nach Ordnung schreit – muß er die Dinge beim Namen nennen. Bald werde ich ihm Märchen erzählen, Bilder zeigen, vorlesen. Was für ein Reichtum! Er läuft, er spricht, und wenn es nach mir geht, wird er fliegen. Denn das glaube ich manchmal: daß die Worte durch die Luft gehen und übers Meer, daß sie zwischen den Jahrhunderten hin und her fliegen. Manchmal glaube ich, daß Worte die Flügel der Menschen sind.

Wie jede andere Familie auch, fuhren sie dieses Jahr nach Frankreich in Urlaub. Es ist möglich, hatte der Mitarbeiter der medizinischen Beratungsstelle gesagt. Auch wenn Ihr Kind schwachsinnig ist, machen Sie etwas aus Ihrem Familienleben. Sie besuchten alte Freunde in den Cevennen. Ein Bauernhaus auf einem Berg. Maulbeerbäume. Ein herrlicher Sommer, aufwachen in einem Geruch aus wildem Majoran und Mauerputz, bis spät in die Nacht beim Wein sitzen, und ein Gabriel, der brav und lieb mit Magda auf einer Schaukel sitzt. »Probieren wir doch einmal eine Kindergartengruppe aus«, sagte der Berater Anfang September.

Das wurde kein großer Erfolg. Gabriel, ein schönes, dickes Kind, das hübsche Sachen anhatte, bewegte sich, sobald er in dem kleinen Raum abgeliefert worden war, keinen Schritt, sprach kein Wort und fauchte wie eine Katze, wenn ein anderes Kind in seine Nähe kam. Schaden konnte seine Anwesenheit freilich nicht. Halten wir jetzt erst mal durch. Er wird sich letzten Endes an seine Mitgeschöpfe gewöhnen müssen. Zwei Jahre verbrachte Gabriel jeden Morgen in der Klötzchenecke und verlegte sich auf die Stille und das Ignorieren jeder Ermunterung.

Das Hänseln fing erst auf der Sonderschule für geistig behinderte Kinder an. Die Mongoloiden und die aufgeschossenen Schwachsinnigen verstanden den Jungen, der immer schwieg, seinen Oberkörper hin und her wiegte und eines seiner grauweißen Bärchen nur losließ, wenn er zeichnen und, später dann, schreiben wollte, überhaupt nicht.

»Er weigert sich, die Zahl Sieben zu schreiben«, sagte der Lehrer zur Mutter.

Nellie nahm die Papierbögen mit nach Hause und schaute sich zusammen mit Gabriel die Zahlenfolgen an. Sie kam dahinter, daß die Sieben die Zunge herausstreckte, eine aktive, drohende, schikanierende Zunge.

Der Schritt in eine Tagesstätte schien der richtige zu sein. Gabriel begann diese Regelmäßigkeit zu mögen: den Zeitpunkt, an dem ihn das Taxi abholte: 8.05 Uhr, das Mittagessen am Resopaltisch: Kartoffeln, Endivien, Gehacktes, den Zeitpunkt, an dem das Taxi ihn abholte: 16.35 Uhr. Er zischte nicht mehr, die Weinkrämpfe blieben aus. In dem Heim, das inmitten von Laubbäumen lag, trieben die jungen Imbezilen Gymnastik, bearbeiteten Holz oder saßen benommen vorm Fernseher. Sie störten sich nicht im geringsten an dem Kind, das Stunden damit verbrachte, Heizungsradiatoren abzuklopfen. Trotzdem war er ein außergewöhnlicher Fall. Die Belegschaft fing an, sich für ihn zu interessieren, als sie sahen, daß er zeichnete, las, schrieb und eines Tages beim Mittagessen die Hinweise für Besucher ohne einen einzigen Fehler auswendig zitierte.

Nellie kam zu den Sprechstunden. Sie hörte sich Diagnosen an. Schwachsinnig. Schizophren. Ein angeborener Schaden des Gehirnstamms. Oft wurde ihr mitgeteilt, was sie schon wußte. Das Kind wird nicht schlau aus seiner Umwelt. Man stelle sich vor: er kommt von einem anderen Planeten, einem Planeten, auf dem unser Raum, unsere Zeit, unsere Wechselhaftigkeit der Dinge nicht gelten. Ein Stuhl ist nur derselbe Stuhl auf demselben Platz. Ein Geschehnis kann nur zu einem festen Zeitpunkt wiedererkannt werden. Augen, Ohren, Nase, Mund, Haut – die Zugangswege zum Gehirn – verursachen bei ihm Reize, die er nicht unterbringen kann …

Er wurde acht. Manchmal fanden sie ihn überraschend gewitzt. Das Problem des Händeschüttelns und des Kusses von einem Besuch löste er, indem er erst beim Kaffee mit einer Schale Plätzchen ins Wohnzimmer kam, die er wohlerzogen anbot. Seine visuellen Spielchen änderten sich mit der Zeit. Das Puzzeln und das stundenlange Anschauen von Stadtplänen und Schnittmustern ging über in eine Leidenschaft für den Wetterbericht, die Wetterkarte und vor allem für alles, was den Mond und die Sterne betraf. Der Junge, der den Unterschied zwischen »jetzt« und »gleich« und »hier« und »dort« nicht kannte und ihn auch niemals lernen würde, fing an, von Lichtjahren zu sprechen.

4

Mit dem kleinen 68 mm Refraktor ist der Himmel gut zu beobachten. In klaren Nächten kann Gabriel deutlicher als seinerzeit Galilei die Monde des Jupiter ausmachen, sehr viele Sterne der Milchstraße und den Sternenhaufen der Plejaden sehen und sogar ohne viel Mühe die Doppelsterne Draco und Gemini voneinander unterscheiden. Sein Beobachtungsort ist zwar nicht ungeeignet, aber auch nicht ideal, doch er weigert sich, das Instrument woanders aufzustellen als auf den Teppich unter dem Nordfenster seines Speicherzimmers.

Als er an einem Abend im Oktober Magdas Faust nimmt und mit ihr wortlos die beiden Treppen zum Speicher hinaufsteigt, hat er noch kein Teleskop und noch nicht einmal ein Fernrohr. Während unten im Haus der Wein geöffnet und das Gespräch über gediegene Geschäftsabschlüsse fortgesetzt wird, müssen die beiden im offenen Fenster gestanden und zum Himmel hinaufgeschaut haben, der an diesem Abend ungewöhnlich klar ist und immer klarer wird, Pünktchen, noch mehr Pünktchen, leuchtende Flecken, leuchtende Nebel, und wahrscheinlich hat Magda dann laut zwei Sternbilder genannt, die bei solchen Gelegenheiten immer genannt werden.

»Großer Bär. Kleiner Bär.«

Gabriel muß für einen Augenblick seinen Atem angehalten haben. Mit einer großen Freude muß er in einer anderen Situation einmal etwas Identisches wahrgenommen haben.

Bald tauchten im Haus die Bücher, Zeitschriften und

Prospekte auf. Nellie gefiel das. Es gefiel ihr, wie sich ihre beste Freundin und ihr Sohn über Sternkarten beugten und die Tierkreiszeichen durchnahmen. Wenn Magda die ausländischen Artikel übersetzte und die Übersetzung dann ordentlich in ein Ringheft schrieb, schaute Gabriel ihrer Hand zu, einer rundlichen, weißen Frauenhand, die eine ganze Prozession von Buchstaben hinter sich herzog. In diesen Augenblicken waren beide ganz vom Gefühl der Freundschaft umschlossen. Nellie fand, daß sie reichlich davon abbekam, wenn Gabriel hinterher bleich und mit Spucke am Kinn in die Küche kam und sagte: »Das größte optische Teleskop der Welt ist der Sechshundert-Zentimeter-Spiegel Selentschukskaja im Kaukasus.«

Erik kaufte ihm ein Fernrohr. Da Gabriel sich wünschte, das Instrument richtig zu verstehen, saß er neben seinem Vater am Tisch, hörte zu und nickte so lange, bis der Text der Gebrauchsanweisung mit Linsen, Drehringen und Fingern zusammentraf. Die Mondoberfläche jedoch besprach er mit Magda.

»Das müßte die südliche Halbkugel sein«, sagte sie und lehnte sich gegen den Rahmen des Speicherfensters. Sie reichte ihm das Fernrohr.

»Die Kratersilhouetten springen ins Auge«, sagte er nach einiger Zeit.

»Ja. Wie groß könnten sie sein?«

»Die kleinsten Krater messen ungefähr sieben Kilometer.«

»Siehst du den dunklen Fleck?«

»Das Mare Imbrium.«

Ein Jahr später wurde bei der Firma Ganymedes ein Teleskop bestellt. Das schöne Instrument kam an einem regnerischen Nachmittag im Februar an. Erik durfte die Einzelteile aus dem Seidenpapier wickeln, zusammensetzen und ausprobieren. Und dann durfte er, als es danach aussah, daß das mitgelieferte dreibeinige Stativ vollkommen instabil war, ein ganzes Wochenende darauf verwenden, ein fünfundzwanzig Kilo schweres Säulenstativ zu zimmern. Gabriel wartete höflich ab, bis sein Vater die Konstruktion präzise, geduldig und jeden überflüssigen Enthusiasmus vermeidend vor dem Dachfenster aufgestellt – »Und jetzt bleibt nur zu hoffen, daß das schlechte Wetter aufklart, Gabriel!« – und schließlich das Zimmer verlassen hatte, bevor er das Forschungsprogramm startete, dessen Details niemand, auch Magda nicht, je erfahren würde.

Er bekam Ringe unter den Augen. Seine Haut wurde fleckig. Am Tisch hielt er Reden über das Innere der Sterne. Nellie gelang es, sich angesichts seiner durchwachten Nächte keine Sorgen zu machen.

Vielleicht muß man einfach versuchen, jemanden nicht unbedingt immer ergründen zu wollen, dachte sie in dieser Zeit häufig. Menschen sind Rätsel, akzeptier das doch einfach, wenn es darauf ankommt, ist Gabriel sowieso eindeutiger als jeder andere. Kannst du dich noch an seine Papageienzeit erinnern? Es fing mit einem bunten Bilderbuch an, alle Arten waren darin, du hast ihm das Buch gegeben, und eine Woche später hat er dir ununterbrochen etwas von einem Papagei vorgefaselt, der die größte Veranlagung zum Sprechen hat, ein aschgrauer Vogel aus Afrika. Und es dauerte nicht lange, bis ihn alle Gebrauchsgegenstände im Haushalt an das Gaumenbein, die Flügelform oder die nach hinten gedrehten Zehen des Papageis erinnerten, außerdem wollte er nur noch Sachen anziehen, die mit der Farbe der Papageienfedern übereinstimmten, was Gott sei Dank nicht so schwierig war.

Auch du hast manchmal zum Sommerabendhimmel hinaufgeschaut und gedacht: Australischer Kakadu? Schließlich brachte ihm Erik einen Wellensittich mit.

Weißt du noch, wie fassungslos er dastand und das Tier und das Gepicke und Gekacke im Käfig anschaute? Er wollte erst abends wieder etwas sagen. Papageien fliegen in alle Richtungen, sagte er, und weißt du noch, daß du verstanden hast, was er damit meinte?

Jetzt benutzt er einen anderen Code. Eine Sommernacht, ein offenes Fenster und sein Auge hinter einer zweihundertfach vergrößernden Linse. An sich keine unlogischen Faktoren. Du kommst in sein Zimmer, du störst ihn nicht im geringsten, ohne dich zu bemerken und ohne dir ein Zugeständnis zu machen, schaut er wie besessen hinauf zum Mond. Das Betrachten des Unbegreiflichen. Du siehst seine Schuhe und seine Wolljacke. Du denkst, und dieser Gedanke ist ernst gemeint: Ich werde die Schuhe putzen, und die Jacke kommt in die Reinigung.

Damals machte es ihr Spaß, etwas auf seine Monologe zu erwidern. Wenn er nach einem Bericht über einen Supernova-Ausbruch schwieg und auf den Tee, den Zimtzwieback und die kleinen Sirupwaffeln wartete – er war so verrückt nach Süßem –, bekam sie manchmal Lust, ohne Eile selbst etwas zu erzählen, irgendwas Unterhaltsames aus ihrer oder seiner Jugend, es war egal was, etwas vom Schlafwandeln oder einem Lieblingsonkel, und dabei mit einem Ohr dem Wind nachzuhorchen, der immer irgendwo um das hochgelegene Haus spielte. Warum soll ein einseitiges und intimes Gespräch nicht auch etwas sehr Schönes sein können?

Künstliche Beleuchtung. Das Geräusch der Ladenglocke und der Kunde, der nicht vergißt, kurz seine Schuhe abzutreten. Nirgends fühlt sie sich wohler als dort unten in ihrem Laden an der mit Zierlaternen abgesetzten Böschung, die direkt zum Meer abfällt. Auf der breiten Promenade gehen die Badegäste spazieren. Im Sommer kommen sie in Massen und sind laut und dunkel verbrannt, im Winter kämpfen sie schweigend gegen den Wind an. Es gibt immer einen, der seinem Impuls folgt und am Rand des Bürgersteigs langsam auf die Bars und Boutiquen zuschlendert. Dann wird die Ladentür aufgestoßen, und Nellie schaut entgegenkommend auf. Sie kennt die leichte Befangenheit des Kunden, die Überraschung, daß hier, keine hundert Meter vom Meer entfernt, die Kraft der Sonne und des Salzes mit einem Schlag wie weggewischt ist und einer stillen, übersichtlichen Welt aus Gold, Silber und Kristall Platz gemacht hat.

Es ist für meine Frau. Es ist für meine Mutter. Wissen Sie vielleicht etwas für einen Mann.

Sie überlegt kurz und nickt dann bejahend. Sie weiß immer etwas. Auf der Glasplatte der Ladentheke erscheint ein blau bezogenes Samtetui.

Seit Gabriel an vier Tagen in der Woche zur Behindertenwerkstatt geht, ist Nellie Verkäuferin in ihrem eigenen Laden. Ihr Geschäftsführer wollte sich gerade selbständig machen, eine Aushilfskraft zum Einspringen fand sich sofort, Nellie hatte ihren Entschluß schnell gefaßt. Sie kaufte sich ein paar teure Kostüme und ließ sich die Haare zurechtmachen. Selbstverständlich soll das alles für Gabriel kein Nachteil sein. Erst wenn er um Viertel nach acht das Haus verlassen hat – er fährt jetzt ganz selbständig mit dem Bus –, steigt sie in den Wagen und fährt ins Geschäft. Kurz nach neun trinkt sie Kaffee, das Sicherheitsgitter ist dann bereits hochgezogen und die Scheibe mit Spiritus abgeledert. Der erste Kunde kommt fast nie vor zehn.

Sie fragt sich, ob sie ihre ausgedehnten totenstillen Tage nicht vermißt? Ihre Haushaltsführung, ihre Blumen und die Gedanken, die ihr in dem leeren Haus manchmal zu den unmöglichsten Gelegenheiten in den Sinn gekommen sind ...? Gestern hat er mich wieder an einen alten blinden Mann erinnert ... Nein, es hat sich nicht viel geändert. Wenn sie jetzt eine Pendeluhr ins Schaufenster stellt oder ein Etui mit antiken Krawattennadeln öffnet und dabei den Eindruck vermittelt, sich um nichts anderes als um ihre zögernde Kundin zu kümmern, stellt sie sich auf einmal das Gesicht vor, mit dem sie seit Ewigkeiten vertraut ist, die bleichen, eingefallenen Wangen, die Augen, die nach einer durchwachten Nacht glanzloser denn je sind, ich wette, daß heute nacht klares Wetter war, Sterne, Mond, denn schau mal, wie schön es draußen ist ... Ach, wie ernst er doch immer aussieht!

Die Kundin zögerte noch immer. Nellie bemerkte die Anspannung auf dem Gesicht der Frau. So ging das immer.

Wer hier hereinkam, war von der Idee bezaubert, etwas Schönes zu kaufen, einen Gegenstand, für den oft lange gespart worden war und der nicht nur das Wesen des Geliebten, sondern auch den guten Geschmack und den allerallerbesten Charakter des Schenkers zum Ausdruck bringen mußte. Kein einziger Gegenstand war, wenn er ihr Geschäft verließ, derselbe wie vorher.

Die Frau sah von den Krawattennadeln zu Nellie.

Sie fragte: »Welche finden Sie am schönsten? Die mit dem runden Stein oder mit dem ovalen?«

Nellie löste die Nadeln eine nach der anderen vom Samt. Sie legte sie auf ihren Handballen und verglich sie.

»Ich persönlich würde die ovale nehmen.«

Die Frau drehte ihren Kopf leicht zur Seite. Dann seufzte sie tief.

»Dann nehme ich die.«

»Gut. Ich werde sie für Sie richtig schön einpacken.«

Nellie lachte mit herzlichem Verständnis.

5

Es hat keinen Sinn, noch länger liegenzubleiben. Der Tag kommt, geht vorüber und wird genauso beunruhigend sein wie die vorangegangenen. In ein paar Minuten ist es halb neun. Wenn ich jetzt nicht aufstehe, werde ich den ganzen Tag Kopfschmerzen und in der Kirche gleich größte Mühe haben, durch die schwarzen Flecke vor den Augen hindurch an Magda zu denken, mir ihr Gesicht mit dem schönen blonden Haar ins Gedächtnis zu rufen, es ist mir die ganze Woche nicht gelungen, jedenfalls nicht richtig, es ist wie verhext, die ganze Woche schon ist Magda nicht mehr Magda, sondern jemand, mit dem etwas Unglaubliches geschehen ist.

Sie steht auf, geht zu den sanft hin und her wehenden Vorhängen und zieht sie auf. Es ist ein regnerischer Tag. Die Luft, die ins Zimmer strömt, läßt sie frösteln, genau richtig, es wird Zeit, daß dieser Körper einmal durchgeschüttelt wird. Sie tritt von der grauen Aussicht zurück, reckt sich, gähnt, schiebt die Träger über die Schultern und fängt das Nachthemd mit dem Fuß auf. Als sie in den Spiegel schaut, sieht sie, daß sie Ränder unter den Augen hat. Sie findet, daß sie heruntergekommen aussieht, in ihrem Blick liegt etwas Ausweichendes, das ihr ganz und gar nicht gefällt. Am Waschbecken schüttet sie sich mit beiden Händen Wasser ins Gesicht. Mein dunkelblaues Kleid, denkt sie gleich darauf. Sie sucht im Schrank zwischen den Kleidern, bis sie ihr Musselinkleid, das sie schon Jahre nicht mehr angehabt hat, gefunden hat. Die Ärmel umschließen ihre Handgelenke, der Rock spannt etwas, für einen Augenblick fühlt sie sich wie in ihrer Jugend am Sonntag, ein bißchen brav, ein bißchen herausgeputzt, nicht ganz mit sich selbst in Einklang. Ich werde frühstücken, denkt sie, ich werde mal nachsehen, wo Erik und Gabriel stecken.

Dann hebt sie den Kopf. Von draußen hört sie Gebell. Das ist Magdas Hund, Anatole, sein verzweifelter Ton bringt mich immer wieder auf die Palme. Sie schaut aus dem Fenster und sieht Erik mit den drei Hunden auf der Terrasse. Wahrscheinlich haben sie einen Spaziergang durch die Dünen gemacht. Sie sehen alle etwas struppig aus. Anatole würde ich schon hierbehalten, und wenn es nötig ist, auch für immer. Aber die kleinen Mistviecher?

Es gelingt ihr nicht, den Blick gleich wieder von dem Mann und den Hunden auf der versandeten Terrasse abzuwenden. Das Quartett strahlt eine mysteriöse Einträchtigkeit aus. Sie schaut von den klauenartigen Pfoten und den kleinen Löwenschnauzen der Pekinesen auf den – ohne jegliche Hoffnung – wartenden Bouvier und dann zu ihrem Mann. Erik sitzt zusammengesunken auf der kleinen Mauer der Balustrade, die Hosenbeine seines Anzugs hat er in die Stiefel gestopft. Verwundert kommt sie zu der Feststellung: Es hat ihn tatsächlich ziemlich aus der Bahn geworfen! Und das ist schon seit Montag so. Jetzt beugt er sich ein wenig vor. Er spitzt die Lippen und zieht die Augenbrauen hoch. In der ganzen Zeit, da wir verheiratet sind, habe ich ihn selten so niedergeschlagen gesehen. Er blickt auf, sein Kinn sackt herunter, am Himmel segelt eine Möwe. Erik ist vollkommen aus der Fassung, seit ausgerechnet er am Montag das entsetzliche Paar finden mußte: sein Jugendfreund Robert ein irrsinniger Mörder, und Magda, eine Frau, die ihm meiner Meinung nach nicht sonderlich viel bedeutet hat, in der absurdesten Lage, in der sich ein Mensch befinden kann, tot.

Die wahren Vorfälle wird wohl nie jemand herausfinden. Die Ermittlungen sind im Gange. Einige Tatsachen stehen mittlerweile fest. Das Drama, der Mord, ist Anfang der Nacht passiert, als die Hitze immer noch unerträglich war und das Gewitter, das schon seit Stunden über dem Dorf hing, aus weiß Gott welchen Gründen irgendwo aufgehalten wurde.

Wir, Erik und ich, sind abends noch bei ihnen zu Besuch gewesen, wir werden bis ungefähr elf mit ihnen zusammengesessen und geredet haben, draußen, auf dem kleinen Platz vor der Küche. Robert schwieg trübsinnig vor sich hin, fast schon unverschämt, wie immer in der letzten Zeit. Er machte nicht viel außer trinken, schwitzen und auf die Baumreihe an der Oude Zeestraat starren, auf die Kastanien, die im Dunkeln immer schwärzer und voluminöser wurden. Auch mir machte die schwüle Luft zu schaffen, man konnte meinen, daß die heraufziehende Nacht den Sauerstoff langsam aus dem Himmel drückte.

Die einzige von uns, die ganz sie selbst blieb, kühl und munter war und sich dafür entschuldigte, daß sie ein leeres Glas zu spät bemerkt hatte, war Magda. Wie geht es Gabriel, fragte sie, ihm macht die Wärme zu schaffen, was, gestern haben wir die Sternwarte von Pittsburgh angeschrieben, na, ich bin gespannt. Sie trug ein sehr kurzes Kleid, ihre Beine glänzten von der Sonnencreme, sie hatte ihre Fußnägel lackiert. Ich kann mich daran erinnern, daß mich die Art, wie sie sich gab, irritierte, vielleicht war ich aber auch einfach nur zu müde, zu geschafft, auf jeden Fall verhielt ich mich nicht allzu entgegenkommend, und als Erik aufstand, um nach Hause zu gehen, war ich wirklich erleichtert. Robert reagierte nicht auf unseren Gruß, aber vielleicht hatte das auch nur damit zu tun, daß er die Augen geschlossen hatte und gerade an einem fast aufgerauchten Zigarettenstummel sog. Magda ging mit uns zum Gartentor. Sie bückte sich, ihr

Haar fiel ihr über die Schultern, öffnete den Riegel und ließ uns hinaus. Das letzte, was ich von ihr sah, war ihr Arm, er winkte unter der Straßenlaterne und hob sich weiß gegen die Bäume ab.

Bewiesen ist, daß sie noch eine Weile sitzen geblieben sind, dort, im Neonlicht, und ein neues Päckchen Zigaretten aufgemacht haben, das zusammen mit den kaputten Gläsern am nächsten Morgen auf der schlammigen Terrasse gefunden wurde. Die Außentür war nicht abgeschlossen. Der Hund lief klatschnaß durch den Garten. Irgendwann sind sie nach oben gegangen, im Flur und im Schlafzimmer blieb das Licht an. Dann müssen die Augenblicke gekommen sein, um die sich alles dreht, die Augenblicke, die in ihrer Abfolge möglicherweise bizarr, unzusammenhängend und sogar ein wenig kindisch gewesen sind, zusammengenommen jedoch etwas unwiderruflich Schicksalhaftes bekamen. Magda hat meiner Meinung nach bis zum bitteren Ende ihren Mund gehalten.

Das Allermerkwürdigste aber ist die Mordwaffe. Robert muß in einem bestimmten Augenblick nach unten gegangen sein, um das Ding aus einem Schrank herauszufischen, der voll mit Kram war. Es war ein tibetanischer Dolch, vielleicht geweiht, vielleicht verflucht, jedenfalls hat er früher irgendwann einmal als Brieföffner auf dem Schreibtisch seines Vaters gelegen. Das elegante, lange, schmale und teuflisch scharfe Ding hatte weder Robert noch Magda bezaubern können, sie hatten es ausrangiert und vergessen. Magda war nicht sofort tot. Sie muß noch versucht haben, aus dem Bett zu kommen. Mit schweren Verletzungen in der Herz- und Lungengegend und schon totenbleich ist sie auf den Boden geglitten und hat sich über die dicke, warme, klebrige Feuchtigkeit gewundert, mit der sich ihr Unterrock vollsog. Bei dem Versuch, sich umzudrehen, hat sie sich noch ein wenig gestreckt. Und geräuspert. Als sie sich unglaublich leicht und leer im Kopf fühlte, schloß sie die Augen. Langsam, aber sicher wurde alles still. Auch von draußen, von der Straße, drang kein einziges Geräusch mehr zu ihr durch. Dann entlud sich das Unwetter. Mit einer Pathetik, an die er selbst nicht glaubte, hat Robert noch versucht, sich die Pulsadern aufzuschneiden.

Neben einem gutgelaunten Rätsel leben, das seine Haare kämmt und das Haus in Ordnung hält. Wenn er nach Hause kommt, will sie alles über die Geschäfte der Noort GmbH wissen und ist, wenn sie mit ihm wenig später am Tisch beim Wein sitzt, die Geschwätzigkeit in Person und erzählt, wie ihr Tag war, sie hat Schuhe gekauft, sie übersetzt einen Aufsatz über Aerodynamik, ist von einem Bericht auf der Auslandsseite einer Zeitung irritiert und hat geweint. Allmählich wird die Situation unerträglich. Ihr Schweigen übersteigt langsam sein Auffassungsvermögen. Macht ihn verrückt und wahnsinnig vor Wut. Nach und nach wird ihm zur Gewißheit, daß sein Leben die Bezeichnung Leben nicht mehr verdient, wenn er keine Chance mehr sieht, dieses Schweigen zu durchbrechen, wenn es ihm nicht gelingt, die zwei verschwundenen Jahre ausfindig zu machen, in sie einzudringen und sie in sein Weltbild einzufügen.

Dieses Abseitssein … dieses Distanziertsein … diese himmelschreiende Dreistigkeit nicht zu zerschlagen …!

Es wird 72 um Weihnachten herum gewesen sein, als sie zum ersten Mal von dieser Therapie hörte, Gabriel war damals fast neun. Man war sprachlos über die Resultate. Kinder, die ihrer Mutter noch nie in die Augen gesehen hatten, lachten sie an, betasteten ihre Lippen, imitierten ihren Gesichtsausdruck.

Wenig später saß sie mit dem zischenden und heftig mit den Händen flatternden Gabriel in einem Sprechzimmer. Draußen schneite es, drinnen wuchsen tropische Pflanzen. Mit einem Herzschlag, der immer langsamer wurde, hörte sie der Psychologin zu, einer Frau, die die Therapie in Amerika studiert hatte. Dort glaubte man, daß ein Kind, dem seine Mutter in den allerersten Stunden nach der Geburt nicht in die Augen geschaut – nein, Neugeborene sind nicht blind – und ruhig und liebevoll Brust, Bauch, Kopf und Rücken gestreichelt hatte, daß dieses Neugeborene sich von seiner Gattung ausgestoßen fühlen könnte und sich in die Welt der Dinge zurückzog.

Noch in derselben Woche beginnt die Therapie: Nellie umarmt ihr Kind mit aller Kraft. Sie liegt in einem halbdunklen Zimmer auf einer Matratze, hat die Bluse aufgemacht, die Schuhe ausgezogen und zwingt den Jungen an sich, er will nicht. Nackt bis auf die Unterhose, krümmt er den Rücken, macht die Beine steif und windet sich auf jede nur denkbare Art. Sie gibt nicht nach. Woher der Impuls auch gekommen sein mag – sie hört das Zähneknirschen und sieht den Ausdruck auf dem Kindergesicht, ach, er hat Angst! –, sie wendet Gewalt an. Um gegen seinen schon kräftigen Körper anzukommen, drückt sie ihm die Handgelenke auf den Rücken und hält sie fest, das Verdrehen seiner Arme tut ihm weh. Sie hat Mitleid, ihre Liebe hat nicht einen Funken eingebüßt, aber die Gewalt, die in ihr ist, die immer latent in ihr da war, hat den Geruch der Matratze, der vier Wände und der Angst eingeatmet und untrüglich als vertrautes Territorium wiedererkannt.

Nicht nachgeben, war ihr gesagt worden. Durchhalten, bis das Kind sich ergibt, sich anschmiegt und zum ersten Mal in seinem Leben Ihre Augen findet, Sie dürfen sich nicht kleinkriegen lassen! Nellie hatte zugehört und zustimmend genickt. Die Theorie von den eisigen Müttern, die versagt hatten, hatte ihr den Mund gestopft. Ihre kleine Gefühlswelt ist so verletzlich!

Sprechen Sie während des Fütterns nicht mit anderen, die Kleinen erschrecken über Ihr einäugiges Profil, sehen Sie auch nicht fern, nur Ihr ganzes Gesicht mit Ihren beiden Augen erleben sie als Bewachung. Was konnte sie tun, außer wortlos zu nicken und versuchen zu retten, was noch zu retten war?

»Die Therapie der aufgezwungenen Fürsorge ist nicht brutaler, als Ihr Kind vor den Rädern eines Autos wegzuziehen.«

Nellie sah der Psychologin ins Gesicht, das so ruhig wie ein Gartenteich war. Sie schluckte, verschob die Ringe an ihren Fingern und stimmte dem Vorschlag zu, ihrem Sohn gewaltsam einzuschärfen, daß seine Welt warm, weich und voller mütterlicher Fürsorge sei.

Es dauerte eine Stunde, anderthalb Stunden, die Kleider klebten ihr am Leib, auch Gabriel war klatschnaß. Gab er sich schon geschlagen? Manchmal gelang es ihr, eine Hand freizubekommen, das war wichtig, dann konnte sie seinen Kopf zurückdrücken, ihm über den Schädel streichen und ihm zuflüstern, wie süß und lieb er war. Die Raserei ging weiter. Der Kampf blieb unentschieden. Alle drei Tage wurden sie im Behandlungszimmer erwartet. Einmal, als sie mit inzwischen routinierter Hartherzigkeit sein Gesicht an ihren Hals gedrückt hielt, spürte sie, daß seine Schultermuskeln nachgaben. Seine Atmung wurde so leicht wie die eines Vogels. Als sie ihn losgelassen hatte und er gefügig auf sie sackte und dann zur Seite rollte, beugte sie sich voller Erwartung über ihn. Dann wollte sie in einen Schrei ausbrechen. Sein Gesicht war erstarrt, mit den geschlossenen Augenlidern hatte es den Ausdruck einer kleinen ägyptischen Mumie. Es dauerte nur kurz. Noch bevor sie es richtig bemerkte, hatte er eine Haltung angenommen, die sie sehr gut kannte: die Hände ineinandergefaltet, die Knie angezogen. Sein Mund stand offen. Er schlief.

6

Sie geht vom Zimmer in die Küche. Wirklich seltsam, so eine Stunde, dies Wartenmüssen in Erwartung von etwas. Um halb elf ist die Beerdigung. Alles, was sie tut, so gefühlskalt es auch sein mag, steht im Zeichen davon. Sie kocht Kaffee, gibt den Blumen Wasser, sortiert in aller Ruhe die Post, warum nicht, es ist Zeit genug, diese Stunde läuft fast über vor Zeit. Vielleicht sollte sie der Tanne hinter dem Haus einmal ihre Aufmerksamkeit widmen, dem Stamm, den häßlichen unteren Ästen, und sich dabei an die Schürfwunden auf ihren Kinderbeinen erinnern? Wäßrig, klebrig. Sie schaut. Links ist Erik mit dem Kämmen der Hunde beschäftigt. Weiter weg steht ein Strandkorb. Im Ginster, der in den letzten Zügen liegt, flattert eine Zeitung. Ein Stückchen blauer Himmel bringt sie auf vage, freundliche, metaphysische Gedanken, gibt es Gott, gibt es die Ewigkeit, und wenn ja, wo?

Mitten im Zimmer sitzt Gabriel in seinen schwarzen Sachen. Möchtest du Kaffee, fragt sie. Ja. Es stört sie überhaupt nicht, daß er keine Lust zum Sprechen hat. Als sie ihm den Becher reicht, starrt er weiter auf den kugelförmigen Mittelfuß des Tisches und streckt seine Hand aus wie ein Blinder. Um dem außerordentlichen Programm dieses Tages, dem Einbruch in den Rhythmus und in die Logik gewachsen zu sein, muß er versuchen, seinen Verstand beisammen zu halten. Sie bleibt kurz neben ihm stehen. Woran denkst du? Mit krauser Stirn sitzt er da und schlürft.

Zu dieser Zeit ist er normalerweise an seinem Arbeitsplatz. Eine große Halle, Tische auf Böcken, Neonbeleuchtung. Umgeben von Kollegen, die auch nicht alle beisammenhaben, sitzt er hinter seiner Schreibmaschine und macht nützliche Arbeit. Sogar angenehme Arbeit. Während seine Augen die Informationen aus einem Kursbuch oder einer Behördenbroschüre aufnehmen, läßt er gerne seine langen, weißen Finger mit den leicht nach oben gebogenen Spitzen auf den Tasten spielen. Er tippt fehlerfrei und schnell. Daß die Maschine das ganze Zeug dabei in Blindenschrift umsetzt, ist für ihn ohne Interesse. Alles, was ihm unter die Augen gekommen ist, wird später von einem Nichtsehenden mit den Händen betastet. Das Tippen klingt angenehm im Kopf. Neben ihm sitzt ein Debiler, asiatische Herkunft. Gleich ist es Punkt zwölf, dann wird ein Wagen mit Brötchen und Suppe hereingeschoben. Ihm ist das recht. Daß die Zahlen, die Wörter, die Satzzeichen von seinen Händen in andere Hände übergehen, interessiert ihn weniger.

Es ist keine Psychose, worunter er leidet, sie weiß das schon lange. Er befindet sich nicht in einem Zustand einer schrecklichen Wut. Vergangene Zeiten! Der Fingerzeig auf die Mutter wurde zurückgenommen, niemand spricht mehr von Brüsten, die so groß gewesen sind, daß sie das Näschen des Säuglings abgedrückt, ihn in Angst und lebenslängliche Panik versetzt haben. Nellie schaut auf den Jungen, er sitzt da und wartet, wie immer in Beschlag genommen, wie immer verloren. Neuere Erkenntnisse waren um einiges plausibler. Dieses Kind hat einen Hirnschaden. Es beißt sich in die Hände, drischt sich auf die Ohren und schaut in die grelle Sonne. So ein Kind ignoriert die altbewährten Regeln des Instinkts.

Ja, denkt sie, aber was wurde ihm schon alles beigebracht! Er spricht, ißt, zieht sich an, schaut auf die Uhr, liest, schreibt, kauft eine Busfahrkarte, schüttelt eine Hand und nennt seinen Namen. Manchmal erledigt er, ohne jedes Verständnis der Zusammenhänge, einen Auftrag für mich. Wirf diesen Zettel doch eben bei Magda in den Kasten, bitte ich ihn, und er verschwindet. Aber was ist das? Nach einer Ewigkeit kehrt er zurück und hat den Zettel noch in der Hand. Sie war nicht zu Hause, sie hätte ihn nicht lesen können, er hat sehr lange dagestanden und durchs Fenster geschaut, aber nein, sie war nicht da. Sein Blick gleitet gleichgültig an mir vorbei, er entdeckt den Dosenöffner, nimmt das Ding und fängt an, die Schraube zu drehen. Ich lasse es dabei bewenden. Was soll man dazu sagen? Im Netz seiner Milliarden Hirnzellen gibt es eine Abweichung, die nicht meßbar ist, geschweige denn zu beheben. Was man dazu sagen kann, ist, daß ich ihn füttern, wärmen und gegen Regen, Sturm und Schimpfwörter beschützen werde und daß ich, so wahr ich hier stehe, dafür sorgen werde, daß ich ihn überlebe.

Erik ist mit drei nassen, wunderschön gekämmten Hunden hereingekommen. Während er seine Stiefel auszieht, steht in seinem Gesicht immer noch die niedergezwungene Überraschung, als er aufblickt, sieht sie, daß seine Pupillen so klein wie Stecknadelköpfe sind. »Wir sollten bald gehen!« sagt er. Sie nickt und dreht sich zur Anrichte um, um Kaffee einzuschenken, sie zündet sich eine Zigarette an, die sie, bevor sie mit den beiden Tassen zu den Bodenfenstern auf der Vorderseite des Hauses geht, in den Mundwinkel schiebt. »Kommst du?« fragt sie. Sie verspürt ein unbestimmtes Mitleid, eine vage Freundschaft, sie würde ihn gerne beruhigen.

Dann schauen sie – schweigend nebeneinander, Erik trinkt mit hochgezogenen Schultern – kurz auf den regnerischen Himmel voller Vögel, auf die an- und absteigende Düne mit ihrem struppigen Bewuchs, auf die Häuser, den Wasserturm, das Hinweisschild *Zum Strand* und auf das Muster halb verwehter, schlecht gepflasterter

Straßen, auf denen ein paar Leute gehen oder Fahrrad fahren und jetzt in der Nachsaison auffällig mehr Autos fahren als sonst zu dieser Zeit, in diesem von Jahr zu Jahr mehr dem Tourismus ausgesetzten und trotzdem noch freundlichen Dorf an der Küste. »Es wird wohl voll werden«, sagt Nellie.

Ja, es wird gleich voll werden. Wir werden alle zusammen von der Trauerhalle hinter ihr hergehen zur Kirche, dabei unseren Kummer und unsere Ergriffenheit pflegen, wie sympathisch sie war, und wie hübsch anzusehen, und mit einem leichten Erstaunen werden wir die Tage, an denen wir sie schon fast lächerlich steif grüßten, in den Geschäften reserviert bedienten und höchstens einmal, unter größten Anstrengungen, stehenblieben, um den Kopf ihres Hundes zu streicheln, einfach aus unserem Kopf streichen, sie glattweg vergessen. Gleich werden wir ihr alle folgen, Meter um Meter auf einem Weg, den jeder von uns mit eigenen Augen sehen kann und sich dennoch im Traum nicht hat vorstellen können, und zur kleinen Fischerkirche gehen, die dort so schön in der Voorstraat liegt, schräg nach Westen hin und ganz nah am Meer, und wir werden zwischen den weißen Mauern dem Glockenläuten zuhören, aus dem man noch sehr gut heraushören kann, daß hier die von Salz, Algen und Treibholz geschundenen Toten beklagt werden.

»Es war kein natürlicher Tod?« hat Gabriel an einem dieser Tage gefragt.

Nein, sagte ich und mußte ihm das mit dem Mord erklären. Wie? Mit einem Messer. Was für ein Messer? Ein Dolch. Von wem war der Dolch? Na ja, eigentlich von Roberts Vater. Wie kam der Vater zu dem Dolch? Das weiß ich nicht, es war ein Dolch aus Tibet. Tibet? Doch so verrückt war ich dann auch wieder nicht, ihm das alles zu erklären, auch wenn ich das Land für ihn aufschlagen mußte, zuerst im Atlas, dann in der Enzyklopädie. Er fing an, den Abschnitt im Lexikon zu lesen. Danach saß er bis spät in die Nacht über die Landkarte gebeugt.

Meine Zigarette ist zu Ende geraucht. Erik sieht mich an, ich nicke. In ein paar Minuten werden wir zu dritt an der Düne entlang hinuntergehen. Wie wird Gabriel sich halten? In der ersten Stuhlreihe, wo man uns erwartet? Kein Mensch kann ihn dazu bringen, seinem Gesicht einen passenden Ausdruck zu geben. Unsere Art von Abschiedstränen kennt er nicht. Weswegen sollte er unsere Gewissensbisse haben? Er wird zwischen Erik und mir sitzen und mit Interesse das Schauspiel vor seinen Augen verfolgen. Und er wird heftig vor und zurück schaukeln, sich Magdas Reglosigkeit vorstellen, ihre betonte Absonderung, dort, im Dunkeln unter den Blumen, und sie – auf seine Art – vielleicht aufrichtiger beklagen als die meisten ihrer nächsten Verwandten.

Sie kommt am Samstag. Nachdem sie erst im Schlafzimmer und dann wieder in der Küche mit Mama gesprochen hat, begrüßt sie mich, manchmal lacht sie, manchmal ist sie ernst, meine Stimmung verdreifacht sich, Samstag ist der Tag der Neuigkeiten und des Weiserwerdens. Ich gebe ihr die Post, die sie dazu bringt, sich vorzubeugen und ihre Wange auf die Faust zu stützen, Falten und Wimpern, Seifengeruch. Sie schlägt eine Zeitschrift auf, blättert, ihr Ärmel, ihre flache Hand, diese Seite und keine andere, wir setzen uns an den Tisch. Stille und Fröhlichkeit von Kopf bis Fuß. Ich schaue aufmerksam, aber ohne auch nur einen einzigen Gedanken an die englischen Wörter, ich schlinge meine Finger ineinander und warte, bis sie die Buchstaben in ihrem Kopf durcheinandergeworfen und das System umgedreht hat, was schnell genug gelingt, sie spricht. Ohne Unterbrechung erzählt sie, wo und wann, und nennt die Namen von einmaligen, meßbaren Lichtquellen. Nemesis ist ein schwacher Zwergstern, der alle dreißig Millionen Jahre in unser Sonnensystem eindringt. Ich schaukele ein bißchen aus den Hüften heraus. Meine Zunge taucht zwischen meinen Lippen auf, und sie schreibt auf, was ich möchte, eine Menge, den ganzen Kram über die Physik, für mich ... die Schwerkraft des Pulsars ist ... der Neutronenstern hat ... sie schreibt, ich spüre den Genuß, ihre Hand bietet Vorteile.

Ist sie eine Freundin? habe ich Mama einmal gefragt. Ja. Was muß ich machen? Kauf Blumen für sie. Ich erschrecke, wo und wann? Am Samstag steht am Leuchtturm eine Bude. Ich mache es. Ich kaufe einen Strauß, bezahle und stelle mich auf gut Glück vor ihre Nase hin, sobald sie unser Haus betritt, ihre Schuhe sind pechschwarz, ihre Füße schneeweiß. Sie bückt sich, nimmt den Blumenstrauß, lacht und zeigt dabei ihre Zähne, und sie macht das auch weiter so, jede Woche wieder, Blumenstrauß, bücken, Zähne ... Mama sagt: einfach nur einen Zweig, eine Dünenrose, einen Tannenzapfen für sie pflücken, das geht auch, also mache ich das. Es klappt, Lachen und Zähne, sie stellt den Tannenzapfen neben den Tee, ihre Hand sucht Zigaretten, Streichhölzer, dann blättern wir im Sternenatlas, Aquarius, die Jagdhunde, heute fängt die astronomische Dämmerung um 03.13 Uhr an und endet gegen Mitternacht. Dunkelheit, eine düstere Substanz, niemand berührt dich.

Es war kein natürlicher Tod, behauptet Mama, es war mit einem Dolch. Was für ein Dolch? Ein Dolch aus Tibet. Ich denke: Tibet ist der europäische Name für eine Region in Innerasien, die auf dem Hochland zwischen dem Kunlungebirge und dem Himalaja liegt. Die Lebensweise eines überwiegenden Teils der Bevölkerung ist nomadisch. Der Gütertransport wird ausschließlich mit Hilfe von Lasttieren bewerkstelligt. Dann denke ich an die Landkarte und die sehr kalten Gipfel, die manchmal

6500 Meter überschreiten, die dünne Luft, keine Wolken, kein Schmutz, kein einziges Licht – nachts – von der Erde ... nur die Pünktchen ... die rasenden blauweißen Funken ... der südliche Himmel mit den Sternbildern Walfisch, Schwertfisch, Fliegender Fisch, Paradiesvogel, Adler, Phönix, Taube, Pfau, Rabe ... ich spüre den Lachanfall.

Margriet de Moor im dtv

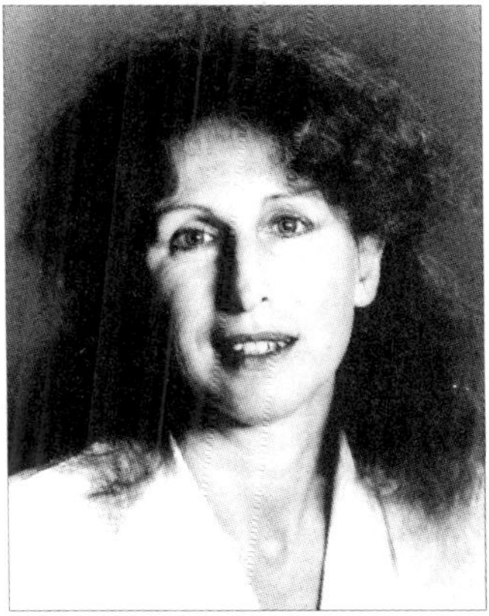
Foto: Ronald Hoeben

Rückenansicht
Erzählungen · dtv 11743

Sophie war noch ein junges Mädchen, als ihre Eltern nach Australien auswanderten. Zum Familienbesuch kehrt sie in die Niederlande zurück. Was wirklich war, erfährt sie erst jetzt im Rückblick, was sein könnte, zeigt ihr die Begegnung mit einem Jugendfreund. Plötzlich scheint alles möglich.

Doppelporträt
Drei Novellen · dtv 11922

In der Kindheit der beiden Schwestern gibt es einen faszinierenden Fremden, den Spanier, der ein Porträt ihrer Mutter malte. Mit ihm werden die aufregenden Dinge, die in ihren Büchern stehen, beinahe Wirklichkeit. Viele Jahre später, sie sind inzwischen erwachsen und haben selbst Familie, machen sie sich auf die Suche nach ihm ...

Erst grau dann weiß dann blau
Roman · dtv 12073

Eines Tages ist sie verschwunden, einfach fort. Ohne Ankündigung verläßt Magda ihr angenehmes Leben, die Villa am Meer, den kultivierten Ehemann. Und ebenso plötzlich ist sie wieder da. Über die Zeit ihrer Abwesenheit verliert sie kein Wort. Die stummen Fragen ihres Mannes beantwortet sie nicht.

»De Moor erzählt auf eine unerhört gekonnte Weise. Ihr gelingen die zwei, drei leicht hingesetzten Striche, die eine Figur unverkennbar machen. Und sie hat das Gespür für das Offene, das Rätsel, das jede Erzählung behalten muß, von dem man aber nie sagen kann, wie groß es eigentlich sein soll und darf.«
(Christof Siemes in der ›Zeit‹)

Tessa de Loo
im dtv

Schönheit, komm, der Tag ist halb vergangen
Roman

Schönheit ist vergänglich. Für manche kann dieser Gedanke ein Trost sein, für andere wird er zur Obsession. Jeanne ist so häßlich wie Isabelle schön. Als Jeanne versucht, diese Schönheit in ihre Gewalt zu bringen, unterschätzt sie deren Macht. Aus einem Kriminalfall wird ein Psychodrama. Der Roman »steckt voller hintersinniger Einfälle, Beobachtungen und Reflexionen, die ihn weit über das Krimivergnügen hinaus lesenswert machen«. (Der Tagesspiegel)

dtv 11738

Die Mädchen von der Süßwarenfabrik
Erzählungen

Die Mädchen von der Süßwarenfabrik sind eine Clique. Jede hat ihre eigenen Sorgen, aber wenn es drauf ankommt, sind sie solidarisch. Das bekommt ein unvorsichtiger Schaffner, der eine von ihnen zur Rede stellt, hautnah zu spüren. Gegen die geballte Ladung Weiblichkeit, mit der er sich plötzlich konfrontiert sieht, hat er keine Chance …

dtv 11944

Eveline Hasler im dtv

Anna Göldin
Letzte Hexe
Roman · dtv 10457

Die erschütternde Geschichte des letzten Hexenprozesses in der Schweiz im Jahre 1782. Die eigenwillige und schöne Anna Göldin, die als Frau und als Dienstmagd am untersten Ende der sozialen Stufenleiter steht, wird zum Opfer des bornierten, frauenverachtenden Justizapparats und der bürgerlichen Selbstherrlichkeit in der Provinz.

Novemberinsel
Erzählung · dtv 10667

Eine junge Frau zieht sich mit ihrem jüngsten Kind ausgerechnet im November auf eine Mittelmeerinsel zurück in der Hoffnung, aus einer psychischen Krise herauszufinden.

Ibicaba
Das Paradies in den Köpfen
Roman · dtv 10891

Im 19. Jahrhundert sind Hunger und Elend in einigen Kantonen der Schweiz so groß, daß es zu einer riesigen Auswanderungswelle ins »gelobte Land« Brasilien kommt. Doch das vermeintliche Paradies entpuppt sich für die meisten als finstere Hölle.

Der Riese im Baum
Roman · dtv 11555

Die Geschichte Melchior Thuts (1736–1784), des *größten* Schweizers aller Zeiten. Ein historischer Roman, der das 18. Jahrhundert in seiner ganzen Gegensätzlichkeit zeigt: als Epoche, in der die Wurzeln unseres modernen Denkens, aber auch der modernen Fehlentwicklungen liegen.

Die Wachsflügelfrau
Roman · dtv 12087

1899 bewirbt sich Emily Kempin-Spyri, die erste Juristin im deutschsprachigen Raum, um eine Stelle als Magd. Vorausgegangen ist ihr einzigartiger Aufstieg als Kämpferin für die Frauenrechte in der Schweiz und in New York, ihre Ehe mit dem Pfarrer Walter Kempin, Geldnöte, Auseinandersetzungen, schließlich der Ruin.

Penelope Lively im dtv

Foto: Jerry Bauer

»Was mich interessiert«, sagt Penelope Lively, »ist das Gedächtnis, die Art und Weise, wie Menschen und Landschaften aus Erinnerungen zusammengesetzt sind.«

Moon Tiger
Roman · dtv 11795

Das Leben der Claudia Hampton wird bestimmt von der Rivalität mit ihrem Bruder, von der eigenartigen Beziehung zum Vater ihrer Tochter und jenem tragischen Zwischenfall in der Wüste, der schon mehr als vierzig Jahre zurückliegt. Allerdings ist nichts in diesem Leben wirklich vergangen. Alles ist Gegenwart: Kindheit und Krieg, Ägypten, England, die ganze Welt und ihre Geschichte. »Ein nobles, intelligentes Buch, eins von denen, deren Aura noch lange zurückbleibt, wenn man sie längst aus der Hand gelegt hat.« (Anne Tyler)

Kleopatras Schwester
Roman · dtv 11918

Eine Gruppe von Reisenden gerät in die Gewalt eines größenwahnsinnigen arabischen Machthabers. Unter ihnen sind der Paläontologe Howard und die Journalistin Lucy, Skeptikerin und Nonkonformistin von Kindheit an. Vor der grotesken Situation und der Bedrohung, der sie ausgesetzt sind, entwickelt sich eine ganz besondere Liebesgeschichte …

London im Kopf
dtv 11981

Der Architekt Matthew Halland, Vater einer Tochter, geschieden, arbeitet an einem ehrgeizigen Bauprojekt in den Londoner Docklands. Während der Komplex aus Glas und Stahl in die Höhe wächst, wird die Vergangenheit der Stadt für ihn lebendig. Sein eigenes Leben ist eine ständige Suche, nicht nur nach der jungen Frau in Rot …

Nina Bawden im dtv

Foto: Jerry Bauer

»Nina Bawdens große erzählerische Begabung ist, uns durch scheinbar ganz normale Straßen zu führen. Und dann reißt sie die Fassaden ein und zeigt uns das seltsame und leidenschaftliche Geschehen hinter den verschlossenen Türen...«
(David Holloway im ›Daily Telegraph‹)

Besuch bei Freunden
Roman · dtv 11635

Laura ist glückliche Ehefrau und Mutter und hat Erfolg als Schriftstellerin. Eigentlich müßte sie sich nur noch Sorgen um ihre Verdauung oder den nächsten Zahnarztbesuch machen. Doch ihr Sohn aus erster Ehe landet im Gefängnis, und sie hat Alpträume, in denen das Haus über ihr zusammenbricht...

Das Eishaus
Roman · dtv 11775

Daß Ruth ihre ganze Kindheit hindurch von einem Vater, der halb verrückt aus dem Krieg nach Hause kam, mißhandelt wurde, macht es ihr später, als ihr Leben scheinbar so geordnet und angenehm verläuft, schwer, den Tatsachen ins Auge zu sehen. Die Affäre ihres Mannes mit einer anderen Frau bringt sie völlig aus dem Gleichgewicht.

Eine Frau in meinen Jahren
Roman · dtv 11726

Die Ereignisse auf einer Urlaubsreise nach Marokko werden für Elizabeth zum Anlaß, den eigenen Lebenslügen nachzuspüren. Besonders als sie feststellt, daß ihr Mann schon lange ein Verhältnis mit der Freundin der Familie hat, die ihnen dort scheinbar zufällig begegnet. Aber auch Elizabeth ist für Überraschungen gut.

Kunst der Täuschung
Roman · dtv 11908

Ein Mann, zwei Frauen, Kinder. Er verdient sein Geld mit den Kopien alter Meister. Täuschung ist sein Lebenselement. Doch manchmal täuscht er sich auch selbst. »Eine äußerst komische Geschichte, faszinierend und unterhaltsam im höchsten Maße.« (The Independent)

Marlen Haushofer im dtv

Begegnung mit dem Fremden
Erzählungen
dtv 11205

Die Frau mit den interessanten Träumen
Erzählungen
dtv 11206

Bartls Abenteuer
Kater Bartl, Held der Katzenwelt und unumstrittener Liebling von Eltern und Kindern.
dtv 11235

Wir töten Stella und andere Erzählungen
»Marlen Haushofer schreibt über die abgeschatteten Seiten unseres Ichs, aber sie tut es ohne Anklage, Schadenfreude und Moralisierung.« (Hessische Allgemeine)
dtv 11293

Schreckliche Treue
Erzählungen
»... Sie beschreibt nicht nur Frauenschicksale im Sinne des heutigen Feminismus, sie nimmt sich auch der oft übersehenen Emanzipation der Männer an...« (Geno Hartlaub)
dtv 11294

Die Tapetentür
Eine berufstätige junge Frau lebt allein in der Großstadt. Die Distanz zur Umwelt wächst, begleitet von einem Gefühl der Leere und Verlorenheit. Als sie sich verliebt, scheint die Flucht in ein »normales« Leben gelungen...
dtv 11361

Foto: Peter J. Kahrl Etscheid

Die Wand
Eines Morgens wacht eine Frau in einer Hütte in den Bergen auf und findet sich, allein mit ein paar Tieren, in einem Stück Natur eingeschlossen von einer unüberwindlichen gläsernen Wand, hinter der offenbar kein Leben mehr existiert.
dtv 11403

Eine Handvoll Leben
Eine Frau stellt sich ihrer Vergangenheit.
dtv 11474

Müssen Tiere draußen bleiben?
Wie es vier Jungen gelingt, einen Bernhardiner zum Internatshund und eine strenge Heimleiterin zur Tierfreundin zu machen und trotzdem das Klassenziel zu erreichen.
dtv großdruck 25082

Marie Luise Kaschnitz im dtv

Foto: Rosemarie Clausen

»Ich habe in meinem Werk versucht, den Blick des Lesers auf das Bedeutsame zu lenken, auf die wunderbaren Möglichkeiten und die tödlichen Gefahren für den Menschen und auf die bestürzende Fülle der Welt.« (Marie Luise Kaschnitz in ihrer Dankesrede zur Verleihung des Georg-Büchner-Preises 1955 in Darmstadt)

Der alte Garten
dtv 11216 / dtv großdruck 25075

Mitten in einer großen Stadt liegt ein verwilderter Garten, den zwei Kinder voll Neugier und Abenteuerlust für ihre Spiele erobern. Aber die Natur wehrt sich gegen die ungestümen Eindringlinge… Ein literarisches Gleichnis für den sorglosen Umgang mit unserer Welt.

Griechische Mythen
dtv 11758

Bekannte und weniger bekannte Mythen hat Marie Luise Kaschnitz in diesen frühen, sehr persönlich gefärbten Nacherzählungen dargestellt.

Lange Schatten
dtv 11941

Einundzwanzig Geschichten, die in Frankfurt am Main und London, in Rom und am Meer und in den Albaner Bergen spielen. Erzählungen von Alltäglichem, das nicht selten eine unerklärliche Wendung nimmt…

Wohin denn ich
dtv 11947

Ein literarisches und menschliches Dokument aus einem »Zwischenreich« des Lebens: Nach Jahren der Trauer über den Verlust des Mannes findet Marie Luise Kaschnitz auf Vortragsreisen zu einem neuen Selbst- und Weltverständnis.

»Was immer sie schrieb – ob Lyrik oder Prosa, ob Erinnerungen oder Tagebücher –, es zeichnet sich durch kammermusikalische Intimität aus. Sie war eine leise Autorin. Gleichwohl ging von ihren besten Büchern eine geradezu alarmierende Wirkung aus.« (Marcel Reich-Ranicki)

Irmgard Keun im dtv

Foto: Isolde Ohlbaum

Das kunstseidene Mädchen
Doris will weg aus der Provinz, die große Welt erobern. In Berlin stürzt sie sich in das Leben der Tanzhallen, Bars und Literatencafés – und bleibt doch allein.
dtv 11033

Das Mädchen, mit dem die Kinder nicht verkehren durften
Von den Streichen und Abenteuern eines Mädchens, das nicht bereit ist, die Welt einfach so zu akzeptieren, wie sie angeblich ist.
dtv 11034 / dtv großdruck 25050

Gilgi – eine von uns
Gilgi ist einundzwanzig und hat einiges satt: die Bevormundung durch ihre (Pflege-)Eltern, die »sich ehrbar bis zur silbernen Hochzeit durchgelangweilt« haben, die »barock-merkantile« Zudringlichkeit ihres Chefs und den Büroalltag sowieso. Da trifft es sich gut, daß sie sich in Martin verliebt. Doch als sie bei ihm eingezogen ist, kommen ihr Zweifel...
dtv 11050

Nach Mitternacht
Deutschland in den dreißiger Jahren. Ein Konkurrent hat Susannes Freund denunziert. Als er aus der »Schutzhaft« entlassen wird, rächt er sich bitter, und Susanne muß sich entscheiden...
dtv 11118

D-Zug dritter Klasse
In der Zeit des Nationalsozialismus treffen in einem Zug von Berlin nach Paris zufällig sieben Menschen aus unterschiedlichsten Gesellschaftsschichten und mit unterschiedlichsten Reisemotiven zusammen...
dtv 11176

Ich lebe in einem wilden Wirbel
Briefe an Arnold Strauss 1933 bis 1947
dtv 11229

Anna Mitgutsch im dtv

»Hier ist eine Autorin am Werk, die in puncto psychologischer Kompetenz nicht so leicht ihresgleichen hat.«
(Dietmar Grieser in ›Die Welt‹)

Die Züchtigung
Roman · dtv 10798

Eine Mutter, die als Kind geschlagen und ausgebeutet wurde, kann ihre eigene Tochter nur durch Schläge zu dem erziehen, was sie für ein »besseres Leben« hält. Ein literarisches Debüt, das fassungslos macht.

Das andere Gesicht
Roman · dtv 10975

Sonja und Jana verbindet von Kindheit an eine fragile, sich auf einem schmalen Grat bewegende Freundschaft. Später gibt es Achim, den beide lieben, der beide begehrt, der sich – ein abenteuernder, egozentrischer Künstler – nicht einlassen will auf die Liebe…

Ausgrenzung
Roman · dtv 11487

Die Geschichte einer Mutter und ihres verhaltensgestörten, wie die Ärzte sagen: autistischen Sohnes. Die Geschichte einer starken Frau und eines zarten Kindes, die sich selbst eine Welt erschaffen, weil sie in die Welt der anderen nicht zugelassen werden.

In fremden Städten
Roman · dtv 11863

Eine Amerikanerin in Europa – zwischen zwei Welten und keiner ganz zugehörig. Sie verläßt ihre Familie in Österreich, wo sie sich nie zu Hause gefühlt hat, und kehrt zurück nach Massachusetts. Dort versucht sie an ihr früheres Leben und ihre Herkunft anzuknüpfen. Doch ihre Erwartungen wollen sich auch hier nicht erfüllen…